Michel Rodzynek

Ein Leben im Rausch

Roman

ISBN: 978-3-8192-7866-2
Verlag: BoD · Books on Demand GmbH, Überseering 33,
22297 Hamburg, bod@bod.de
Druck: Libri Plureos GmbH, Friedensallee 273,
22763 Hamburg
Dritte Auflage

Dieses Buch

Obgleich Personen und Handlungen frei erfunden sind, vermittelt dieser Roman einen realistischen Einblick in das verschwenderische Luxusleben der sogenannten Schönen und Reichen. Im Sommer treffen sie sich am liebsten in Saint-Tropez sowie auf Ibiza und Mykonos. In der Schneesaison ist vor allem St. Moritz angesagt. Für die deutschsprachige Schickeria zählen zudem Sylt und Kitzbühel zu beliebten Ausflugszielen.

Das bunte Treiben der illustren Partygesellschaft kennt keine Verhaltensgrenzen und verliert oft seine Hemmungen in einem regel- wie übermäßigen Drogenkonsum. Geld spielt keine Rolle, solange man es hat. Egal wie man zu seiner Kohle gekommen ist. Sei es durch reiche Geburt oder durch clevere (nicht immer legale) Geschäfte. Reichtum ist wichtiger als Aussehen.

Bei der Partnersuche schauen die meisten Frauen mehr auf die Farbe der Kreditkarte als auf Erscheinung, Bildung oder Intelligenz. Ganz vorn ist hier die schwarze Centurion von American Express. Die attraktiven Bewerberinnen in den noblen Clubs und auf den exklusiven Partys der Society sind mit dem protzigen Gehabe in dieser Szene bestens vertraut. Hier zieht man sich den Koks durch eine gerollte 100-Dollar-Note in die Nase und schlürft Champagner oder exotische Cocktails statt bürgerliches Bier und Schnaps. Man frühstückt am Nachmittag und diniert erst um Mitternacht. In dieser eigenen Welt ist eben fast alles anders. Aber ist sie auch besser?

Dieses Buch taucht zugleich in eine zweite Welt ein, die nahezu täglich große Schlagzeilen macht. Das spektakuläre Milliarden-Geschäft mit König Fußball. Für Millionen Menschen ist er wie eine Droge; für zahlreiche Funktionäre hingegen ein Schlachtfeld der persönlichen Macht und finanziellen Gier. Zwei unterschiedliche Welten, die sich dennoch durch die handelnden Personen und durch ihre charakterliche Wesensart verbinden.

Michel Rodzynek ist mit Beginn der 1970er Jahre bei einer großen Hamburger Boulevardzeitung zum Journalisten ausgebildet worden. Er hat als Reporter im In- und Ausland über Politik und Wirtschaft, Gesellschaft und Sport sowie über das Gesundheitswesen berichtet. Zwischen 1973 und 2006 war er auch mehrfach in Israel als Kriegsreporter im Einsatz. Bis vor einigen Jahren war Michel Rodzynek für die Öffentlichkeitsarbeit von namhaften Konzernen und Firmen, Vereinen sowie Institutionen und Personen verantwortlich. Er verfügt über nahezu 40 Jahre Berufserfahrung als vielseitiger Kommunikationsexperte in den Branchen Technologie und Medizin sowie bei Immobilienprojekt-Entwicklungen und in der Fußball-Bundesliga.

Inzwischen arbeitet er vornehmlich als Buchautor und verfasst über seine Webseiten oft kritische Statements zu aktuellen Themen. Sein erster Roman »Die Kassemacher« handelt von Menschen und Schicksale in einer typischen Großstadtklinik der heutigen Zeit.

Vorwort

Was nützt das schönste Etikett, wenn der Wein schlecht ist? Dieser Grundsatz gilt ebenso für Menschen im täglichen Leben. Oft trügt der Schein, denn hinter einer schönen Fassade können sich durchaus hässliche Wesensarten verbergen. Manchmal ist es aber auch umgekehrt. Nicht selten sind Personen am Rande der Gesellschaft die besseren Menschen. Diese Erkenntnis hat mich zu einem Roman mit frei erfundenen Figuren in einer ebenso ausgedachten Handlung inspiriert.

»Leben im Rausch« dreht sich auch um den sogenannten Etikettenschwindel und widerlegt teilweise die bürgerliche Weltanschauung.

Personen und Handlungen in diesem Roman sind frei erfunden. Somit sind Ähnlichkeiten mit tatsächlichen Begebenheiten und mit lebenden oder verstorbenen Personen rein zufällig.

Die wichtigsten Personen

Kevin Albrecht	Drogenbaron
Susanne Diekmann	Stanilawskis Freundin
Rafaela Fernandes	Kevins Drogen-Botin
Daniela Marchese	Gastronomin in Monaco
Marc Miller	Investor in Zürich
Karl-Heinz Mischke	Drogenfahnder in Wien
Monica Novotny	Exklusives Escortmodell
Nathan	Experte Spezialaufträge
Alexander Petrov	Vater von Sergej
Sergej Petrov	Russischer Oligarch
Frank Purwitz	Jugendfreund von Marc
Maximilian Redler	Spitzname „Campari"
Miguel Sanchez	Architekt auf Ibiza
Gregor Stanlawski	Reporter Sportmagazin
Branko Smirdan	Spielervermittler
Luc Torres	Immobilien-Entwickler
Anica Vucevic	Mutter von Ivo
Ivo Vucevic	Fußball-Talent
Lukas Weihmann	Immobilienmakler

Marcs schwere Nacht

Marc Miller war schlecht gelaunt. Übermüdet saß er am Gang der zweiten Reihe in der Businessclass des startbereiten Swiss-Airbus auf dem Rückflug nach Zürich. Er hatte eine sehr kurze Nacht mit viel Wodka und einigen Koksnasen hinter sich. Gegen vier Uhr morgens hatte ihn dann noch die Hexe aus seinem erschöpften Schlaf geholt. So nannte er seine Ex-Frau, die nach ihrer Trennung in die USA zurückgegangen war und nun mit ihrem gemeinsamen Sohn in Chicago lebte. Erneut forderte sie zusätzlichen Unterhalt und drohte mit ihrem unverschämten Anwalt.

Jeder Gedanke an die dreijährige Ehe trübte seine Stimmung. Nein, im Moment war sein Leben gar nicht lustig. So viel er auch verdiente, gegen seine astronomischen Ausgaben kam Marc Miller kaum noch an. Dabei musste er kurz an die zweitausend Euro denken, die er am Vorabend für den kurzen Besuch eines Escortmodells in seinem Hotelzimmer bezahlt hatte. Viel Geld für ein äußerst schnelles wenn auch freudvolles Vergnügen. Die dominante Tschechin war ihm von einem vertrauten Concierge empfohlen worden und entpuppte sich schnell als eine wahre Meisterin ihres Fachs. Das Honorar war üppig, aber jeden Cent wert. Daher würde er sie bei seinem nächsten Besuch in Frankfurt gern wieder buchen. Vielleicht wäre sie mit einem günstigeren Honorar einverstanden, wenn er ihr künftiger Stammgast werden würde. Eine solche Vereinbarung hatte er schon mehrfach mit exklusiven Liebesdienerinnen getroffen. Der umtriebige Geschäftsmann lebte allein in einem großflächigen Penthouse in Zürich in unmittelbarer Nachbarschaft zum renommierten The Dolder Grand am Westhang des Adlisbergs. Wann immer er zuhause war, nutzte er gern das große Wellnessangebot des 5-Sterne-Hotels, in dem ebenfalls die meisten seiner auswärtigen Besucher abstiegen.

Seit über zehn Jahren wohnte der gebürtige Frankfurter nun in der Schweiz und profitierte von den hohen steuerlichen Vergünstigungen im Kanton Zug. Angesichts seiner siebenstelligen Umsätze und den vergleichsweisen hohen Einkommenssteuern in Deutschland sparte er auf diese Weise jährlich mehrere Hunderttausende Euro an den Fiskus. Geld, das er für seinen extrem hohen Lebenswandel dringend benötigte. Allein die Abfindungen und fortlaufenden Unterhaltszahlungen nach zwei Scheidungen kosteten ihn ein Vermögen. Dabei war der körperlich eher schmächtige Großverdiener mit der nach hinten gegelten Mafiosi-Frisur erst Anfang Vierzig.

Nervös schaute er auf seine neu erworbene Platin-Rolex und hoffte auf eine pünktliche Landung auf dem Flughafen Kloten. Er war um dreizehn Uhr mit einem russischen Geschäftsfreund bei Bindella in der City verabredet. Ein beliebter Treffpunkt für anspruchsvolle Genießer der gehobenen italienischen Küche. Das erfolgreiche Restaurant wurde mittlerweile in vierter Familiengeneration geführt. Zu seinen Stammgästen zählte ebenso die konservative Zürcher Gesellschaft wie auch ein internationales Publikum mit schrillen Yuppies, verliebten Paaren und typischen Geschäftsleuten. Hier hatte er vor einiger Zeit auch Sergej Petrov kennengelernt.

Seither verabredeten sich die beiden Männer gelegentlich im Bindella. Der russische Geschäftsmann stammte ursprünglich aus St. Petersburg und lebte seit Mitte der 1990er Jahre mit seinem Vater in London. Hin und wieder hatte er kurzweilige Affären mit attraktiven Frauen, die ihm aber wenig bedeuteten. Sergej Petrov war nie verheiratet gewesen und hatte auch keine Kinder. Da er viele Geschäfte über die Schweiz abwickelte, kam er regelmäßig nach Zürich. Angeblich sollte er sein milliardenschweres Vermögen mit Waffengeschäften in Afrika und Südamerika gemacht haben. Der körperlich kräftige Oligarch war in seinem gesellschaftlichen Umfeld mehr gefürchtet als beliebt. Um ihn gab es immer wieder Gerüchte über direkte Verbindungen zur russischen Mafia in Europa und den USA.

Marc Miller glaubte diesen Spekulationen. Er war davon überzeugt, dass ein gutes Verhältnis zu diesem einflussreichen Mann nur von finanziellem Vorteil sein könnte. Allerdings gab es bislang noch keine Gelegenheit, ihre lockere Bekanntschaft in einträgliche Geschäfte zu erweitern.

Die beiden Männer hatten während einer Skisaison im King's Club des Palace Hotel in St. Moritz freundschaftlich um die Gunst einer hochgewachsenen Polin gebuhlt, die sich für die Skisaison eine kleine Wohnung in dem alpinen Ferienort mit einer italienischen Freundin teilte.

Abend für Abend hofften die beiden Damen, in diesem beliebten Lokal den richtigen Kandidaten für die nächste Liaison zu treffen. Die 40-jährige Frau wirkte mit ihrer schlanken Figur mindestens zehn Jahre jünger und war ein echter Lichtblick für die männlichen Gäste an der Bar. Heute könnte es klappen, denn die vielsagenden Blicke des dunkelhaarigen

Mannes neben seinem fast kahlköpfigen Begleiter waren vielversprechend.

Zwei Stunden später lag sie neben Marc Miller in seinem Hotelbett. Sie musterte den schlafenden Mann, der in ihrem Alter sein müsste.

Eigentlich sieht er ganz gut aus, dachte sie sich, und wenn er etwas vernünftiger leben würde, wäre er vielleicht ein guter Liebhaber. Dass ihre erste Nacht keine sexuelle Erfüllung werden würde, war ihr bereits klar gewesen, als sie nach dem dritten Glas Champagner zustimmte, das Miteinander in der luxuriösen Suite ihres neuen Verehrers fortzusetzen.

Er steuerte mit ihr direkt aufs Bett zu und bat sie, ihm beim Ausziehen zu helfen. Alles Weitere ging dann sehr schnell. Der jungen Frau blieb nicht einmal mehr die Zeit, ins Badezimmer zu gehen. Der bereits sehr erregte Mann führte ihre Hand zwischen seine Beine und kam fast sofort über ihre schlanken Finger zum Höhepunkt.

Danach entkleidete er sich völlig, legte sich ins Bett und drehte sich wortlos auf die Seite. Als sie sich danach auszog und erfrischte, war er fest eingeschlafen und nahm sie nicht mehr wahr. In dem Zimmer war nur noch sein heftiges Schnarchen zu vernehmen.

Auf der Fahrt ins Bindella musste Marc Miller an die hübsche Polin denken, mit der er nach ihrer ersten Begegnung eine leidenschaftliche Beziehung eigegangen war. Er nahm sie überall mit hin und stellte sie als seine neue Lebensgefährtin vor. Viele Männer beneideten ihn um seine attraktive Begleitung und lächelten ihm anerkennend zu. Aber das Verhältnis hielt nur wenige Wochen. Als sie sich nach einem lautstarken Streit in einem Restaurant trennten, konnte sie sich zumindest über eine völlig neue Garderobe und einige Schmuckstücke freuen.

Marc Miller war zwar egoistisch und jähzornig, aber dafür finanziell großzügig. Er war bereit, für Liebe und Bewunderung viel zu zahlen. Natürlich war er sich der häufig unerklärlichen Wutausbrüche in seinem Umfeld bewusst. Seine menschlichen Schwächen waren jedoch Tabu. Als ein langjähriger Freund und anerkannter Psychiater einer Spezialklinik ihm ausgeprägten Narzissmus vorhielt, bezeichnete er ihn als Arschloch und brach die Verbindung für immer ab.

Im Bindella waren wie jeden Mittag und Abend alle Tische belegt. Die beiden Männer bestellten sich als Hauptgericht ein großes Porterhouse-Steak nach Fiorentiner Art mit gegrilltem Gemüse und nahmen als Vorspeise jeweils eine halbe Portion Pasta mit Trüffel. Dazu tranken sie einen Nippozano aus dem italienischen Weingut Frescobaldi.

Sergej Petrov musterte seinen Freund mit kritischen Blicken.

»Was ist passiert, Marc, du siehst ja schrecklich aus? Hast du gestern zu viel getrunken und gekokst?«

Sein Gastgeber nickte. »Ich hatte einen schweren Arbeitstag mit mühsamen Meetings in meiner alten Heimatstadt Frankfurt. Na ja, meine Eltern leben da zwar noch, aber ich hatte keine Lust, mich mit ihnen zu treffen.«

Der Russe schüttelte den Kopf und fiel ihm ins Wort: »Das kann ich nicht verstehen. Wie du weißt, wohnt mein Vater seit dem Tod meiner Mutter bei uns. Ich genieße jeden Moment, den wir beide zusammen verbringen. Weshalb hast du kein Verhältnis zu deinen Eltern? Ich kann das überhaupt nicht nachvollziehen. Familie ist das Wichtigste im Leben. Du fliegst nach Frankfurt und meldest dich nicht einmal bei ihnen. Es sind doch deine Mutter und dein Vater.«

Marc Miller ärgerte sich über diese Worte und wollte mit Sergej über dieses Thema nicht weiter diskutieren. »Es ist sehr kompliziert und nicht einfach zu erklären.«

Sergej Petrov winkte ab: »Okay, dann reden wir nicht mehr darüber. Wie hast du den Abend in deiner Heimatstadt verbracht?«

Marc Miller berichtete von dem Abendessen mit einem langjährigen Geschäftsfreund und dem anschließenden Besuch der aufregenden Tschechin, die ihm der Chef-Concierge im Rocco Forte Villa Kennedy empfohlen hatte. »Sergej, eine Wahnsinnsfrau. Etwas größer als ich, recht schlank, ein tolles Gesicht mit hohen Wangenknochen, großen Augen und wunderschönen Füßen. Leider hatte ich schon vor dem Treffen viel getrunken und mir einige Nasen gezogen. War also nicht gerade in Höchstform, als sie mich besuchte. Trotzdem ist mir fast die Birne weggeflogen. Nächste Woche muss ich wieder nach Frankfurt und will sie dann unbedingt wiedersehen.«

Lachend schüttelte Sergej Petrov den Kopf. »Du bist völlig verrückt. Statt einen Abend mit deinen Eltern zu verbringen, lässt du dir eine Nutte ins Hotel kommen.«

Marc Miller unterdrückte den aufkommenden Zorn und besann sich, Ruhe zu bewahren. Sein Gegenüber war zwar ein sentimentaler Familienmensch, konnte aber geschäftlich wie privat sehr unangenehm werden. Nein, hier durfte er sich jetzt nicht unklug verhalten und musste seinem Gast entsprechenden Respekt erweisen. Es fiel ihm schwer. Er atmete tief durch und lächelte ihn an.

»Sergej, möchtest du einen Espresso oder lieber einen Cappuccino? Und wie wäre es mit einem Dessert?«

Der Russe entschied sich für einen doppelten Espresso Macchiato und verzichtete auf die Nachspeise. Dann schaute er Marc Miller in die Augen und kam auf den eigentlichen Anlass des heutigen Treffens zu sprechen.

»Marc, wir müssen innovativ sein. Auch wenn wir mit unseren bisherigen Geschäften gut verdienen, sollten wir hungrig bleiben und uns ständig nach neuen Herausforderungen umsehen. Ich denke dabei an finanziell lukrative Nischen, die wir bislang nicht auf dem Radarschirm hatten. Zugegeben, ich selbst beobachte bei mir eine gewisse Sättigung, die auch mich lähmt und bequem macht.«

Marc Miller war überrascht. Zum ersten Mal sprach der Russe über Geschäfte. Der Mann hatte Milliarden auf seinen weltweit verstreuten Konten und redete, als müsse er jetzt noch mit Mitte Fünfzig das große Geld verdienen. Er überspielte diesen Gedanken und gab sich höchst interessiert.

»Was meinst du konkret, Sergej?«

Der Russe kniff die Augen zusammen. »Ich habe neulich einen Branko Smirdan rein zufällig kennengelernt. Ein Kroate aus Zagreb, der als Spielervermittler sehr erfolgreich im Profifußball aktiv ist. Mir gefällt sein intelligentes Konzept, weil er sich hauptsächlich auf talentierten Nachwuchs konzentriert, der preislich noch erschwinglich ist.«

Marc Miller hörte aufmerksam zu, obwohl er keinerlei Erfahrungen mit dieser Branche hatte. Sie interessierte ihn auch nicht wirklich. Natürlich wusste er um die gewaltigen Summen, um die es in diesem Geschäft ging.

Sein Gast fuhr fort: »Es geht um Hunderte von Millionen, wobei die keineswegs nur in den Taschen der Spieler landen. Angeblich sollen auch Funktionäre verschiedener Organisationen im internationalen Fußball sowie Berater und Vermittler große Beträge für sich selbst kassieren. Wobei ich nicht genau weiß, was in diesem Geschäft so alles passiert. Der europäische Fußball in den Topligen polarisiert sich mehr und mehr. Somit können sich meistens nur die Vereine an den Tabellenspitzen die wahnsinnigen Ablösesummen und Gehälter für die begehrten Stars leisten. Der größte Teil verfügt aber nicht über solche finanzielle Mittel. Diese Vereine können keine Spieler kaufen, die sie sportlich auf Anhieb nach oben schießen. Das wiederum ist die Zielgruppe von Branko Smirdan. Er vermittelt junge Talente mit dem vorhandenen Potenzial eines beträchtlichen Wertzuwachses. Rohdiamanten sozusagen, die man verhältnismäßig preisgünstig erwerben kann. Der eigentliche Profit für Branko Smirdan besteht in seiner ausgehandelten Beteiligung beim Weiterverkauf. Das Prinzip ist einfach. Je günstiger die Ablöse, umso höher diese Provision.«

Ein nachvollziehbares Investmentmodell, dachte sich Marc Miller.

Der Russe machte eine kurze Pause und nahm einen kräftigen Schluck Mineralwasser. »Kleines Beispiel. Branko Smirdan hat einen 17-Jährigen an der Angel, den er für 500.000 Euro an einen Club vermittelt, der Jahr für Jahr um den Klassenerhalt in der ersten Liga ringt. Der Junge schlägt sportlich gut ein und leistet einen wesentlichen Beitrag für die Rettung seines Teams. Spätestens dann haben ihn verschiedene Talentspäher oben auf ihrer Liste, die für reichere Vereine nach solchen Kandidaten suchen. Schon ist sein Marktwert innerhalb kurzer Zeit auf mehrere Millionen gestiegen. Vielleicht auf das Vier- oder Sechs- bis sogar Zehnfache. Oder noch mehr. Dafür gibt's natürlich keine Garantien, aber der Herr Smirdan hat sehr überzeugende Referenzen für sein gutes Gespür. Da es ihm finanziell sehr gut geht, er kommt übrigens aus bescheidenen Verhältnissen, scheint sein Konzept recht erfolgreich zu sein.«

Marc Miller fragte nach: »Und wozu braucht dieser pfiffige Kroate dann noch uns?«

Sergej Petrov nickte zustimmend. „Genau das habe ich mich auch gefragt. Die Antwort ist einleuchtend. Der Mann möchte sich in Europa ausdehnen und interessiert sich für Partner, die ihn dabei unterstützen. Dabei geht es ihm besonders um Kontakte zu potenziellen Investoren für ein neues Projekt, das er mir noch konkret erläutern möchte. Ich sehe ihn demnächst und werde gewiss mehr erfahren. Der hat einen ausgezeichneten Ruf in seiner Branche. Wie gesagt, seine Kunden sind nicht die Creme de la Creme im europäischen Fußball, sondern eher die Mittelklasse.«

Marc Miller war zwiegespalten. Einerseits konnte er sich ein Engagement in diesem Bereich grundsätzlich vorstellen, andererseits war er aber in dieser Szene nicht zuhause. Fußball war bislang nicht seine Kompetenz und auch nicht seine Leidenschaft. Aber er kannte durchaus den einen oder anderen Experten, den er mit dieser Thematik kontaktieren könnte.

Er nickte Sergej zu. »Gregor Stanlawski ist ein guter Bekannter von mir und kennt sich hier als langjähriger Chefreporter eines führenden Sportmagazins in Deutschland bestens aus. Soweit ich weiß, genießt er großes Ansehen bei den Vereinen und verfügt über sehr gute Kontakte zu den handelnden Personen. Vielleicht können wir uns mit ihm und diesem Branko Smirdan zu einem grundsätzlichen Meeting hier in Zürich verabreden. Auch würde ich gern meinen Wiener Freund Maximilian Redler dazu holen. Er hat insgesamt ausgezeichnete Verbindungen in Deutschland, Österreich und der Schweiz. Ein echter Kenner, der uns mit vielen Tipps unterstützen könnte.«

Sergej Petrov runzelte die Stirn. »Meinst du etwa diesen schmierigen Quatschkopf, der sich fast um den Verstand gesoffen hat und bei einer ukrainischen Bank rausgeflogen ist? Sein Spitzname ist doch Campari, aber nur mit bitterem Likör gibt der sich doch lange nicht zufrieden. Ein richtiger Looser, mit dem ich mich ganz bestimmt nicht an einen Tisch setze. Wie ich hörte, soll er sich jetzt im Dunstkreis eines Kevin Albrecht aufhalten. Hast du den Namen schon mal gehört? Man nennt ihn auch Drogenbaron. Ebenfalls ein Österreicher, der seit einiger Zeit in den angesagtesten Nachtklubs die Haute Vaulée versorgt. Nur vom Feinsten und Besten. Ist im Sommer und Winter vor allem auf Ibiza und Mykonos sowie Saint Tropez und St. Moritz unterwegs. Zwischendurch triffst du ihn in europäischen Metropolen wie London, Paris, Mailand und München.«

Marc Miller wusste genau, von wem er sprach. Er hatte diesen Drogenbaron bereits durch seinen engen Freund Campari kennengelernt und war mittlerweile mit ihm gut bekannt. Ein außergewöhnlicher Mann mit Prinzipien, ganz anders als die typischen Dealer. Dass er selbst einer seiner großen Abnehmer von ihm war, wollte er seinem Gesprächspartner nicht auf die Nase binden. Aber darauf war der clevere Russe möglicherweise schon selbst gekommen.

»Kein Problem, dann eben ohne meinen Freund Campari. Ich werde gleich versuchen, einen Termin mit Stanlawski zu vereinbaren. Wie lange bleibst du in Zürich, Sergej?«

Der Russe stand auf und verabschiedete sich. »Schlage mir einfach etwas vor. Zunächst möchte ich mich noch einmal mit Branko Smirdan zusammensetzen. Er kommt demnächst zu mir nach London. Danach sehen wir weiter. Vielen Dank für die Einladung, ich fliege jetzt gesättigt nach London zurück und freue mich auf einen gemütlichen Abend mit Papa.«

Drogenbaron feuert Campari

Auch der Drogenbaron war zur Zeit gar nicht gut auf Maximilian Redler zu sprechen. Er hatte den zurzeit arbeitslosen Ex-Banker erst vor wenigen Monaten auf einer Party in Wien kennengelernt. Zwischen den beiden Männern entwickelte sich rasch ein freundschaftliches Verhältnis, und Kevin Albrecht bot ihm eine großzügige Provision für die Vermittlung neuer Kunden an.

Campari, wie ihn seine Freunde nannten, konnte nach dem Rauswurf bei der Bank eine neue Geldquelle dringend gebrauchen. Da er in der Szene Gott und die Welt kannte, hoffte er auf entsprechend hohe Einnahmen. Die neue Allianz machte sich für beide Partner schnell bezahlt und sie trafen sich wöchentlich. Der Drogenbaron war höchst zufrieden. Durch Campari lernte er eine Vielzahl neuer Abnehmer für sein breites Sortiment an berauschenden Mitteln kennen. Er war darauf aus, seine Produkte primär an die feine Gesellschaft zu verkaufen und lehnte es trotz zahlreicher Anfragen strikt ab, jugendliche Interessenten zu bedienen oder andere Händler zu beliefern.

Kevin Albrecht hatte seine festen Prinzipien und legte größten Wert darauf, dass seine Drogen nicht in die falschen Hände gerieten. Er selbst war absolut clean; der Handel mit Rauschgift war für ihn lediglich ein einträgliches Geschäft, mit dem er seinen Lebensunterhalt bestritt. Wenn er seine Konsumenten nicht mit dem Zeug versorgen würde, würden es andere tun und möglicherweise nicht so viel Wert auf die ausgezeichnete Qualität legen, für die Kevin Albrecht bekannt war.

Besonders einträglich entwickelte sich die Verbindung zu Marc Miller in Zürich, der sich in relativ kurzen Abständen Kokain in Mengen liefern ließ, die er unmöglich allein konsumieren konnte. Wahrscheinlich verwöhnte er seine zahlreichen Gäste mit dem begehrten Pulver. Der Drogenbaron wusste nur zu gut, dass man in seinem Business keine Fragen stellen sollte, deren Antworten man gar nicht wissen mochte. Genau darin lag für ihn das Problem mit Maximilian Redler. So sehr er sich über diese hohen Umsatzzuwächse freute, so war er zugleich über die unbeherrschte Redseligkeit seines eifrigen Vermittlers besorgt. Nicht nur bei seinen vertrauten Freunden postierte sich dieser als rechte Hand des Drogenbarons. Es war somit nur eine Frage von kurzer Zeit, bis die fahndenden Beamten der zuständigen Dezernate auf Campari aufmerksam werden würden. Dann würde er sicher ebenfalls auffliegen.

Mehrfach erklärte er ihm das Grundprinzip seines sensiblen Geschäfts, das maßgeblich auf Diskretion basierte. Jedes Mal gelobte der gescholtene Campari reumütige Besserung, verlor aber weiterhin immer dann Kontrolle über sein loses Mundwerk, wenn er über den Durst trank und sich demonstrativ in Bars und sogar Restaurants den Koks reinzog. Die amüsierenden Auftritte des belächelten Spaßvogels, der von seinem gesellschaftlichen Umfeld schon längst nicht mehr für voll genommen wurde, war mittlerweile stadtweit ein aktuelles Thema. So konnte es unmöglich weitergehen.

Kevin Albrecht war entsprechend aufgebracht als er an diesem Mittwochnachmittag in der ersten Maiwoche auf der schattigen Terrasse im Wiener Café

Landtmann am Universitätsring ungeduldig wartete. Wie so oft kam Maximilian Redler mit erheblicher Verspätung und begrüßte seinen genervten Freund freudestrahlend mit einem unschuldigen Lächeln.

»Wie schön dich zu sehen, mein Kevin. Die Sonne lacht, der Himmel ist blau und es ist herrlich warm. Was machen die Frauen, was Neues am Start?«

Der Drogenbaron empfand diese Respektlosigkeit in ihrer ernsten Situation als unangebracht und antwortete verärgert.

»Nicht nur der Himmel ist blau. Du leider auch schon wieder. Allerdings gibt es in den Auswirkungen einen himmelweiten Unterschied. Sonnenschein macht uns meistens fröhlich; dein Gequatsche indes gefährdet meine Existenz und vor allem meine Freiheit. Dein Verhalten ist verantwortungslos und ich lasse mir das nicht länger bieten. Ich habe dir das schon mehrfach erklärt, aber offensichtlich kannst oder willst du es nicht begreifen. Ich kündige hiermit unser Arrangement und werde es nicht tatenlos hinnehmen, wenn du dich weiterhin als mein Geschäftspartner ausgibst.«

Verlegen schaute Maximilian Redler mit gesenktem Kopf auf den Tisch. So eine Standpauke gleich zur Begrüßung hatte er nicht erwartet. »Aber ich tue doch nichts Schlimmes und bringe dir immer wieder neue Kunden. Denke allein mal an den Umsatz mit Marc in Zürich.«

Kevin Albrecht fragte sich, ob es einfach nur Dummheit oder berechnende Schauspielerei war. Er musterte diesen ewig grinsenden Kerl und würde ihm am liebsten eine gepfefferte Ohrfeige verpassen. Da saß er nun, so liebenswürdig und lammfromm, als könnte er keiner Fliege etwas zu Leide tun.

»Hör auf, mich zu verarschen, du blöder Suffkopf. Mit deinem Großmaul und ständigen Angeberei bringst du mich und ebenso meine Kunden in größte Gefahr. Nützlich bist du nur für die Drogendezernate, die auf einen so schwachsinnigen Muscheltaucher wie dich nur gewartet haben. Da kann die Polizei ihre Spitzel gleich nach Hause schicken; Campari erledigt das ganz allein.

Wenn du mich dieses Mal wieder nicht ernst nimmst, lernst du mich von einer Seite kennen, die ich dir gern ersparen möchte. Ich war fair mit dir, habe dich großzügig bezahlt und freundschaftlich behandelt. Damit ist jetzt endgültig Schluss. Und nun verziehe dich, ich möchte deinen Anblick nicht länger ertragen.«

Schwer eingeschüchtert stand Campari auf. Er bückte sich nach der Serviette, die ihm dabei auf den Fußboden heruntergefallen war. Die deutlichen Worte seines geschäftlichen Partners klangen ihm noch lange nach. Als er zum Ausgang ging, spürte er aufkommende Angst. Hatte ihm der Drogenbaron eben Gewalt angedroht? Daran mochte er gar nicht denken. Trotz alledem war das typische Grinsen noch immer nicht aus seinem Gesicht gewichen. Das war ebenso ein fester Bestandteil von ihm wie der tägliche Griff zur Flasche.

Kevin Albrecht machte sich große Sorgen. So wie er Campari einschätzte, würde er gewiss weiterhin quatschen und ein großes Risiko bleiben. Wie konnte er den undankbaren Kerl bloß zum Schweigen bringen? Natürlich kannte er genügend Leute, die für ihn sozusagen Hand anlegen würden. Aber mit Gewalt wäre es nicht getan. Im Gegenteil. Dann würden die Leute noch mehr darüber reden.

Vielleicht sollte er mit diesem Marc Miller sprechen, den er durch Campari kennengelernt hatte. Die beiden waren so eng verbunden. Angeblich hatte er seinetwegen sogar mit seinem leiblichen Vater gebrochen. Die beiden sollen auf der Hochzeit von Marc Miller aneinandergeraten sein und der verärgerte Senior soll diesem Campari sogar Prügel angedroht haben. Hätte er mal ruhig machen sollen.

Über den Grund für die Auseinandersetzung gab es keine weiteren Informationen. Aufsehen erregte aber das ungewöhnliche Verhalten des Bräutigams, der sich ohne Rückfragen auf die Seite seines Wiener Freundes gegen das Oberhaupt seiner eigenen Familie gestellt haben soll. Eine sonderbare Geschichte, die der Drogenbaron zunächst nicht glauben wollte. Aber nachdem sie auf seine Nachfrage von mehreren Seiten weitgehend bestätigt wurde, musste sie wohl stimmen.

Für Kevin Albrecht war es aus geschäftlichen Gründen immer wichtig, möglichst viel über seine Stammkundschaft zu erfahren. Somit konnte er seine Klienten besser einschätzen und sich auf sie einstellen. Bei dieser ungewöhnlichen Geschichte musste er an seinen Papa denken, den er aufgrund einer schweren Erkrankung schon in jungen Jahren verlor. Was würde er alles dafür geben, wenn sein Vater noch leben würde. Aber dieser Marc Miller hatte offenkundig weder Familiensinn noch Empathie. Gewiss würde er diesen schmierigen Dauergrinser auch gegen ihn verteidigen. Deshalb zögerte er mit dem Anruf. Andererseits musste er etwas unternehmen.

Rasch aß er seinen köstlichen Apfelstrudel auf und zahlte. Als er Minuten später in seiner großen BMW-Limousine saß, entschloss er sich doch, Marc Miller anzurufen.

»Oh wie nett, dass Sie anrufen, Herr Albrecht. Ich wollte mich ohnehin bei Ihnen melden und fragen, wann Sie das nächste Mal in Zürich sind. Es wäre schön, wenn wir uns in nächster Zeit treffen könnten.«

Wahrscheinlich wäre ein persönliches Gespräch vertraulicher als ein distanziertes Telefonat, dachte sich Kevin Albrecht. Er hatte noch gar nicht mit einer weiteren Bestellung gerechnet, weil er seinen Abnehmer erst kürzlich versorgt hatte. Umso besser, so konnte er das eine mit dem anderen verbinden.

»Wie wäre es jetzt am Samstag?«

Sie vereinbarten ein Treffen um sechszehn Uhr im The Dolder Grand, und Marc Miller versprach, seinem Besucher eine Suite in dem Luxushotel zu reservieren.

Nachdem er aufgelegt hatte, rief der Drogenbaron bei seiner Bekannten, Rafaela Fernandes, an. Die Portugiesin arbeitete für ihn seit Jahren als Botin. Sie war bereits über Siebzig und eine unscheinbare Person, die bislang unbehelligt durch jede Grenz- und Zollkontrolle gekommen war.

»Rafaela, Liebling, könnten wir uns am Samstag spätestens um fünfzehn Uhr im Hotel Schweizerhof in Zürich treffen. Du bist ja schon mal dort abgestiegen. Bestelle dir bitte eine Fahrkarte und ich buche dir ein bequemes Zimmer. Wenn du magst, kannst du gern mit mir am Sonntag im Auto nach Wien zurückfahren. Ich bringe Dir noch heute ein kleines Päckchen für den Kunden.«

Auch das war erledigt. Nun wollte er noch mit Nathan sprechen, den er gelegentlich mit vertraulichen Aufgaben beauftragte.

»Hallo mein Freund. Was hast du die nächsten Abende vor? Ich würde dich bitten, in den einschlägigen Lokalen Ausschau nach einem gewissen Maximilian Redler zu halten. Du erinnerst dich doch an diesen Typen, der in Szene als Campari bekannt ist. Ihr hattet euch vor einigen Wochen kurz kennengelernt. Der Mann erzählt überall, er sei meine rechte Hand und gefährdet mein Geschäft. Wir hatten heute eine unangenehme Aussprache und ich habe die Zusammenarbeit per sofort beendet. Allerdings traue ich ihm nicht und mache mir Sorgen, dass er weiter in der Öffentlichkeit quatscht. Höre dich doch bitte um und rufe mich umgehend an, wenn sich meine Befürchtungen bewahrheiten sollten.«

Als Kevin Albrecht drei Tage später mit dem Auto nach Zürich fuhr, hatte Marc Miller schon mehrmals mit seinem Freund in Wien telefoniert und sich dessen Jammerei angehört. Mit eindringlichen Worten versuchte er, ihn zu beruhigen. Aber seit dem Treffen mit dem Drogenbaron am Mittwochnachmittag hatte Campari große Angst. Er war außer sich, schlief schlecht und drehte sich auf der Straße aus Angst vor Verfolgern immer wieder um die eigene Achse. Abends blieb er zuhause, da er fürchtete, dass man ihm auflauern könnte.

Mittlerweile hatte er begriffen, dass er zu einem erheblichen Risiko für den Drogenbaron geworden war. Dabei wollte er ihm nun wirklich nicht schaden.

Er konnte es sich selbst gar nicht erlauben, auf die beträchtlichen Provisionen seit ihrer Bekanntschaft zu verzichten und machte sich jetzt große Vorwürfe, das freundschaftliche Vertrauensverhältnis durch seine Wichtigtuerei zerstört zu haben.

Wie konnte er nur so naiv sein? Das war ein unverzeihlicher Fehler. Jedes Mal, wenn er an das unangenehme Gespräch im Café Landtmann dachte und den zornigen Gesichtsausdruck von Kevin Albrecht vor Augen hatte, schoss die Angst in ihm hoch.

Würde jetzt das passieren, was eine häufige Regel in typischen Kriminalfilmen war? Nämlich Vergeltung bei Verrat. Würde der Drogenbaron demnächst seine Schläger zu ihm schicken, um ihm die Knochen zu brechen? Oder würden sie ihm sogar ins Knie schießen, damit er die nächsten Monate nicht mehr seine bevorzugten Lokale besuchen könnte und den Rest seines Leben im Rollstuhl verbringen müsste? Er musste unbedingt Marc Miller anrufen und ihm von diesem Problem erzählen. Sicher könnte er ihm helfen und zur Seite stehen.

Als er sein Handy aus der Tasche holte, erinnerte er sich kurz an seinen Streit mit Marcs Vater. Beinahe hätte dieser ihn auf der Hochzeitsfeier verprügelt, weil er sich von ihm beleidigt und provoziert fühlte. Er hatte sich tatsächlich ziemlich respektlos gegenüber Marcs Papa verhalten und war anschließend selbst verwundert, dass sein Freund gegen sein eigenes Familienoberhaupt zu ihm gehalten hatte. Das Vater-Sohn-Verhältnis soll inzwischen völlig zerrüttet sein. Aber dafür konnte er schließlich nichts.

Nun hoffte er wieder auf den hilfreichen Beistand seines Freundes. Erfreulicherweise nahm Marc Miller sofort den Anruf entgegen. Geduldig hörte er sich die Geschichte an und beruhigte seinen Freund.

»Das war natürlich dumm von dir. Ich kann die Sorgen von Herrn Albrecht verstehen, aber ich werde mit ihm in den nächsten Tagen sprechen und hoffe, die Kuh vom Eis zu holen. Du versprichst mir allerdings, jetzt endlich die Klappe zu halten und kein Wort mehr über Eure Aktivitäten gegenüber Dritten zu verlieren. Ich habe überhaupt keine Lust, dass die Polizei demnächst vor meiner Tür stehen könnte. Campari, du musst endlich erwachsen werden und mit diesem Blödsinn aufhören.«

Pünktlich um sechszehn Uhr trafen sich Marc Miller und Kevin Albrecht in der Lobby des The Dolder Grand. Der Samstag war ein milder Frühlingstag, und sie wählten einen Tisch auf der Terrasse des Luxushotels. Schweigend schauten sie sich einen Moment an, nachdem sie beide eine große Flasche Mineralwasser und jeweils einen Cappuccino bestellt hatten. Dann eröffnete Marc Miller das Gespräch.

»Mich hat Maximilian Redler über Ihr Problem informiert und ich habe ihm meine Hilfe versprochen, diese unangenehme Angelegenheit aus der Welt zu schaffen. Campari ist ein feiner Kerl und hat nicht das geringste Interesse, Ihnen und somit sich selbst zu schaden. Er ist manchmal leider nur kindisch naiv und redet einfach zu viel.«

Der Drogenbaron hörte höflich zu und nickte zustimmend.

»In meinem Geschäft ist Naivität tödlich. Es funktioniert nur mit äußerster Diskretion und Behutsamkeit. Ihr Freund ist leider genau das Gegenteil.

Laut und unvorsichtig. Das kann mich Kopf und Kragen kosten. Wenn Sie mit ihm befreundet sind und Einfluss auf ihn haben, dann stopfen Sie ihm bitte rasch sein loses Mundwerk.«

Marc Miller entgegnete mit gepresster Stimme: »Schauen Sie, ich habe bereits mit ihm gesprochen und ihm eindringlich die gefährlichen Risiken seines Verhaltens aufgezeigt. Er hat mir hoch und heilig versprochen, nicht mehr über Sie und ihre geschäftliche Verbindung in seinen Kreisen zu reden. Ich habe durchaus den Eindruck, dass es ihm sehr ernst ist. Aber verstehen Sie mich bitte richtig, ich bin nicht sein Kindermädchen.«

Der Drogenbaron hatte eine ähnliche Reaktion erwartet. Das Statement war unverbindlich und bedeutungslos. Er lächelte freundlich und sagte mit fester Stimme: »Nein, Sie sind gewiss nicht für das dumme Zeug Ihres Freundes verantwortlich. Da wir uns aber durch ihn kennengelernt und seitdem einige Geschäfte zur beidseitigen Zufriedenheit abgewickelt haben, sind Sie für mich allerdings schon indirekt beteiligt. Sofern sich also Ihr Freund Campari weiterhin auf meine Kosten wichtigmacht, sehe ich mich gezwungen, ebenfalls den Kontakt zu Ihnen abzubrechen. Oder können Sie mir garantieren, dass er nicht auch über unsere Verbindung quatscht.«

Marc Miller war über diese Drohung überrascht. Was konnte er denn für das Verhalten von Campari? Wenn der Drogenbaron gleichwohl als Quelle ausfallen würde, könnte es künftig eng für ihn werden, da er sich mit seinen vorherigen Lieferanten ernsthaft erzürnt hatte. Er müsste sich dann völlig neu orientieren. Dann müsste er mit Engpässen und qualitativen

Einbußen rechnen. Der Drogenbaron hatte bisher immer erstklassigen Stoff zu vernünftigen Preisen geliefert.

»Herr Albrecht, lassen Sie uns besonnen bleiben und die Dinge nicht zu schwarzsehen. Mein Freund ist schließlich kein Dummkopf und wird sich bestimmt künftig zurückhalten. Abgesehen davon, haben Sie ihm mächtig Angst eingejagt. Ich freue mich jedenfalls, dass Sie so schnell nach Zürich kommen konnten und würde vorschlagen, dass wir unser eigentliches kleines Geschäft auf Ihrem Zimmer besprechen.«

Der Drogenbaron überlegte kurz, ob er nicht unter diesen Umständen die Verbindung zu Marc Miller sofort beenden sollte. Er entschied sich dann, ihm das Päckchen doch zu übergeben und nahm sich aber fest vor, ihn wirklich nicht mehr zu beliefern, wenn dieser Campari noch ein Wort an der falschen Stelle sagen würde. Nathan war ihm auf den Fersen und würde es herausfinden. Er würde entsprechend reagieren müssen, wenn sich seine Befürchtungen bewahrheiten sollten. Dieser Suffkopf war absolut unzurechnungsfähig und eine akute Gefahr für ihn.

Der Oligarch und der Spielervermittler

In London goss es in Strömen als Branko Smirdan auf dem Flughafen Heathrow landete. Er kam mit British Airways aus München, weil er sich am Vorabend in der bayerischen Landeshauptstadt mit dem Sportchef eines Vereins aus der 2. Bundesliga getroffen hatte. Der Club aus einer süddeutschen Kleinstadt gehörte einem schwäbischen Bauunternehmer. Der passionierte Förderer war noch einmal zu einer Millioneninvestition für die dringend erforderliche Verstärkung des abstiegsgefährdeten Kaders bereit.

Insgesamt standen zwei bis maximal drei Millionen Euro für einen linken Verteidiger sowie zwei offensive Spieler für Mittelfeld und Angriff zur Verfügung. Die Schwierigkeit bestand darin, geeignete Kandidaten zu erschwinglichen Preisen zu finden, die der Mannschaft sofort helfen könnten. Also junge Spieler, die bereits über entsprechende Wettkampferfahrung verfügen sollten.

Konkretes Interesse bestand für einen 20-jährigen Türken mit gutem Torriecher, den Branko Smirdan seit kurzem unter seinen Fittichen hatte. Der Spielervermittler war bereit, seine geforderte Ablöse zu senken, sofern er eine höhere Beteiligung beim späteren Weiterkauf erhalten würde. Stundenlang feilschten sie um Modalitäten, Summen und Quoten. Sie kamen sich immer näher und erzielten eine faire Vereinbarung, die der finanzierende Bauunternehmer nur noch absegnen musste. Die endgültige Entscheidung sollte in den nächsten Tagen fallen.

Branko Smirdan war mit dem Ergebnis zwar zufrieden, aber nicht sehr zuversichtlich. Er wusste nur allzu gut von der Unberechenbarkeit des Clubeigners, der seine Entscheidungen oft mehr nach schwankenden Launen als nach fußballerischem Fachverstand traf.

An der Ankunft für internationale Flüge wartete Juri auf ihn. Der persönliche Chauffeur von Sergej Petrov begrüßte den Gast in einem Englisch mit stark russischem Akzent.

»Bitte Sir, geben Sie mir Ihre Tasche, bis zum Auto sind es nur wenige Schritte. Mein Boss erwartet Sie zum Lunch im Dorchester Hotel.«

Das 1931 eröffnete Fünf-Sterne-Haus an der Ostseite des Hyde Park gehört weltweit zu den prestigeträchtigsten und teuersten Hotels der Stadt. Trotz mehrfachen Modernisierungen hat es bis heute Stil und Ambiente aus seiner Gründerzeit bewahrt. Das Dorchester war früher ein sehr beliebter Treffpunkt von berühmten Autoren und Künstlern. Zu den Stammgästen zählten beispielsweise der Schriftsteller W. Somerset Maugham sowie das Schauspielerpaar Elizabeth Taylor und Richard Burton. Legendär war der Besuch von Königin Elisabeth II am 10. Juli 1947. Einen Tag danach kündigte sie ihre Verlobung mit Prinz Philip von Griechenland und Dänemark an.

Auch Sergej Petrov umgab sich gern vom historischen und traditionsreichen Ambiente des noblen Hotels, das 1985 vom Sultan von Brunei erworben und für rund einhundert Millionen Dollar renoviert wurde. Hier fühlte er sich fernab der dunklen Seiten seiner geschäftlichen Welt wohl und geborgen. Dass er Branko Smirdan an diesem vertrauten Ort traf, unterstrich sowohl seine Sympathie für den cleveren Kroaten und sein grundsätzliches Interesse an dem angekündigten Vorschlag.

Er wartete auf seinen Besucher in der Lobby und begrüßte ihn herzlich. »Darf ich Sie zu einem kleinen Lunch im Grillroom einladen. Wir können dann ganz entspannt über Ihre Idee sprechen und uns anschließend bei einem Spaziergang im Park weiter unterhalten. Bis dahin hat es hoffentlich aufgehört zu regnen.«

Branko Smirdan freute sich über die herzliche Begrüßung seines Gastgebers. Er wertete sie als eine Geste von Wertschätzung. Sein Gesicht zeigte ein warmherziges Lächeln und er verbeugte sich leicht.

»Ich danke Ihnen für Ihre Zeit und Ihr wohlwollendes Interesse.«

Während des Essens, beide Männer hatten sich für das rosa gebratene Roastbeef von der Mittagskarte entschieden, sprachen sie nur über persönliche Dinge. Sergej Petrov erkundigte sich ausgiebig nach dem Familienleben seines Gastes und erzählte von seiner eigenen Beziehung zum Vater, der seit dem Tod der Mutter bei ihm im Haus wohnte und fester Bestandteil des täglichen Lebens war.

Die Art und Weise wie Branko Smirdan über seine Familie sprach, gefiel ihm. Der Kroate empfand große Dankbarkeit und Verbundenheit für seine zeitig verstorbenen Eltern. Sergej Petrov achtete immer auf die charakterlichen Wesensarten seiner Geschäftspartner und Freunde. So war er über die Einstellung von Marc Miller zu seinen Eltern höchst irritiert und ließ es deshalb nicht zu, diese Beziehung in eine Freundschaft zu erweitern. Familiäre Loyalität war für ihn seit jeher eine lebenslange Verpflichtung, die man nicht wie eine

Mitgliedschaft im Golfclub beenden konnte. Privat war der knallharte Geschäftsmann ein sehr emphatischer Mensch, der sehr herzlich, hilfsbereit und vor allem loyal war.

Da es noch immer regnete, zogen sich die Männer in einer ruhigen Ecke zurück. Sie bestellten Assam-Tee mit dünn geschnittenen Zitronenscheiben. Sergej Petrov musste lächeln.

»Wie ich sehe, scheinen wir einiges gemeinsam zu haben. Papa und ich essen hier oft zu Mittag. Eigentlich täglich, sofern ich in London bin. Statt allgemein üblichen Kaffee bevorzugen wir dann Tee mit Zitrone und gehen anschließend im Hyde Park spazieren. Dann setzen wir uns auf eine Bank, beobachten die Menschen und sprechen über alte Zeiten. Ich bin in St. Petersburg aufgewachsen und denke manchmal wehmütig an meine Kindheit und Jugend. Ich habe Papa sehr viel zu verdanken, wobei er mit meinem Business nie etwas zu tun hatte. Aber er hat mich mit seiner bedingungslosen Liebe und grenzenlosen Fürsorge unterstützt. Ich war immer ein sehr glücklicher und stolzer Sohn.«

Branko Smirdan empfand viel Sympathie für diesen Mann, dem die Werte des Lebens offenkundig ebenso so wichtig waren, wie Reichtum und Erfolg. Nach einer kurzen Pause wechselte der Russe das Thema.

»So Branko, nun haben wir gut gegessen und ein wenig über uns geplaudert. Jetzt würde ich gern von Ihnen erfahren, was Sie mir geschäftlich vorschlagen. Ich höre Ihnen aufmerksam zu.«

Der Kroate nahm einen Schluck Tee aus einem speziellen Glas, das bis zur Hälfte von einem verzierten Halter und Griff aus echtem Silber umschlossen war. Er korrigierte seine Sitzposition und knöpfte die Jacke seines taubenblauen Leinenanzugs zu.

»Vielen Dank, Herr Petrov. Sie wissen um meine lange Arbeit als Spielervermittler im bezahlten Fußball. Sie kennen auch mein Grundkonzept. Ich habe mich darauf spezialisiert, mittelständischen Vereinen mit begrenzten Budgets hochtalentierte Nachwuchsspieler zu erschwinglichen Ablösen anzubieten. Eigentlich ist es ein Investmentmodell, das sich für mich erst beim nächsten Wechsel des Spielers bezahlt macht. Viele dieser Kandidaten werden mit der Zeit wertvoller, weil sie sich durch den regelmäßigen Spielbetrieb weiterentwickeln und wichtige Erfahrungen sammeln. Sie werden also besser und somit auch begehrter. In der Regel werden meine Schützlinge nach einigen Saisons mit teilweise beträchtlichen Gewinnen an andere Vereine verkauft. Die vertraglich festgelegten Beteiligungs-quoten an den zu zahlenden Ablösen sind mein eigentlicher Profit.«

Sergej Petrov kannte dieses Geschäftsmodell bereits in groben Zügen. Der Vermittler hatte es beim ersten Treffen kurz erläutert.

»Das ist eine intelligente Investitionsstrategie. Aber was ist jetzt neu, Herr Smirdan?«

Wieder griff dieser zu seinem Teeglas mit dem aromatischen Assam und trank den Rest. »Ich möchte mit Ihnen einen Schritt weitergehen und die häufigen Sorgen der Eltern meiner Talente überbrücken. Schauen Sie, die Schwierigkeit in meinem Business liegt weniger in der Überzeugung von Clubmanagern als in der zögerlichen Bereitschaft eines verantwortungsvollen Vaters, einen Sohn professionell Fußball spielen zu lassen, der noch täglich auf die Schulbank gehört.«

»Das kann ich sehr gut verstehen«, intervenierte sein neugieriger Gastgeber, der schon etwas ungeduldig war und jetzt erfahren wollte, wie dieses Problem gelöst werden könnte.

Die Erklärung von Branko Smirdan ließ nicht lange auf sich warten. »Stellen Sie sich kurz vor, wir hätten ein sogenanntes Fußballinternat für talentierte Kinder im Alter von etwa zwölf bis neunzehn, dass zugleich eine erstklassige Gesamtschule und förderndes Trainingszentrum wäre. Manche Vereine betreiben selbst so eine Institution zur Entwicklung des eigenen Kaders. Unsere pädagogisch ausgerichtete Sportschule wäre hingegen nicht an einen Club gebunden. Wir würden junge Fußballtalente zu vielversprechenden Profis ausbilden, die wir europaweit dann selbst vermarkten könnten. Das ist der wesentliche Unterschied und vor allem Vorteil.«

Sergej Petrov zog seine Augenbrauen hoch und fragte etwas verwundert: »Haben Sie von unserer Sportschule gesprochen?«

Branko Smirdan beantwortete die erwartete Frage mit einem Lächeln. »Ja, Herr Petrov, für so ein Projekt wären Sie der ideale Mitspieler an meiner Seite. Sie sind bislang mein erster und wie ich hoffe einziger Ansprechpartner. Ich bin davon überzeugt, für diese Idee mehrere interessierte Investoren finden zu können. Aber ich möchte nicht mit finanziell gierigen Spekulanten kooperieren, sondern suche intelligente und seriöse Partner, die sich die erforderliche Zeit des Wertzuwachses leisten wollen und auch können.«

Der Russe musste laut lachen. »Wollen Sie mir schmeicheln, Herr Smirdan. Wir reden hier über ein finanziell sehr hohes Engagement, das man nicht mal eben aus der Portokasse zahlt.«

Der Kroate nickte.

»Ja, das ist richtig. Aber es gibt auch andere Aspekte. So wie ich Sie einschätze, sind Sie ein Realist mit einem großen Vermögen, das gewiss genügend Spielraum für ein solches Engagement mit einem auch sehr hohen Potenzial an positiver Wahrnehmung in der Öffentlichkeit besitzt. Ihr Name als Initiator eines so sinnvollen Modells zur Förderung von talentiertem Nachwuchs im so beliebten Fußball würde Sie medienweit sehr positiv darstellen.«

Sergej Petrov überlegte und fragte sich unabhängig von der geschickten Verkaufs-argumentation seines Gastes, ob die Finanzierung eines Fußballinternats für ihn wirklich diesen positiven Effekt haben würde. Bislang hatte er sich in der Öffentlichkeit geschickt zurückgehalten und auf die zahlreichen Gerüchte über seine Geschäftsleben nie reagiert. Er war sich nicht sicher, was wirklich passieren würde, wenn sein Name plötzlich in die Schlagzeilen im Zusammenhang mit einer solchen, gewiss positiven und lobenswerten, Initiative erscheinen würde. Er müsste darüber weiter nachdenken. Aber grundsätzlich gefiel ihm diese ungewöhnliche Projektidee.

Er musterte sein Gegenüber, der seinem direkten Blick nicht auswich. »Branko, sie sind augenscheinlich ein ausgezeichneter Verkäufer und Sie haben bei mir zumindest schon eins erreicht. Interesse und Nachdenklichkeit. Ich würde das Thema mit Ihnen gern weiter besprechen und bitte Sie, ein detailliertes

Konzept mit einer realistischen Kostenkalkulation zu entwickeln.

Eine Grundbedingung möchte ich Ihnen schon jetzt mit auf dem Weg geben. Sie persönlich müssten die absolute Aufsicht über dieses Internat haben und wären somit für seine erfolgreiche Führung hauptverantwortlich. Dazu gehört selbstverständlich auch die Akquisition der ausgewählten Talente. Das heißt, Sie müssten die Eltern dazu bringen, uns ihre Söhne anzuvertrauen. Da gibt es sicher auch einige juristische Aspekte, die hierfür zu klären wären. Beispielsweise alle Haftungsfragen.

Da Sie meines Wissens Ihren Wohnsitz im Raum Frankfurt haben, wäre sicherlich ein Standort im Umfeld der Stadt sinnvoll. Machen Sie sich bitte auch darüber Gedanken. Gern können wir uns das nächste Mal in Deutschland treffen und dann auch gleich mit einem Immobilienprofi sprechen, der für uns ein geeignetes Objekt finden könnte. Vorausgesetzt wir werden uns einig und entschließen uns wirklich zu einer Partnerschaft.«

Branko Smirdan wusste um die Spontanität seines Gesprächspartners, dessen vielversprechende Reaktion seine persönlichen Erwartungen weit übertroffen hatte. Die beiden Männer verabredeten für die übernächste Woche einen Termin. Sergej Petrov würde im Frankfurter Hof absteigen und am nächsten Tag mit einem Geschäftsfreund im Hotel frühstücken, der im hessischen Raum sehr erfolgreich Immobilienprojekte entwickelte und vermarktete.

Als Chauffeur Juri seinen gut gelaunten Fahrgast wieder in Heathrow absetzte, hatte sich sein Chef schon so gut wie entschieden, ins Fußballbusiness einzusteigen und auch Geschäftspartner von Branko Smirdan zu werden. Allerdings war ihm noch nicht klar, weshalb er eigentlich Marc Miller in dieses Projekt einbinden sollte. Der eigensinnige Mann in Zürich verfügte zwar über international sehr nützliche Kontakte, war aber eine ziemlich egozentrische Person mit narzisstischen Zügen und scheinbar ohne jeglichen Sinn für Familie. Das war ihm einmal mehr bei ihrer letzten Begegnung im Restaurant Bindella bewusst geworden.

Das Escort-Modell Monica

Monica Novotny lag auf dem Bauch und genoss die Massage ihres wohlgeformten Körpers, mit dem sie sehr viel Geld verdiente. Im letzten Jahr schaffte sie mit weit über 300.000 Euro Honorar einen neuen persönlichen Rekord. Auch jetzt verzeichnete sie ein überdurchschnittlich hohes Buchungs-aufkommen. Dabei lagen ihre Preise an der Spitze in dieses Gewerbe.

Sie hatte ihre festen Stundensätze und ließ grundsätzlich nicht mit sich handeln. Dafür schaute sie nicht ganz so genau auf die Uhr und blieb bei angenehmen Klienten oft länger als vereinbart. Zudem kannte ihr erotisches Leistungsspektrum kaum Grenzen. Sie war in ihrer Kundschaft als eine ausgesprochen vielseitige Escortdame bekannt, die bei entsprechender Honorierung auch sehr ausgefallene Wünsche erfüllte.

Die meisten Terminanfragen kamen zwar von Stammgästen, aber sie lernte auch regelmäßig neue Interessenten kennen. Die kleinen Zuwendungen und der gute Kontakt zu vertrauenswürdigen Mitarbeitern von Rezeption und Concierge in den großen Hotels machte sich absolut für sie bezahlt. Sie vermittelten sehr gern das attraktive Escortmodell und freuten sich anschließend über großzügige Trinkgelder von Gästen, die sich bei ihnen für die genussvolle Zeit mit der vielseitigen Dame bedankten.

Die Tschechin war bereits über Fünfzig, sah aber deutlich jünger aus. Ihre Kunden, denen sie trotz oft bohrender Nachfragen grundsätzlich nicht ihr wahres

Alter verriet, schätzten sie auf maximal Anfang Vierzig. Sie war nur knapp über 1,60 Meter und hatte einen schlanken Körper mit den fraulichen Rundungen an den richtigen Stellen. Ihr wohlgeformter Busen war stramm und benötigte nicht den Halt eines BHs. Die dunkelblonden Haare fielen über ihre wohlgeformten Ohren auf die Schultern.

Wie viele slawische Frauen hatte sie hochstehende Wangenknochen. Mit ihren großen, braunen Augen konnte sie ebenso sanft wie streng schauen. Sehr stolz war sie auf ihre schönen wie gepflegten Füße, auf die so einige ihrer zahlenden Verehrer regelrecht abfuhren. Monica Novotny lebte allein in einer schicken Eigentumswohnung mit südwestlich ausgerichteter Terrasse in bester Lage von Wiesbaden.

Ihre Nachbarn hielten sie für eine reich geschiedene Ehefrau, die viel auf Reisen war und so gut wie nie Männerbesuch empfing. Ihr weißes Mercedes-Cabriolet stand wenig genutzt in der Tiefgarage, da sich die attraktive Frau meist ein Taxi bestellte. Bei Begegnungen im dreistöckigen Treppenhaus wirkte sie fast verlegen und grüßte stets mit einem scheuen Lächeln. Obgleich sie bereits fast dreißig Jahre in Deutschland war, verriet ihre Aussprache noch immer einen unverkennbar osteuropäischen Akzent.

Ursprünglich stammte sie aus Kladno, einer kleinen Industriestadt in der mittelböhmischen Region etwa fünfundzwanzig Kilometer nordwestlich von Prag. Hier lebte sie als Einzelkind lange Zeit mit ihren Eltern. Nach dem Tod ihres schwerkranken Vaters entschloss sie sich, mit ihrer Mutter nach Deutschland auszuwandern.

Im Großraum Frankfurt hatte sie die besten Chancen, den erforderlichen Lebensunterhalt mit dem zu verdienen, was sie sehr gut beherrschte. Nachdem sie als exklusives Escortmodell geschäftlich schnell Fuß fasste, brachte sie ihre pflegebedürftige Mutter in ein nahes gelegenes Seniorenheim am Rande der Mainmetropole unter.

Monica Novotny verstand es, Männer in allen Facetten der Sexualität um den Verstand zu bringen. Ob devot oder dominant, ob zart oder hart, ob vornehm oder ordinär – ihr erotisches Spektrum kannte so gut wie keine Tabus. Die perfekte Anpassung an die häufig ausgefallenen Wünsche ihrer Klienten war ein wichtiger Trumpf für ihren großen Erfolg.

Nach den traumatischen Erlebnissen als Jugendliche mit dem besten Freund ihres Vaters, konnte sie kaum noch etwas schockieren. Sie hatte damals am eigenen Leib teilweise erniedrigende Sexualpraktiken erleiden müssen. Der rücksichtslose Mann hatte sich bei jeder Gelegenheit an ihrem hübschen Mädchenkörper vergangen und sie teilweise zu Handlungen gezwungen, die ihr lange Zeit jede Lust auf Sex nahmen.

Andererseits kamen ihr diese traumatischen Erfahrungen jetzt zugute. Sie hatte gelernt, wie man Männer benutzte und lebte nunmehr eine subtile Dominanz aus, die manche Kunden geradezu süchtig nach ihr machten. Sie selbst empfand bei diesen Treffen wenig, konnte jedoch lustvolle Höhepunkte sehr glaubwürdig simulieren. Viele Männer kamen sich bei ihr wie tolle Liebhaber vor und genossen das empfundene Erfolgserlebnis, diese großartige Frau befriedigt zu haben. Dass Monica Novotny in den vielen Begegnungen mit ihren internationalen Gästen in allen Altersstufen selbst so gut wie nie einen Orgasmus erlebte, führte sie maßgeblich als Dauerschaden auf die schlimmen Erlebnisse als Sechszehnjährige zurück.

Ihre erste sexuelle Erfahrung mit dem anderen Geschlecht machte sie mit Fünfzehn. Schon damals in der Schule war sie sich ihrer magnetischen Ausstrahlung auf die Jungs bewusst, die sich reihenweise um sie bewarben. Sie selbst hatte aber nur Augen für ihren gleichaltrigen Klassenkameraden Miroslav, einem hochgewachsenen Blondschopf, der später ein populärer Eishockeyspieler bei HC Flavia Praha wurde.

Nach einigen Wochen mit mehreren Kinobesuchen und leidenschaftlichen Knutschereien auf Parkbänken gab sie seinem zunehmenden Drängen nach und ging mit ihm ins Bett. Schweigend und geradezu anteillos ließ sie es geschehen. Sie verspürte einen kurzen Schmerz aber wenig von der lustvollen Erregung ihres ersten Liebhabers. In den folgenden Wochen nahmen jedoch die sexuellen Empfindungen allmählich zu. Sie empfand mehr und mehr Lust an der körperlichen Liebe mit dem zärtlichen Jungen. Dann passierte es. Als ihre Eltern für zwei Wochen verreisten, verbrachte sie diese Zeit im Haus des besten Freundes ihres Vaters. Gleich in der ersten Nacht fiel der alkoholisierte Mann in ihrem Zimmer über sie her und vergewaltigte sie. Monica war so verängstigt, dass sie es lautlos über sich ergehen ließ. Bei jeder Gelegenheit missbrauchte er das junge Mädchen. Er war grob und hemmungslos und sie musste ihm unter heftigen Drohungen immer wieder versprechen, niemand davon zu erzählen.

Obwohl dieses Trauma mehr als lange zurücklag, litt sie bis heute noch unter diesen unvergesslichen Erlebnissen. Bislang war ihr noch kein Mann begegnet, der ihr zerstörtes Vertrauen hätte gewinnen können, um sich auf eine ernste Beziehung einzulassen. Eigentlich hätte sie sich das schon gewünscht, obwohl das in ihrem Job sicher schwer möglich gewesen wäre. Mehrfach hatte sie sich selbst gefragt, ob sie ihr einträgliches Metier mit dem richtigen Lebenspartner an ihrer Seite aufgeben würde. Sie hatte darauf keine Antwort.

Nach der Massage würde Monica Novotny zuhause duschen und sich für ihr Treffen am Abend zurechtmachen. Sie überlegte, was sie anziehen sollte und womit sie diesmal ihren neuen Kunden überraschen könnte.

Bei ihrem ersten Mal hatte der auf Mitte Vierzig geschätzte Mann bereits nach wenigen Minuten seinen Höhepunkt. Er hatte zuvor einige Wodkas getrunken und sich sogar in ihrer Gegenwart wiederholt ein weißes Pulver in die Nase gezogen, das wie Kokain aussah. Er war zwar sehr aufgedreht und prätentiös, aber körperlich nicht gerade in Bestform. Sie überlegte kurz, wie der heutige Abend wohl verlaufen würde.

Marc Miller hatte die Escortdame für neunzehn Uhr in sein Stammhotel Villa Kennedy bestellt. Gleich nach dem gemeinsamen Abendessen würden sie auf seine Suite gehen. Bis dahin würde er keinen Alkohol anrühren und auch auf sein geliebtes Koks verzichten. Obschon er das Zeug seit mehreren Jahren fast täglich einnahm, hielt er sich selbst nicht für süchtig.

Heute war Marc Miller fest entschlossen, den aufregenden Sex mit dieser tollen Frau in körperlicher Bestform maximal zu genießen und empfand bereits beim Gedanken an ihre appetitlichen Füße aufsteigende Erregung.

Bis zur ersten Begegnung mit ihr waren ihm offenbar weder seine devote Veranlagung noch der sexuelle Reiz einer dominanten Frau bewusst gewesen. Er wollte es noch nicht so richtig wahrhaben, musste aber immer wieder daran denken, wie dieses Weib auf dem Bett stand und es ihm mit ihrem rechten Fuß besorgte. Dabei heizte sie ihn zusätzlich mit einer ausgefallenen Verbalerotik an, die er in dieser Form noch nicht kannte.

Er verfügte über jahrelange Erfahrung mit edlen wie auch gewöhnlichen Prostituierten. Aber mit dieser Frau war es anders. Sie hatte echte Klasse. Vor ihr empfand er Respekt und hatte nicht den Mut, sie so zu behandeln, wie er sonst oft mit Frauen aus dem Milieu umging. Er musste sie unbedingt wiedersehen und buchte sie gleich nach dem ersten Treffen für dem kommenden Aufenthalt in Frankfurt. Dieses Mal würde er ihr schon zeigen, weshalb alle Frauen gern mit ihm ins Bett gingen.

Sie saßen an einem sehr schönen Tisch auf der Hotelterrasse. Während Marc Miller die italienische Speisekarte nach dem bekannten Koch Fulvio Pierangelini studierte, musterte Monica Novotny den großspurigen Kerl. Er hatte sie für beachtliche fünf Stunden gebucht. Sie überlegte. Nach dem Abendessen verblieben noch mindestens drei Stunden, und sie fragte sich, ob es mit dem Kerl wieder so schnell gehen würde.

In seinem Alter könnte er es vielleicht ein zweites Mal schaffen. Sie hatte auch schon eine Idee, was sie mit ihm anstellen würde, um ihn erneut auf Touren zu bringen. Ihr waren diese Art von Männern bestens bekannt. Sie machten viel Geld und hielten sich für die größten Frauenhelden. Aber was waren sie schon ohne ihre Kreditkarten und ihr verschwenderisches Jet-Set-Gehabe?

Demonstrativ hatte Marc Miller nur jeweils eine Flasche Wasser mit und ohne Kohlensäure bestellt. Mit einem breiten Grinsen erklärte er, dass er während ihres Zusammenseins weder das eine noch das andere anrühren würde. Sie selbst trank zuhause gelegentlich ein Glas Wein, rührte aber prinzipiell keinen Tropfen an, wenn sie beruflich im Einsatz war. Auch darin war sie so konsequent wie in der beharrlichen Verweigerung, über ihr Honorar zu verhandeln.

Diese Erfahrung blieb auch Marc Miller an diesem Abend nicht erspart. Während er hastig seinen Lammrücken mit Waldpilzen verschlang und sie gelassen die köstlichen Linguine mit Hummer genoss, ging ihr Gastgeber in die geschäftliche Offensive. Mit halbvollem Mund bot er ihr ein sogenanntes Stammgastarrangement an, das bei ihr nur ein mitleidvolles Lächeln auslöste. Wofür hielt er sich bloß?

»Schau Marc, das haben wir doch gar nicht nötig. Wir können uns gern immer dann treffen, wenn wir Lust und Zeit haben. Ganz entspannt und ohne jegliche Verpflichtungen. Mengenrabatt für Großkunden gibt's im Autohaus oder sonst wo, aber nicht bei mir. Wenn du dir meinen Service aus welchen Gründen auch immer nicht mehr leisten möchtest, ist das völlig okay. Ich akquiriere nicht. Versteh mich bitte nicht falsch, aber so ein dauerhaftes Arrangement mit Rabattstufen fände ich ziemlich ungeil.«

Marc Miller hatte in seiner gewohnten Überheblichkeit nicht damit gerechnet, bei dieser Frau gleich gegen die Wand zu laufen. Wer war sie denn schon und was bildete sie sich eigentlich ein, so ein lukratives Angebot einfach auszuschlagen? Das passierte ihm in seinem Business so gut wie nie. Da galt er als sehr überzeugend und genoss großen Respekt bei seinen Gesprächspartnern. Schließlich war er ein erfolgreicher und gutaussehender Mann im besten Alter, mit dem man sich überall sehen lassen könnte. Intelligent, vermögend und großzügig. Wäre er so ein alter Knochen, könnte er ihre abweisende Reaktion verstehen. Offensichtlich war sie sehr gefragt und verdiente als Escort entsprechend viel. Nur deshalb konnte sie es sich leisten, einen begehrten Mann wie ihn kalt abblitzen zu lassen. Marc Miller wollte nach dem Essen keine weitere Zeit verlieren.

»Du hast recht, es war ein dummer Vorschlag. Vergiss ihn einfach. Ich finde, wir sollten uns jetzt dem eigentlichen Zweck des heutigen Abends zuwenden. Wenn ich dich so anschaue und an unser erstes Miteinander denke, kann ich es kaum erwarten.«

Monica lächelte, stand auf und legte ihre Serviette ordentlich gefaltet neben ihrem Teller. »Mit deiner großzügigen Buchung von fünf Stunden scheinst du dir viel vorgenommen zu haben. Dann wollen wir keine weitere Zeit verlieren.«

Minuten später waren sie in seiner Classic-Suite mit separatem Schlaf- und Wohnbereich. Monica Novotny öffnete die Tür zum Bad und blickte auf die großflächige Duschkabine. Eine Erfrischung bei der feuchtwarmen Luft an diesem Abend wäre jetzt genau das richtige.

»Okay Marc, du kümmerst dich um die Getränke und ich springe unter die Dusche. Danach darfst du deine schmutzigen Fantasien an einem sauberen Frauenkörper ausleben.«

Behutsam schloss sie die Tür hinter sich und legte ihre Sachen auf einen Hocker. Minutenlang genoss sie das sanfte Wasser aus der Regendusche. Anschließend trocknete sie sich gründlich ab und zog ihren schwarzen Slip wieder an. Als sie die Tür zum Schlafzimmer öffnete, lag Marc Miller bereits in Hemd und Hose auf dem Bett. Sie schmunzelte und neckte ihn.

»Ist mein Prinz etwa müde?«

Dann stieg sie aufs Bett und stellte sich in Hüfthöhe breitbeinig über ihn. Marc Miller schaute sie fragend an und bewunderte ihre hübschen Beine. Was hatte das Miststück jetzt mit ihm vor? Die Antwort ließ nicht lange auf sich warten.

Sie hatte inzwischen ihren rechten Fuß zwischen seine Oberschenkel geschoben und bewegte langsam ihre Zehen. Marc Miller spürte seine sofortige Erektion, die er gern vor ihr verborgen hätte. Er hatte aber schon fast die Kontrolle über seinen Körper verloren. Monica lächelte mit einem leicht spottenden Gesichtsausdruck.

»Na, gefällt das dem kleinen Prinzen?«

Dann kniete sie sich vor ihm und öffnete mit einem geschickten Griff den Knopf an seinem Hosenbund. Marc Miller atmete schwer und konnte kaum erwarten, was jetzt folgen würde. Diese Reaktion kannte sie von vielen Männer, die sie mit ihrer lasziven Art zu erregen wusste. Langsam senkte sie ihr Gesicht, als wolle sie ihn oral befriedigen. In freudiger Erwartung hielt Marc Miller die Luft an und schloss die Augen. Gleich würde er ihre wohlgeformten Lippen spüren. Dazu kam es aber nicht.

Stattdessen nahm sie den Schieber des Reißverschlusses zwischen ihre Zähne und öffnete ihn mit ihrem Mund. Wie gelähmt lag er unter ihr und mochte sich nicht bewegen. Sein Atem ging schwer und er hatte schon einige Mühe, sich zurückzuhalten. Wenn es wieder so schnell wie beim ersten Mal gehen würde, wäre ihm das richtig peinlich. Als hätte sie seine Gedanken geahnt, erhob sich Monica vom Bett, trank einen Schluck Wasser und ging erneut ins Bad.

Als sie zurückkkam, lag Marc Miller inzwischen nackt auf der Bettdecke und verdeckte mit beiden Händen fast schamvoll seinen Unterleib. Er hatte sich fest vorgenommen, nunmehr den bestimmenden Part zu übernehmen und es ihr so richtig zu zeigen. Erneut machte ihm Monica einen Strich durch die Rechnung und stellte sich wieder über ihn.

Sie hatte im Bad ihren rechten Fuß mit einem duftenden Körperöl eingerieben und sagte fast in einem Befehlston zu ihm: »Mache deine Augen zu und genieße es einfach.«

Dann schob sie seine Arme zur Seite und begann, ihn abwechselnd mit Fußzehen und Mittelfuß sanft zu massieren. Allmählich steigerte sie das Tempo und den Druck. Als sie das heftige Pochen seines Höhepunktes vernahm, umklammerte sie seine zuckende Männlichkeit mit ihrem Vorderfuß.

Wieder war es blitzschnell passiert und wieder hatte er keine Chance, das Geschehen zu beeinflussen. Trotz seiner ausgiebigen Erfahrungen mit ständig

wechselnden Frauen musste sich Marc Miller eingestehen, dieser außergewöhnlichen Frau sexuell nicht
gewachsen zu sein. Eine Erfahrung die er als Erwachsener bislang nicht erlebt hatte.

Als Monica Novotny eine Stunde später mit dem
Taxi nach Hause fuhr, dachte sie nicht mehr an diesen
selbstverliebten Herrn Miller, den sie auch dieses Mal
in Windeseile abgefertigt hatte. Sie war sich sicher, es
dürfte wohl in ihrem Gewerbe weit und breit keine
andere Frau geben, die so viel Umsatz mit ihren Füs-
sen machte.

Die Schickeria in Saint Tropez

Saint-Tropez erlebte einen ungewöhnlich heißen Juni. An diesem Tag waren es bereits am Vormittag deutlich über 30 Grad und die Luft stand. Die meisten Besucher blieben in ihren Hotels oder schlenderten über den schattigen Markt am Place de Lises, weil es ihnen am Meer einfach zu warm war. An diesem Samstag fehlte selbst die gewöhnliche Windbrise als kühlende Erfrischung beim Sonnenbad. Das Wasser wiederum war noch nicht auf sommerliche Betriebstemperatur und im Verhältnis zur tropischen Lufttemperatur eiskalt.

Kevin Albrecht machten diese Umstände wenig aus. Im Gegenteil. Für ihn war es leichter, seine Abnehmer und Freunde in ihren Hotels oder privaten Domizilen zu treffen. Hier konnten sie ihre Geschäfte viel diskreter als an den beliebten Stränden abwickeln.

In den meist überfüllten Strandrestaurants in Pampelonne tummelte sich in der Saison alles, was Rang und Name hatte. Und natürlich viel Geld. Sei es von zuhause geerbt, selbst erarbeitet oder erschwindelt; Hauptsache man hatte genug davon und war auch gewillt, seinen Reichtum im illustren Umfeld zu demonstrieren. In diesen Kreisen war die vornehme Zurückhaltung der feinen Gesellschaft so angesagt, wie eine Nase Koks auf einer Konfirmation. Jet-Set war nicht nur ein Synonym für den schnellen Wechsel zwischen den weltweiten Hotspots.

Der Begriff könnte ebenso ein Symbol für die dröhnende Lautstärke von Flugzeugtriebwerken sein. Leise Töne sind nicht die Hymne der Schönen und Reichen, die mehr auf massive Paukenschläge, protzende Großauftritte sowie eitle Geltungssucht und grenzenlose Verschwendung setzen. Für den überwiegenden Teil dieser hungrigen Spaßgesellschaft waren Alkohol und mehr noch Partydrogen wie Kokain unverzichtbare Begleiter im täglichen Leben.

Auch deshalb war der Drogenbaron in diesem Milieu bekannt wie ein bunter Hund. Wenn er sich im meist rappelvollen Le Club 55 am Strand von Pampelonne aufhielt, hatte er kaum eine ruhige Minute. Er musste von Tisch zu Tisch wandern und mit vielen seiner Abnehmer bei Schampus, Wein oder frischer Zitronenlimo über den neuesten Klatsch aus ihrer bunten Welt plaudern.

Oft nervten und langweilten ihn dieses oberflächliche Bla Bla über irgendwelche Leute, mit denen er im Privatleben nichts zu tun haben wollte. Er pflegte ihren Kontakt nur aus geschäftlichen Gründen, weil sie ihm ein Einkommen verschafften, das ihn schon bald zu einem wohlhabenden Frührentner machen würde. Kürzlich war er gerade Fünfzig geworden und er musste nur noch wenige Jahre anschaffen, um sich ein gutes Leben als versorgter Privatier leisten zu können.

Vielleicht würde er nach Thailand auswandern und sich ein kleines Haus in Koh Samui kaufen. Eine ganz andere Welt, die er in mehreren Besuchen schätzen gelernt hatte. Er konnte sich dort einen stressarmen Lebensabend gut vorstellen. Da er allein lebte, war er in allen Entscheidungen absolut frei.

Kevin Albrecht hatte bis auf einen Onkel in Tirol keine Familie. Verbunden fühlte er sich eigentlich nur mit Rafaela Fernandes, die ihm seit vielen Jahren als zuverlässige Botin zur Seite stand. Nie gab es ihretwegen Probleme mit Polizei oder Zoll; die unauffällige Frau wirkte in ihrer sanftmütigen Art wie eine liebenswürdige Großmutter auf dem Weg zu ihren Enkelkindern. Er war ihr ergebungsvoll dankbar und würde sich selbstverständlich um eine angemessene Altersversorgung für sie kümmern.

Häufig fragte er sich, wie lange sie diese teilweise sehr anstrengenden Reisen noch auf sich nehmen könnte. Sie war mittlerweile zweiundsiebzig. Ihm war klar, dass ihre makellose Karriere allmählich zu Ende gehen würde. Rafaela war für ihn wie eine eng vertraute Freundin, für die er aufrichtige Zuneigung und fürsorgliche Verantwortung empfand.

Der charmante Österreicher wurde von seinen Kunden sehr geschätzt. Er galt als äußerst zuverlässig und verschwiegen, sein Kokain war in der Regel von bester Qualität und seine Preise absolut fair. Wenn es mal eine Beanstandung gab, war er grundsätzlich kulant und großzügig. Seine stets zuvorkommende Art entsprach eher der mütterlichen Vorstellungen von einem Schwiegersohn als dem Klischee eines typischen Rauschgifthändlers.

Der Drogenbaron schaute auf die Uhr. Kurz nach eins wollte er Rafaela am Bahnhof in Toulon abholen. Sie war mit seiner Ware von Wien über Paris an die Cote d'Azur unterwegs, die mehrere Kunden für ihren Trip an die Cote d'Azur bei ihm bestellt hatten.

Auch Marc Miller gehörte dazu. Sie waren um sechszehn Uhr im Hotel Byblos direkt im Zentrum von Saint-Tropez verabredet. Das ursprüngliche Fischerdorf hatte sich seit den 1950er Jahren zu einem internationalen Treffpunkt der High Society entwickelt. Die meisten seiner Kunden bevorzugten indes die luxuriösen Ferienwohnungen und Strandbungalows im Umfeld, sofern sie keinen eigenen Immobilienbesitz hatten.

Der Drogenbaron hatte ausreichend Zeit einkalkuliert. Für die knapp sechzig Kilometer bis zur Hauptstadt des französischen Departements Var würde er etwas über eine Stunde benötigen. Bei pünktlicher Ankunft des direkten TGV, der kurz nach neun Uhr von der Gare du Lyon in Paris abgefahren war, könnte er seine drei Termine am Nachmittag und frühen Abend problemlos schaffen. Davor blieb ihm sogar genügend Luft für eine Dusche, die er bei diesem drückenden Wetter gern nach seiner Rückkehr aus Toulon nehmen würde.

Er steuerte im gemütlichen Tempo den geliehenen Peugeot über die D 98 entlang der Küste und genoss den herrlichen Ausblick auf die einladenden Buchten und das offene Mittelmeer. Dabei musste er an seine Kundschaft denken. So ähnlich sich diese Menschen in ihrer Lebensweise und Gewohnheiten waren, gab es dennoch erhebliche Unterschiede. Zu den meisten Abnehmern hatte er ein gutes und teilweise freundschaftliches Verhältnis.

Sonderbare Personen wie Marc Miller gehörten absolut nicht dazu. Der merkwürdige Investor in Zürich vermittelte ihm ein unangenehmes Gefühl, das er nicht näher definieren konnte. Er war anders, schwer durchschaubar und ziemlich launisch. Da er erheblich größere Mengen als die anderen Abnehmer bestellte, konsumierte er vermutlich auch mehr. Das würde auch die wankelmütigen Verhaltensweisen des Mannes erklären. Auf diesem Gebiet kannte er sich als etablierter Händler gut aus und verfügte über eine langjährige Erfahrung mit Menschen, die regelmäßig Kokain nahmen. Häufig bewirkte ein längerfristiger Konsum massive Veränderungen ihrer Wesensart, die sich beispielsweise von einer anfänglich harmlosen Selbstgefälligkeit bis zum extremen Größenwahn im fortgeschrittenen Stadium erstreckten.

Dieser Marc Miller befand sich jedenfalls auf bestem Wege zum anderen Extrem. Fast hätten sie sich wegen seines idiotischen Freundes überworfen. Der Drogenbaron war noch immer über ihre herablassend empfundene Diskussion in Zürich verärgert, weil er diesem verantwortungslosen Schwachkopf Campari noch den Rücken gestärkt hatte. Seine enge Verbundenheit mit diesem Typen, den er kürzlich wegen seiner indiskreten Klappe als Vermittler auf Honorarbasis von jetzt auf gleich gefeuert hatte, waren ihm jedenfalls ein Dorn im Auge. Er konnte diesen Suffkopf mit seiner stets grinsenden Visage nicht mehr ausstehen.

Das alles gefiel ihm nicht und er nahm sich fest vor, die geschäftliche Beziehung zu Marc Miller möglichst ohne weitere Schwierigkeiten zu beenden. Am besten wäre es wohl, nicht mehr so leicht für ihn erreichbar zu sein und ihn allmählich aushungern zu lassen. Möge er sich doch bitteschön einen anderen Lieferanten suchen. Um ihn schnell loszuwerden, würde er ihm sogar am liebsten einen Kollegen vermitteln.

Allerdings war der Drogenbaron auf seinem Gebiet ein absoluter Einzelgänger und vermied unnötige Kontakte in der Szene. Seine Ware erhielt er seit Jahren vom selben Lieferanten, mit dem er sich zweimal jährlich in Istanbul traf. Sie hatten eine vertrauensvolle Geschäftsbeziehung, bei der sich der eine völlig auf den anderen verlassen konnte. Ihr Kontakt begrenzte sich ausschließlich auf ihr Business. Dabei ging es immer nur über die Mengen, Preise und Termine der benötigten Ware. Sonst wussten sie nichts voneinander.

Um keine unnötigen Risiken einzugehen, telefonierten sie nie, sondern stimmten alles in einem kleinen Restaurant am Bosporus ab. Mitte Juni würde er wieder nach Istanbul fliegen. Er hatte gerade vor einigen Tagen eine unverfängliche WhatsApp mit einem konkreten Termin erhalten.

Pünktlich betrat der Österreicher das Hotel Byblos und schaute sich nach seiner Verabredung um. Er entdeckte ihn im Arcadia. Das beliebte Restaurant am Swimmingpool war zu diesem Zeitpunkt nur schwach besucht, und Marc Miller hatte sich einen Tisch geben lassen, der ausreichend im Luftstrom der Klimaanlage lag. Hier konnte man es gut aushalten. Neben ihm saß doch tatsächlich dieser Maximilian Redler alias Campari, der mit dem gelben Strohhalm in einem Glas spielte, das augenscheinlich mit einem eisgekühlten Cocktail gefüllt war.

Marc Miller erhob sich und begrüßte seinen Besucher freundlich. »Es macht Ihnen doch nichts aus, dass ich meinen lieben Freund mitgebracht habe. Vielleicht können wir die Gelegenheit auch dazu nutzen, Missverständnisse aufzuheben und wieder Frieden zu schließen.«

Der Drogenbaron hatte weder Lust noch Absicht, erneut mit diesem Campari gesehen zu werden. Er musste innerlich kurz schmunzeln. »Herr Miller, Ihre Freunde sind nicht unbedingt meine Freunde. Außerdem bin ich nicht in einer Friedensmission hier. Wir beide sind geschäftlich verabredet und wenn Ihnen das wirklich bedeutsam ist, sollten Sie ihren Begleiter freundlicherweise bitten, sich für die Zeit meiner Anwesenheit an einem anderen Ort aufzuhalten. Alternativ würde ich mich empfehlen und gleich wieder gehen.«

Marc Miller war über diese Reaktion überrascht, gab aber nicht auf. »Aber Herr Albrecht, warum diese Schärfe. Der gute Mann hat Ihnen persönlich doch nichts getan. Sie haben doch auch von ihm profitiert. Nehmen Sie allein unseren Kontakt, für den wir beide ihm dankbar sein sollten. Bitte schauen Sie ihn sich doch an. Er ist so liebenswürdig; immer fröhlich und positiv.«

»Und meistens besoffen und nicht Herr seiner Worte«, konterte Kevin Albrecht. »Ich mag ihn weder ansehen noch hören und erst recht nicht sprechen. Wenn Sie allerdings Probleme damit haben, sollten wir uns wie gesagt jetzt nett verabschieden und in die Hand versprechen, uns künftig weder geschäftlich noch privat weiter zu belästigen.«

Marc Miller schwankte. Am liebsten würde er den Drogenbaron zum Teufel jagen. Dann müsste er aber auf seinen exzellenten Koks verzichten und alte Quellen reaktivieren. Die waren bei weitem nicht so gut und teilweise sogar teurer.

»Okay, ich verstehe Sie zwar nicht, möchte aber Ihren Standpunkt respektieren. Campari, tue mir bitte den Gefallen, uns kurz allein zu lassen. Es dauert nicht lange.«

Wie ein gescholtenes Kind stand der arbeitslose Ex-Banker auf und suchte etwas orientierungslos nach dem Weg zur Lobby. Seinem etwas wankenden Gang zufolge musste er wohl im Laufe des Tages schon einige Male mit den bunten Strohalmen in Alkoholcocktails gespielt haben.

Als er kurz darauf die Tür zu seinem Zimmer öffnete, war der Drogenbaron schon auf dem Weg zu seinem nächsten Termin. Das erneut unangenehme Treffen mit Marc Miller hatte nur noch wenige Minuten gedauert. Die beiden Männer tauschten lediglich Geldkuvert und Kokainpäckchen aus. Unmittelbar danach verabschiedeten sie sich fast wortlos. Kevin Albrecht war nun fest entschlossen, diese Verbindung per sofort zu beenden.

Auch Marc Miller wurde es zunehmend klar, sich alsbald nach einem anderen Lieferanten umsehen zu müssen. Der anfänglich nette Kontakt zum Drogenbaron war durch das dumme Verhalten seines unbedachten Freundes schwer belastet. Sicher hatte er selbst dazu beigetragen, weil er sich eindeutig an die Seite von Campari positionierte. Ihm war aber nichts anderes übriggeblieben, denn er brauchte ihn für sein bevorstehendes Immobilienvorhaben auf Ibiza.

Maximilian Redler war zwar wegen seiner Alkoholsucht aus der Bank geflogen, hatte aber noch immer ausgezeichnete Verbindungen zu vielen Finanzdienstleistern. Davon wollte er profitieren und ihn ebenfalls als Berater für die erforderlichen Kredite in Anspruch nehmen, die er für die Realisierung seines geplanten Anwesens benötigte.

Um zwanzig Uhr waren sie mit Luc Torres verabredet. Ein spanischer Projektentwickler, der Ausschau nach geeigneten Grundstücken auf Ibiza hielt. Marc Miller hatte schon längere Zeit den Traum, sich auf der elitären Partyinsel niederzulassen. Voller Erwartungen sah er seinem nächsten Termin entgegen. Zunächst wollte er aber noch nach Campari schauen und seinen verstörten Freund moralisch wieder aufrichten. Vergeblich hatte er darauf gehofft, die Beziehung zwischen den beiden Männern wieder kitten zu können. Nicht zuletzt zu seinem eigenen Vorteil.

Ein Fußball-Internat für junge Talente

Sergej Petrov war höchst zufrieden. Wie erwartet hatte ihm Branko Smirdan ein überzeugendes Konzept für das geplante Fußballinternat vorgelegt. Der Kroate überraschte ihn außerdem mit der positiven Nachricht, sich im Voraus bereits die Zusage für acht begabte Nachwuchsspieler gesichert zu haben. Die Eltern waren bereit, ihm ihre Jungs im Alter zwischen elf und fünfzehn Jahren anzuvertrauen und sie noch vor Eröffnung der Talentschmiede anzumelden.

»Unser Vorhaben kommt sehr gut an«, betonte der Spielervermittler. »Entscheidend hierfür ist unsere verbindliche Zusage einer ordentlichen Schulausbildung. Die Väter und Mütter waren in dieser Hinsicht bislang recht zögerlich und hatten die Sorge, dass es in diesen Internaten hauptsächlich um den Fußball gehen würde. Ohne einen vernünftigen Schulabschluss würden ihre Kinder mit leeren Händen dastehen, wenn es mit der erhofften Profikarriere doch nicht klappen sollte. Ich habe immer wieder betont, dass wir eine unabhängige Institution sind, die nicht von einem eigennützigen Verein betrieben wird, der darauf aus ist, dass sich seine Investition möglichst schnell bezahlt macht. Die Väter wollten natürlich wissen, wer das Internat finanziert und was seine Motivation ist.«

Diese Frage hätte auch Sergej Petrov gestellt und wollte genau wissen, wie Branko Smirdan darauf geantwortet hatte.

»Ich habe Sie als einen weitsichtigen Sponsor bezeichnet, der sich auf diese Weise auch für sein persönliches Glück als sehr erfolgreicher Geschäftsmann bedanken möchte. Zudem wären Sie ein begeisterter Fußballfreund und wollen auch deshalb einen sinnvollen Beitrag für eine sportlich wie pädagogisch gleichgewichtige Förderung des talentierten Nachwuchses leisten.«

Der clevere Russe musste über diese Interpretation lächeln. Da er selbst nicht sehr eitel war, verbuchte er diese überzeugende Darstellung seines künftigen Geschäftspartners hauptsächlich als motivierende Argumentation für die Grund auf skeptischen Eltern von aussichtsreichen Fußballtalenten. Ihm gefiel die Art und Weise, wie sich sein künftiger Partner ins Zeug legte. Ein engagierter Mann, der strategisch denken und klug argumentieren konnte.

»Kompliment, Branko. Ich darf Sie doch so nennen. Mit diesen frühzeitigen Zusagen krönen Sie Ihr gutes Konzept. Übrigens, woher kommen die Jungs? Sie waren doch sicher schon vorher mit den Leuten in Kontakt.«

Branko Smirdan hatte mit dieser Frage gerechnet. Er konnte seinen künftigen Geschäftspartner immer besser einschätzen.

»Drei Nachwuchsspieler leben in Deutschland, zwei in Nordrhein-Westfalen, einer in Baden-Württemberg. Sie alle haben Migrationshintergrund und stammen ursprünglich aus der Türkei, Marokko und Nigeria. Die anderen fünf leben in Osteuropa. Es sind jeweils zwei Serben und Kroaten sowie ein Mazedonier. Ich hatte bisweilen telefonischen Kontakt mit den Familien. Wir bleiben in Verbindung und warten ab, wie sich die Dinge entwickeln. Alle sind sehr interessiert und möchten mehr über unser Vorhaben wissen.

Ich habe ihnen versprochen, mich kurzfristig wieder zu melden.

Nach unserem ermutigenden Gespräch in London wollte ich unbedingt die Zeit bis zu unserem heutigen Treffen nutzen. Ich habe die Familien persönlich aufgesucht, weil ich wissen wollte, ob unsere Idee wirklich ankommt. Die Reaktionen waren durchweg sehr erfolgsvorsprechend und ich rechne weiterhin mit positiver Resonanz. Inzwischen bin ich sehr zuversichtlich, dass wir recht schnell weitere Anmeldungen erhalten können. Vorausgesetzt, wir kommen bald auf den Markt.«

Sergej Petrov lächelte. Die beiden Männer hatten sich in dem bekannten italienischen Restaurant Die Leiter an der Ecke zur Frankfurter Fressgasse verabredet. Der Russe schwärmte von seinem köstlichen Thunfischsteak mit Chicorée auf Koriandermousse. Sein Gast hatte sich für Tagliatelle mit Gambawürfeln, Pilzen und Spinat entschieden. Da sie an diesem frühen Abend die ersten Gäste waren, konnten sie ihr Vorhaben ungestört besprechen.

»Branko, auch ich war inzwischen sehr aktiv und habe ebenfalls gute Neuigkeiten. So wie es ausschaut, hat mein Freund Lukas Weihmann möglicherweise das richtige Objekt für uns. Die Anlage liegt auf dem Land im Umkreis von Gießen rund sechzig Kilometer nördlich von Frankfurt. Es handelt sich um eine ehemalige Sportschule mit den erforderlichen Außenflächen und einer großen Halle. Alles angeblich in einem guten Zustand. Wir müssen allerdings sehen, ob wir vor allem das Hauptgebäude mit einem vernünftigen Zeit- und Kostenaufwand in ein passendes Internat umwandeln können.«

Branko Smirdan freute sich über das Engagement von Sergej Petrov. Er hatte sich zwar nach ihrer kürzlichen Begegnung in London gute Chancen für eine Kooperation ausgerechnet, aber nicht erwartet, dass sich der eigensinnige Milliardär bereits in diesem frühen Stadium persönlich so engagieren würde. Das war ein vielversprechendes Signal. Scheinbar hatte er bereits eine positive Entscheidung für sich getroffen.

»Branko, Lukas Weihmann ist ein guter Bekannter von mir. Der Immobilienmakler ist in seiner Branche sehr angesehen und erfolgreich; kennt Gott und die Welt. Deshalb vertrauen ihm viele Verkäufer ihre Objekte an. Er kann uns die Liegenschaft gleich morgen Vormittag zeigen. Wir haben uns um neun Uhr bei mir im Frankfurter Hof verabredet. Am besten, wir frühstücken zusammen im Hotel, plaudern ein wenig und fahren dann gemeinsam zum Objekt. Auf dem Rückweg lade ich euch dann zum weltbesten Kalbskotelett im Alter Haferkasten in Neu-Isenburg ein. Mein Rückflug nach London geht erst am Abend.«

Nach einer ausgiebigen Besichtigung der Anlage fuhren die drei Männer gegen vierzehn Uhr wieder zurück. Der Aufwand hatte sich gelohnt, das großflächige Grundstück und die insgesamt gut erhaltenen Gebäudeteile waren bestens für ihr Vorhaben geeignet. Allerdings musste einiges in die Verwandlung zu einem professionellen Fußballzentrum investiert werden.

Sergej Petrov rechnete mit zweistelligen Millionenbeträgen und einer Bauzeit von mindestens einem Jahr. Sie sprachen wenig im Auto und wollten das weitere Vorgehen beim Essen im Restaurant abstimmen. Besonders der Gastgeber freute sich auf den Alter Hafenkasten, den er möglichst bei jeder Reise in die Gegend besuchte. Mittlerweile hatte er mit den Eigentümern Saverio und Francesco Pugliese eine Freundschaft geschlossen. Vater und Sohn führten den traditionsreichen Familienbetrieb, der für sein in Salbeibutter gebratenes Kalbskotelett überregional berühmt war.

Nachdem sie Wasser und eine Flasche Tignanello-Rotwein bestellt hatten, eröffnete Lukas Weihmann die Diskussion.

»Sergej, könntest Du dir das Projekt an diesem Standort vorstellen?«

Branko Smirdan hoffte auf eine zustimmende Antwort des Mannes, der hierfür immerhin eine beträchtliche Summe auf den Tisch legen müsste. Bei dieser Sache ging es weniger um eine finanziell lohnende Investition, sondern um positive Popularität und öffentliche Sympathie für einen Sponsor, der sich in seinem bisherigen Geschäftsleben bevorzugt im Hintergrund gehalten hatte. Er war gespannt, was der Russe sagen würde.

»Doch Lukas, ich kann mir das sehr gut vorstellen. Lage und Größe sind sehr gut. Zentral, aber weit genug von der nächsten Stadt entfernt. Das Risiko nächtlicher Ausflüge unserer Schüler wäre daher begrenzt. Die Fläche ist für unseren Zweck ideal. Aber dazu kann Branko gleich mehr sagen. Allerdings kann ich aus heutiger Sicht das Budget für die erforderlichen Baumaßnahmen und Erstellung der Infrastruktur schwer einschätzen. Hier muss schnell ein für solche Projekte spezialisierter Architekt an die Planung. Ich hoffe, dass uns die zuständigen Ämter alle erforderlichen Genehmigungen für die Baumaßnahmen und besonders auch für den Betrieb eines solchen Internates erteilen werden. Aber auch dafür benötigen wir entsprechende Berater und Profis. Große Bedeutung hat für uns die Zeitfrage. Wie lange werden wir brauchen, bis die ersten Talente in ihre neuen Zimmer einziehen können?«

An dieser Stelle hob der Spielervermittler seinen Finger.

»Das ist ein ganz wichtiger Punkt für meine Gespräche mit den Eltern der ausgewählten Kandidaten. Ich habe bislang immer von mindestens einem Jahr bis zur Eröffnung gesprochen. In dieser Zeit würde ich mich um weitere Anmeldungen bemühen. Wenn wir dann starten, sollten wir auch voll belegt sein. Wir müssen natürlich noch die maximale Teilnehmerzahl abstimmen. Ich rechne sogar mit mehr Nachfragen als verfügbaren Plätzen.«

»Das nenne ich sportlich«, bemerkte Lukas Weihmann, der aus seiner beruflichen Erfahrung auf dem Immobilienmarkt allzu gut wusste, dass bei den meisten Bauvorhaben weder Termin- noch Kostenpläne eingehalten werden. Ferner hatte er einige Zweifel, ob die Begeisterung seines Auftraggebers noch anhalten würde, wenn Budget und Zeitaufwand errechnet sind.

Wieder ergriff Sergej Petrov das Wort. »Okay, wo stehen wir? Wir haben eine interessante Idee, die wir umsetzen wollen. Dank dir Lukas, wäre ein geeignetes Objekt für das Internat verfügbar. Branko hat ein überzeugendes Konzept entwickelt und sogar die ersten Zusagen der Eltern von interessanten Kandidaten. Das erforderliche Geld für die Realisierung wäre ebenfalls kurzfristig verfügbar. Wir sind also nicht auf Finanzierungen durch Banken angewiesen. Andererseits gibt es noch eine Reihe von offenen Punkten. Wir müssen einen richtigen Schulbetrieb für die Jungens organisieren und die besten Profis engagieren. Also einen kompletten Trainerstab für unseren Nachwuchs und auch geeignete Pädagogen für das Heim, in dem die Jugendlichen untergebracht werden.

Für diese Punkte bist du zuständig, Branko. Du bist der Internatsdirektor, der alles im Griff haben muss. Lukas, du könntest uns mit deinen Kontakten schnell helfen. Ich denke neben dem geeigneten Architekten auch an einen zuverlässigen Bauleiter vor Ort sowie an behördenkundige Fachleute, die uns bei den notwendigen Anträgen und Genehmigungen zügig weiterhelfen.

Alles im Eiltempo. Ich übernehme die Finanzen sowie den juristischen und steuerlichen Part mit meinen Leuten. Wir haben keine Zeit zu verlieren und sollten bis nächste Woche einen Teil dieser Punkte abarbeiten. Danach treffen wir uns wieder. Vielleicht könnte sich der Architekt zwischenzeitlich den Standort näher ansehen und uns möglichst seine ersten Ideen erläutern.«

Die Runde hielt als neuen Termin den übernächsten Freitag fest. Nachdem sich der Immobilienmakler verabschiedet hatte, besprachen Sergej Petrov und Branko Smirdan die wesentlichen Punkte ihres Kooperationsvertrages, der vom Londoner Anwalt des Russen aufgesetzt und beim nächsten Treffen unterschrieben werden sollte. Danach brachte der Kroate seinen neuen Partner zum Flughafen. Beide verabschiedeten sich mit einem kräftigen Händedruck und einem freundlichen Lächeln.

Ich mag diesen Branko, sagte sich der vielseitige Unternehmer und schlenderte zur Lounge, um auf seinen Abflug nach London zu warten. Er hatte noch ausreichend Zeit für mehrere Telefonate und fand mehr und mehr Gefallen an seinem neuen Engagement in einer Welt, die er bislang nur als regelmäßiger Fernsehzuschauer bei Fußballspielen kannte.

Einer seiner Anrufe erreichte Marc Miller auf der Massagebank im Spa vom The Dolder Grand.

»Wir sollten uns sehen, Marc. Es gibt interessante Neuigkeiten in der Fußballthematik. Du erinnerst dich an unser Gespräch und wolltest diesen Sportjournalisten ansprechen, mit dem Du bekannt oder sogar befreundet bist. Vielleicht können wir uns gemeinsam mit ihm in Frankfurt treffen. Zum Beispiel in der kommenden Woche am Freitag oder Samstag. Könntest Du das arrangieren?«

Bei Frankfurt musste Marc Miller sofort an Monica Novotny und ihre gelenkigen Füße denken. Die wären ihm wesentlich lieber als die Fußballidee des russischen Geschäftsfreundes mit seinem kroatischen Spielervermittler. Vage erinnerte er sich an den Vorschlag des Russen, sich in diesem Geschäft einzubringen. Dabei hatte er doch mit Fußball nichts am Hut. Weder auf dem Rasen noch am Tisch. Wobei hier viel Geld floss. Dafür wiederum hatte er immer ein offenes Ohr.

»Sergej, ich telefoniere mal eben und sage dir nachher Bescheid. Wenn ich dich nicht erreiche, schicke ich dir eine WhatsApp.«

Bevor er die Nummer von Gregor Stanlawski wählte, versuchte er es bei Monica Novotny. Gleich danach würde er beim Journalisten anrufen. Das Escortmodell war telefonisch nicht erreichbar. Wahrscheinlich trieb sie es gerade mit einem anderen Kunden. Die Vorstellung gefiel ihm zwar nicht, aber sie erregte ihn. Er hinterließ ihr eine Nachricht, nannte ihr den geplanten Besuchstermin und bat um Rückruf zwecks einer konkreten Verabredung. Dann versuchte er es bei seinem befreundeten Sportjournalisten. Wieder meldete sich nur der Anrufbeantworter.

»Hallo Gregor, hier ist dein alter Freund Marc in Zürich. Ich habe nächsten Freitag ein Meeting in Frankfurt. Es geht um ein sehr interessantes Fußballprojekt. Mit deinen Kenntnissen und Kontakten könntest Du vielleicht mitmachen, sofern es nicht mit deiner journalistischen Arbeit kollidiert. Ich hätte dich jedenfalls sehr gern bei dieser Besprechung dabei. Danach können wir es mal wieder so richtig krachen lassen. Hättest Du Zeit und Lust? Melde dich doch bitte as soon as possible.«

Susanne und Gregor

Während Marc Miller diese Nachricht hinterließ, entspannte sich Gregor Stanlawski im sprudelnden Whirlpool. Er war bei seiner Freundin und musste sich von seinem aufregenden Arbeitstag erholen. Sein Handy lag zwar in Reichweite, aber er hatte einfach keine Lust, den Anruf entgegenzunehmen.

Seit sieben Monaten war der Chefreporter einer großen Fachzeitschrift für Fußball mit der 62-jährigen Frau liiert, die ein schickes Penthouse in Bad Homburg bewohnte. Obwohl er zehn Jahre jünger war, fiel der Altersunterschied nicht auf. Die aktive Witwe hatte sich erheblich besser gehalten als ihr neuer Lebensgefährte, der beruflich oft überarbeitet war und dann immer sehr abgekämpft wirkte. Sie konnte überhaupt nicht verstehen, weshalb ein Sport wie Fußball für die Medien so arbeits- und zeitaufwendig war. Alle waren sie auf der Jagd nach Sensationen und Skandalen. Dass es dabei um viele Millionen und harte Konkurrenzkämpfe ging, wurde ihr erst bewusst, als er ihr den wesentlichen Unterschied zwischen Amateuren und Profis erläuterte. Gern bezeichnete er den bezahlten Fußball als Milliardenspiel, bei dem der Sport eigentlich nur ein Mittel zum Zweck ist.

Das Paar hatte sich in der Lounge der Commerzbank Arena bei einem Heimspiel des Frankfurter Bundesligisten kennengelernt. Susanne Diekmann war auf Einladung eines Freundes ihres verstorbenen Ehemannes zum ersten Mal im Stadion. Sie fand es laut und hatte wenig Lust, das Spielgeschehen zu verfolgen. Fußball hatte sie noch nie interessiert und sie konnte seinen gesellschaftlichen Stellenwert nicht nachvollziehen. Mit Anpfiff zur zweiten Halbzeit entschuldigte sie sich bei ihrem Begleiter und blieb in der VIP-Lounge sitzen. Als sie allein an einem Tisch ihren Cappuccino trank, stand plötzlich Gregor Stanlawski vor ihr.

»In der Stadt schmeckt der Kaffee wesentlich besser als hier im Stadion. Langweilt das Spiel auch Sie?«

Susanne Diekmann schaute in das sympathische Gesicht eines recht gutaussehenden Mannes mittelgroßer Statur, der ausgeprägte Lachfalten rund um seine braun-grünen Augen hatte. Bevor sie antworten konnte, nahm er einfach ihr gegenüber Platz.

In dem Moment konnte sie noch nicht ahnen, dass sie sich schon vor dem nächsten Bundesligaspieltag auf nur wenige Zentimeter näherkommen würden.

»Langweilig ist wohl nicht das richtige Wort. Ich verstehe nichts von Fußball und bin zum ersten Mal hier. Da ich es da draußen sehr laut finde, habe ich mich kurz zurückgezogen.«

Der Chefreporter nickte verständnisvoll. »Ja, das kann ich verstehen. Außerdem verpassen Sie nichts, mir gefällt das Spiel auch nicht besonders. Übrigens, ich heiße Gregor.«

Nachdem Susanne auch ihren Namen verriet, fragte sie nach dem Grund seines Stadionbesuches. Er betrachtete die mittelblonde Frau, die er auf Anfang Fünfzig schätzte.

»Ich bin Journalist und muss spannende Storys über das schreiben, was Sie langweilt. Das ist doch eine wunderbare Voraussetzung für interessante Gespräche zwischen uns.«

Dann erzählte er ihr von seiner Arbeit, bei der es mehr um investigativen Journalismus als um die aktuelle Berichterstattung über Spiele ging.

»Dafür sitzen meine Kollegen auf der Pressetribüne. Sie verfolgen jeden Ball. Ich beschäftige mich sozusagen mit den vielen schlimmen Dingen im Hintergrund. Sie haben doch gewiss auch von den massiven Korruptionsvorwürfen in diesem Geschäft gehört oder gelesen. Ich sage bewusst Geschäft und nicht Sport. Es geht um sehr viel Geld sowie um persönliche Eitelkeiten und erbitterte Machtkämpfe zwischen den Beteiligten.

Die meisten Menschen können die wahnwitzigen Ablösesummen für die großen Stars nicht mehr nachvollziehen. Selbst durchschnittliche Spieler verdienen zum großen Teil Unsummen. Viele Spielerberater treiben die Preise in astronomische Höhen und kassieren dabei teilweise kräftig mit. Ferner wird immer wieder über beträchtliche Beträge berichtet, die angeblich in die Taschen von Funktionären des Weltfußballverbandes und der europäischen Organisation fließen. Selbst in Deutschland soll es im Zusammenhang mit der Weltmeisterschaftvergabe 2006 nicht ganz koscher zugegangen sein. Es ist zwar nichts endgültig bewiesen, aber die Gerüchte halten sich hartnäckig.«

Susanne Diekmann erinnerte sich an einige Berichte, die sie am Rande wahrgenommen hatte. Gregor Stanlawski war in seinem Element.

»König Fußball regiert die Welt und leider wohl auch die Unterwelt. Die Öffentlichkeit fiebert täglich nach neuen Schlagzeilen. Also muss ich unbedingt das erfahren, was die Beteiligten mit größter Mühe zu verbergen versuchen. Es ist ein ständiger Wettlauf, bei dem gute Freunde schnell zu bösen Feinden werden und auch umgekehrt. Außerdem ist es ein ewiges Konkurrieren mit den Kollegen von anderen Medien. Jeder möchte besser als der andere sein und sucht nach exklusiven Knüllern.«

Die Frau zog ihre Augenbrauen hoch und bemerkte mit süffisantem Unterton: »Und was machen Sie dann hier? Es ist wohl kein investigativer Journalismus, wenn Sie nach Frauen in dieser Lounge Ausschau halten.« Sie lächelte ihn verschmitzt an und er ebenso zurück.

»Natürlich nicht, ich gönne mir gerade eine wohl verdiente Pause. Außerdem ist unsere Begegnung viel spannender als die da unten auf dem Spielfeld. Aber jetzt muss ich wirklich etwas tun. Dabei würde ich gern mit Ihnen weiter plaudern. Sie sind sehr sympathisch.«

Er stand auf und bedankte sich mit einem höflichen Nicken für das nette Gespräch. Trotz seines kleinen Bauchansatzes hatte er eine sportliche Figur. Seine blonden Haare waren grau meliert und sehr kurz geschnitten; der Drei-Tage-Bart ein modisch typisches Merkmal der heutigen Zeit. Er trug mittelblaue Jeans einer bekannten Designermarke. Dazu einen hellbraunen Blouson aus feinem Ziegenleder und weiße Sneakers. Der gepflegte Mann hatte fraglos auch guten Geschmack. Nachdem er sich einige Meter entfernt hatte, blieb er stehen, drehte sich um und kam langsam wieder zurück. Seine Worte klangen fast schüchtern.

»Nach dem Spiel treffen sich ein paar Leute im Frankfurter Haus. Sicher kennen Sie doch den historischen Gasthof in Neu-Isenburg. Hätten Sie nicht Lust, mich zu begleiten. Ich möchte Sie sehr gern einladen. Die meisten Gäste gehen dort direkt nach dem Stadionbesuch hin. Einige haben beruflich mit der Szene Profifußball zu tun, andere sind langjährige Fans, die eng dem Fußballclub verbunden sind. Es ist eine sehr nette Runde. Übrigens sind auch mehrere Frauen dabei.«

Susanne überlegte. Es war nicht ihre Art, sich einfach so auf die Schnelle einladen zu lassen. Aber sie fand den Journalisten sympathisch. Seit dem Tod ihres Ehemannes vor drei Jahren hatte sie nur eine Beziehung gehabt, die aber schon nach wenigen Wochen in die Brüche ging. Dazu hatte sie noch einen aufregenden One-Night-Stand während einer Skiwoche in Österreich vor einigen Monaten. Seither war ihr sexuelles Verlangen wieder erwacht und sie genoss die gezielten Blicke interessierter Männer.

Die Freuden des Lebens waren also für sie noch lange nicht vorbei, sie hatte noch allerbeste Chancen. Ihr heutiger Begleiter, der sie ins Stadion mitgenommen hatte, versuchte es zwar wiederholt bei ihr, jedoch empfand sie für ihn lediglich platonische Gefühle. Der Zeitungsmann indes könnte ihr gefallen. Er hatte Charme und einen Witz, den sie mochte. Warum also nicht. Sie gab sich einen kleinen Ruck und sagte spontan zu.

»Allerdings wohne ich in Bad Homburg und bin ohne Auto hier. Sie müssten mich also in das Lokal mitnehmen und nachher in ein Taxi setzen.«

Es wurde ein sehr schöner Abend und Susanne Diekmann war erst morgens um eins zu Hause. Ihr neuer Verehrer hatte darauf bestanden, sie nach Bad

Homburg zu fahren und brachte sie wie ein Kavalier der alten Schule bis zum Hauseingang.

Seit seiner Trennung hatte Gregor Stanlaswki zahlreiche Affären. Die meisten Frauen waren viel jünger als er und häufig verheiratet. Das machte ihm eigentlich nichts aus, weil eine gebundene Geliebte nur zeitweise verfügbar war und ihm deshalb nicht zu nahekommen konnte. Der Journalist legte größten Wert auf ausreichend Freiraum und nahm es selbst mit der Treue nicht zu genau. Dass Susanne Diekmann erheblich älter als er war, kam ihm nicht in den Sinn. Das Alter war an ihrem ersten Abend kein Thema. Allerdings hatte er von Anfang an bei ihr das instinktive Gefühl, dass sie für ihn eine andere Bedeutung haben könnte als die bisherigen Damen seiner Liebschaften.

»Es kommt eigentlich nie vor, dass ich mich über ein schlechtes Fußballspiel freue. So gesehen bin ich den Mannschaften dankbar, dich dadurch kennengelernt zu haben.«

Sie lächelte und gab ihm einen kleinen Kuss auf die unrasierte Wange. »Und ich gehe nicht gleich mit Männern aus, die ich erst eine Stunde zuvor kennengelernt habe. Mein Besuch in der Commerzbank Arena war ebenso zufällig wie unser Zusammentreffen. Aber ich habe die Zeit mit dir genossen und mich gefreut, dass Du nach meiner Telefonnummer gefragt hast. Gute Nacht, Gregor, und vielen Dank fürs nach Hause bringen.«

Noch auf der Rückfahrt in seine kleine Wohnung in Frankfurt Bornheim rief er sie an und verabredete sich mit ihr für Montagabend. Morgen am Sonntag konnte er nicht, weil er mit seinen beiden Söhnen verabredet war. Die Zwillinge waren sechszehn und lebten bei ihrer Mutter, die wieder geheiratet hatte. Sie hatten ein sehr enges Verhältnis zu ihrem Vater, den sie ausgesprochen cool fanden und alle vierzehn Tage besuchten.

Als Chefreporter einer erfolgreichen Fachzeitschrift bezog Gregor Stanlawski ein sehr gutes Gehalt. Einen erheblichen Teil musste er aber für den Unterhalt seiner geschiedenen Frau und seinen zwei Kindern aufwenden. Unterm Strich blieb ihm monatlich ein Nettobetrag, der gerade eben für seinen Lebensunterhalt ausreichte. Große Sprünge konnte er sich nicht leisten und er hatte nicht viele Möglichkeiten, sein Einkommen durch Nebenjobs aufzubessern.

Seine beiden Fußballbücher erzielten zwar ordentliche Verkaufszahlen und brachten einige Euros, aber dieser Bonus war dann auch relativ schnell aufgebraucht. Immer wieder musste er finanziell lukrative Angebote aus der Industrie und der Fußballbranche ablehnen, da sie mit seiner Arbeit als Journalist kollidieren könnten. Der Sportmagazinverlag schränkte Nebenbeschäftigungen durch einen eindeutigen Passus in seinem Arbeitsvertrag weitgehend ein. Erlaubt waren gelegentliche Engagements als Fußballexperte bei verschiedenen TV-Sendern. So sehr er sich über diese leicht verdienten Honorare freute, konnten sie jedoch nicht seine finanziellen Einschränkungen wettmachen.

Susanne Diekmann wusste um die wirtschaftlichen Verhältnisse ihres Partners und hatte genügend Feingefühl, ihm in einer Art und Weise unter die Arme zu greifen, die seinen aufrichtigen Stolz nicht verletzte. Die Vorstellung, von einer Frau ausgehalten zu werden, war ihm zuwider. Er hatte bereits erhebliche Schwierigkeiten, wenn sie eine Restaurantrechnung bezahlen wollte. Sie konnte sich diese Einladungen in teilweise teuren Restaurants problemlos leisten, da sie von Haus aus finanziell gut versorgt war und ihr Vermögen durch die stattliche Lebensversicherung ihres Ehemannes zusätzlich aufstocken konnte.

Möglicherweise war das geschäftliche Meeting von Marc Miller für ihn interessant. Sie hatten sich zufällig auf einem Event in Berlin kennengelernt und waren seither ein paar Mal in Frankfurt um die Häuser gezogen. Er wusste zwar nicht genau, womit der Mann aus der Schweiz sein Geld verdiente, aber immerhin lebte er auf großem Fuß. Vielleicht könnte das auch für ihn finanziell von Nutzen sein. Daher wollte er seine Teilnahme an diesem Treffen zusagen. Freitagnachmittag hatte er keine anderen Termine. Nachdem er aus der Poolwanne stieg und sich abgetrocknet hatte, nahm er sein Smartphone zur Hand und schrieb seinem Bekannten in Zürich, dass er sich sehr auf ihr Wiedersehen freuen würde.

Campari verliert Job und Frau

Maximilian Redler war völlig verzweifelt. Er hatte kaum noch Bargeld in der Tasche und sein Konto war ohnehin im dicken Minus. Die Bank hatte ihm bereits vor Wochen die Kreditkarte gesperrt und mit Rechtsmaßnahmen gedroht, sofern er das Saldo nicht bis zum Monatsende ausgleichen würde. Zudem war er mehreren Freunden und Bekannten über 30.000 Euro schuldig. Geliehenes Geld, dass er nicht zurückzahlen konnte. Immer wieder musste er um Fristverlängerungen betteln. Seine Situation war dramatisch. Er wusste nicht, wovon er überhaupt künftig leben sollte.

Die finanzielle Not entstand unmittelbar nach seiner fristlosen Entlassung aus einem internationalen Bankhaus, für das er vermögende Klienten aus dem In- und Ausland betreut hatte. Sie schätzten den immer gut gelaunten Wiener als einen sehr engagierten und einfallsreichen Finanzberater, der sich für ihre Bedürfnisse gelegentlich auch mal jenseits seiner eigentlichen Befugnisse einsetzte.

Im Gegensatz zu seinen Kollegen, war ihm die freundschaftliche Zuneigung seiner Kunden viel wichtiger als die geschäftlichen Interessen seines Arbeitgebers. Als inoffizielle Gegenleistungen für seinen Vorzugsservice erhielt er häufig Einladungen in teure Restaurants oder zu rauschenden Festen des europäischen Jet-Sets. So wurde der stets fröhliche Banker mit der Zeit zu einem festen Bestandteil dieser exzentrischen Gesellschaft. Für sie war er so etwas wie ein schriller Hofnarr. Immer lustig und zu fast jeder Gefälligkeit bereit. Fortan gehörte er einfach dazu, auch wenn seine finanziellen Mittel in der Regel noch geringer waren als das Einkommen der Servicekräfte, die ihn auf diesen Events bedienten.

Seine neuen Freunde verpassten ihm den Spitznamen Campari, weil er abends vorzugsweise Cocktails mit dem bitteren Likör trank. Am Tag wechselte er zwischen Bier und Weißwein. Dass er dem Alkohol regelmäßig und in beträchtlichen Mengen verbunden war, störte sie nicht weiter. Sie lachten mit und mehr noch über ihn. Bittere Tränen über die krankhafte Sucht des 44-Jährigen weinte hingegen nur seine Ehefrau Marianne, die ihn einige Monate nach seinem Rauswurf verließ.

Abend für Abend tingelte er von Bar zu Bar und kam zur späten Stunde betrunken nach Hause. Während sie am nächsten Morgen früh aufstand, um als Sekretärin den Lebensunterhalt für die dreiköpfige Familie zu verdienen, lag er schnarchend im Bett. Zwar beteuerte er immer wieder, sich ab sofort um eine Entziehungskur und einen neuen Job zu bemühen, aber das waren nur leere Versprechungen, um seine geduldige Partnerin zu beruhigen. Schließlich resignierte die verzweifelte Frau und packte ihre Sachen. Gemeinsam mit ihrer kleinen Tochter zog sie zu ihrer Mutter nach Graz.

Als Maximilian Redler Stunden später im Vollrausch durch die Wohnung wankte, bemerkte er noch nicht einmal, dass Marianne an diesem Abend für immer gegangen war.

Etwa ein halbes Jahr zuvor lernte er Marc Miller in einer Pizzeria im Skigebiet von St. Moritz kennen. Die beiden Männer hockten mit einer größeren Clique zusammen an einer Holztafel und kamen ins Gespräch. Maximilian Redler war Hals über Kopf in den prominenten Ferienort im Schweizer Engadin geflüchtet, nachdem ihn der persönlich haftende Gesellschafter des Bankhauses am Vortag überraschend in sein Büro bestellt hatte.

»Herr Redler, es ist jetzt kurz vor siebzehn Uhr. Sie haben exakt zwanzig Minuten, um ihre Sachen zu packen und Ihren Schreibtisch zu räumen. Geben Sie Ihren Laptop und Handy sowie Ihren Firmenausweis und die Schlüssel am Empfang ab. Ein Security-Mitarbeiter wird Sie begleiten. Ich untersage Ihnen ausdrücklich, irgendwelche Unterlagen oder Datenträger unserer Bank mitzunehmen.«

Maximilian Redler war sprachlos. Als er nach einer kurzen Pause etwas sagen wollte, fuhr ihm sein Arbeitgeber über den Mund. »Sagen Sie bitte nichts und freuen Sie sich, dass wir Sie nur entlassen. Wir haben gute Gründe, juristisch gegen Sie vorzugehen. Im Interesse unserer Kunden verzichten wir darauf, da uns die Diskretion wichtiger ist als ein gerichtliches Verfahren gegen Sie. Bei Ihren geschäftsschädigenden Verstößen sollten Sie diese fristlose Kündigung dankend annehmen. Genießen Sie Ihre künftige Freizeit mit Ihren neuen Freunden, für die sie ja mehr als für uns gearbeitet haben. Sie wissen genau, wovon ich rede. Ersparen Sie mir also weitere Details.«

Das war es also.

Die Geschäftsleitung hatte wohl von seinen persönlichen Beziehungen zu verschiedenen Kunden erfahren. Er fragte sich, welcher Kollege was erzählt haben könnte und verließ niedergeschlagen das Büro des Seniorpartners.

Am Abend ging er in sein Stammlokal, um den Schock herunterzuspülen. Allerdings war er zu betroffen, um seine gewohnten Drinks zu genießen. Die anderen Gäste wunderten sich, da sie ihren Campari noch nie so nachdenklich und bedrückt erlebt hatten. Maximilian Redler nahm sich vor, gleich nach dem Aufstehen mit dem Zug nach St. Moritz zu fahren. Sicher konnte er bei dem einen oder anderen Bekannten für ein paar Tage unterkommen. Bevor er sich mit seinem beruflichen Problem beschäftigen wollte, musste er unbedingt erst einmal abschalten und auf andere Gedanken kommen.

Mit Marc Miller gewann Campari einen Freund, der ihn so nahm wie er war. Sie verstanden sich sehr gut und hatten gemeinsam viel Spaß. Dass der Geschäftsmann aus Zürich dabei eigennützige Interessen im Hinterkopf hatte, kam ihm nicht in den Sinn. Er glaubte, so etwas wie einen Ersatzbruder gefunden zu haben. Die beiden Männer waren sich von Beginn an sympathisch und hatten jeweils großes Verständnis für die Schwächen des anderen.

So wie Maximilian Redler nicht mehr ohne Alkohol leben konnte, brauchte Marc Miller inzwischen seine tägliche Kokaindosis. Auch wenn er es sich selbst nicht eingestehen wollte und es immer wieder in Gesprächen mit Freunden abstritt, so war er mittlerweile schwer abhängig.

Vertraute Familienangehörige und enge Freunde nahmen mit der Zeit eine auffallende Veränderung seiner Wesensart wahr. Er zeigte zunehmend deutliche Symptome von extremer Selbstüberschätzung und Größenwahn; seine labilen Stimmungen schwankten in immer kürzeren Abständen zwischen himmelhochjauchzend und zu Tode betrübt. Je mehr er kokste, umso aggressiver war er.

Auch Campari beobachtete sein regelmäßiges Verlangen nach der weißen Droge mit gemischten Gefühlen. Einerseits machte er sich über die zwanghafte Rauschgiftsucht seines Freundes schon Sorgen, andererseits sah er in ihr aber auch eine Art verbindende Schicksalsgemeinschaft.

Eines Abends sprachen sie offen über ihre Laster, und Marc Miller bekannte sich immerhin zu seiner Sucht, die er irgendwann überwinden musste. Grundsätzlich war er auch zu einer Entziehungskur in einer Spezialklinik bereit. Aber noch nicht jetzt, denn zunächst wolle er weiterhin sein Leben in vollen Zügen genießen. Er sei noch jung und fühle sich körperlich fit. Sorgen bereiteten ihm vielmehr seine unzuverlässigen Lieferanten.

»Es wird immer schwieriger, gutes Zeug zu vernünftigen Preisen zu bekommen. Selbst auf die bewährten Händler ist kein Verlass mehr. Wahrscheinlich haben sie es nicht mehr nötig. Ich bin in der letzten Zeit einige Male schlecht bedient worden und habe gutes Geld für schlechten Stoff bezahlt.«

Campari erzählte ihm vom Drogenbaron in Wien, der einen ausgezeichneten Ruf genoss. Sobald er wieder zuhause sei, würde er versuchen, Kontakt zu ihm aufzunehmen. Er wunderte sich ein wenig, dass sein sonst so gut informierter Freund noch nicht von ihm gehört hatte.

»Vielleicht kann ich ihn überzeugen, auch dich mit seinem Sortiment zu versorgen. Soweit ich weiß, führt er hauptsächlich bestes Kokain und kann aber auch alles andere liefern. Angeblich ist er viel im Ausland unterwegs und ein Abstecher nach Zürich dürfte für ihn überhaupt kein Problem sein.«

Bereits wenige Tage später rief er bei seinem Freund in Zürich an. »Marc, es war nicht ganz einfach, aber ich habe die Telefonnummer von diesem Drogenbaron herausbekommen. Wenn du einverstanden bist, gebe ich ihm deine Kontaktdaten. Vielleicht kommt ihr zusammen und Du hast eine richtig gute Quelle. Man hört nur Positives über ihn.«

Marc Miller hatte die kürzliche Unterhaltung mit Campari bereits vergessen, freute sich aber dennoch über die fürsorgliche Unterstützung seines treuen Freundes.

»Mensch, das ist super. Vielleicht kommst auch Du mit diesem Kerl ins Geschäft. Du kennst doch so viele Leute und könntest ihm mühelos einige neue Abnehmer vermitteln. Dafür zahlt er dir bestimmt eine gute Provision, die dir in deiner finanziellen Lage sehr helfen würde. Natürlich bin ich auch weiterhin für dich im Rahmen meiner Möglichkeiten da. Aber wäre das nicht eine gute Chance, sich mit relativ wenig Arbeit ein ständiges Einkommen zu sichern? Sprich doch einfach mit ihm darüber. Du riskierst allenfalls ein Nein, was ich mir aber überhaupt nicht vorstellen kann.«

Kevin Albrecht war ebenso interessiert wie misstrauisch. Er hatte sich nach dem Anruf von Maximilian Redler über verschiedene Quellen nach ihm erkundigt. Die ihm inzwischen vorliegenden Informationen waren nicht eindeutig. Einerseits verfügte dieser Campari genau über die richtigen Kontakte zu seinen bevorzugten Abnehmern, andererseits hatte er aber auch den Ruf eines Partyclowns, der ebenso viel trank wie quatschte.

Der Drogenbaron wog Chancen und Risiken miteinander ab. Schließlich entschied er sich für ein unverbindliches Gespräch und verabredete sich mit ihm im Café Landtmann. Wann immer er in der Nähe war, und etwas Zeit hatte, gönnte er sich hier seinen geliebten Apfelstrudel.

Sie trafen sich an einem Nachmittag auf der überdachten Terrasse. Ein heftiges Gewitter und starker Regen brachten etwas Abkühlung an diesem heißen Sommertag. Während er sich eine Melange und eisgekühltes Mineralwasser bestellte, bevorzugte sein Gast das für ihn um diese Tageszeit gewohnte Glas Wein.

Kevin Albrecht musterte Campari, der nicht wie ein typischer Alkoholiker aussah. Dafür nahm er ein Dauergrinsen in seinem kindisch wirkenden Gesicht wahr, das er noch nicht einordnen konnte. War es Verlegenheit oder nur Albernheit? Konnte er diesen Typen, der kürzlich im hohen Bogen aus einer renommierten Bank geflogen war, überhaupt ernst nehmen? Er legte die Gabel aus der Hand und kam auf den Anlass ihrer Begegnung zu sprechen.

»Ich finde es sehr freundlich von Ihnen, dass Sie mich mit einem guten Freund bekannt machen möchten. Wer ist dieser Mann und was genau würde er von mir erwarten?«

Maximilian Redler berichtete von geschilderten Problemen mit den bisherigen Lieferanten seines Freundes Marc Miller in Zürich.

»Ich habe ihm daher kurz von Ihnen erzählt. Natürlich weiß ich in Wirklichkeit nicht sehr viel über Sie, aber Sie genießen einen exzellenten Ruf. Da ich recht viele Freunde habe, die sich gern an den schönen Dingen des Lebens erfreuen, könnten wir uns doch gegenseitig nützlich sein.«

Der Drogenbaron überlegte. Er verkaufte seine Königsware vornehmlich an Konsumenten aus gut situierten Gesellschaftskreisen. Grundsätzlich belieferte er keine anderen Händler. Auch wollte er partout nicht Jugendliche auf den Geschmack bringen. Das waren für ihn ebenso grundlegende Prinzipien wie der eigene Verzicht auf den Genuss seiner Drogen. Er schaute Campari sekundenlang in die Augen und erwog, sich probeweise auf eine Kooperation einzulassen.

»Sie sollten aber eins unbedingt wissen. In meinem Business ist es ähnlich wie im Bankwesen. Verschwiegenheit ist das oberste Gebot; wir betreiben unser Geschäft in ganz leisen Tönen und reden grundsätzlich nicht über unsere Kunden. Das Thema ist absolut tabu. Daran müssen Sie sich strikt halten, wenn Sie mit mir kooperieren möchten.«

Maximilian Redler nickte zustimmend und konnte diese Bedingung gut nachvollziehen.

Der Drogenbaron sprach weiter: »Über Modalitäten und Vergütung unserer geschäftlichen Vereinbarung möchte ich mir dann Gedanken machen, wenn wir uns endgültig für eine Zusammenarbeit entscheiden. Wir können uns dann gern übermorgen zur selben Zeit wieder hier treffen und alle geschäftlichen Details besprechen. Natürlich gibt es nichts Schriftliches; unsere Vereinbarung kann in diesem Metier nur auf der Basis des gegenseitigen Vertrauens funktionieren.«

Nach diesen Worten bat er um die Rechnung, die er bar bezahlte. Dann stand er auf und verabschiedete sich von Campari mit einem freundlichen Lächeln. »Trinken Sie doch in Ruhe aus, bei mir drängt allerdings die Zeit.«

Maximilian Redler war über das abrupte Gesprächsende etwas überrascht. »Kein Problem, Herr Albrecht. Ich freue mich jedenfalls auf unser nächstes Treffen.«

Am Abend rief er bei Marc Miller an und berichtete ihm von seiner Begegnung mit dem Drogenbaron. Sein Freund war höchst erfreut.

»Gratuliere, mein Lieber, da haben wir beide wohl eine sprudelnde Quelle in Aussicht.«

Zwei Tage später trafen sie sich wieder in dem beliebten Wiener Café am Universitätsring und besprachen alle Einzelheiten ihrer künftigen Zusammenarbeit. Der Drogenbaron erläuterte ihm seine Vorstellungen in einer Art und Weise, als würde er weder Widerspruch noch alternative Vorschläge dulden.

»Eigentlich bin ich Einzelgänger und beschäftige keine Mitarbeiter. Natürlich ist es in der Vergangenheit schon vorgekommen, dass ich mich für die eine oder andere Gefälligkeit erkenntlich zeigte. Das gehört sich auch so. Aber eine konkrete Vereinbarung für die Vermittlung von Kunden hat es bei mir bisher noch nicht gegeben. Ich weiß auch nicht, ob ich das auf Dauer wirklich möchte, da ich ein überzeugter Einzelgänger bin.«

Campari war verunsichert und wusste nicht so recht, wie er diese Erklärung werten sollte. Konnte er das als Kompliment für sich nehmen? Fragend schaute er den Drogenbaron an. Als hätte dieser seine Gedanken erahnt, fuhr er fort.

»Mir ist es wichtig, dass Sie meine kleine Philosophie verstehen und vor allem respektieren. Mein Geschäft lief bislang völlig problem- und reibungslos. Das soll auch so bleiben.«

Das war auch im Sinn von Maximilian Redler, der es kaum erwarten konnte, die konkreten Bedingungen für ihre Zusammenarbeit zu erfahren. Erwartungsgemäß hatte der Drogenbaron auch in diesem Punkt klare Vorstellungen.

»Grundsätzlich verkaufe ich immer direkt und nur gegen Bargeld. Bei mir gibt's weder Kreditkarten noch Banküberweisungen. Ware gegen Geld; ohne Ausnahmen. Die jeweiligen Beträge nenne ich entweder bei Bestellung oder rechtzeitig vor der vereinbarten Übergabe. Wenn Sie einen, wohlgemerkt, geeigneten Interessenten haben, schicken Sie mir bitte seine Mobilnummer per WhatsApp. Ich werde ihn dann persönlich anrufen und alles weitere direkt mit ihm ausmachen. Ihre Provision beträgt zehn Prozent vom berechneten Warenwert. Ich würde vorschlagen, dass Sie ihr Geld monatlich erhalten. Selbstverständlich in bar und ohne schriftliche Aufstellungen. Wie gesagt, Vertrauen gegen Vertrauen. Und bitte, bringen Sie mir ja keine Interessenten, die nicht meinen Vorgaben entsprechen. Also keine Dealer oder Jugendliche.«

Maximilian Redler war mit den Bedingungen einverstanden und befolgte auch den Rat von Marc Miller, seinen neuen Geschäftspartner nicht gleich um einen Vorschuss zu bitten. Das würde einen sehr schlechten Eindruck machen. Also müsste er jetzt noch gut einen Monat warten, bis er die ersten Provisionszahlungen bekommen könnte. Vielleicht würde ihm sein Zürcher Freund noch einmal unter die Arme greifen und sich auf diese Weise für diese neue Connection bedanken.

In den folgenden Wochen überraschte Campari den Drogenbaron mit etlichen Aufträgen von teilweise prominenten Abnehmern, die eine beachtliche Menge bestellten. Kevin Albrecht war beeindruckt über die vielversprechende Geschäftsbeziehung und drückte Campari einen Monat später die auf den Euro genau errechnete Provision in die Hand.

Die Kooperation machte sich in den folgenden Monaten für beide Partner bezahlt und wäre auch darüber hinaus erfolgreich geblieben, wenn sich Maximilian Redler an die geforderte Diskretion gehalten hätte. Mit der Zeit drangen mehr und mehr Gerüchte über das leichtsinnige Verhalten von Campari zu ihm durch. Offenbar hielt er sich nicht mehr an die Grundregeln ihrer unmissverständlichen Vereinbarung.

Bis zu seinem endgültigen Rauswurf, ermahnte er ihn immer wieder zur dringlichen Verschwiegenheit und erklärte ihm geduldig die gefährlichen Risiken seiner lauten Prahlerei, bei der er sich überall als die rechte Hand des Drogenbarons vorstellte. Zudem hatte er mittlerweile selbst Gefallen am Koks gefunden, den er wohl von seinem Freund in Zürich bezog. Er hatte sich nicht getraut, den Drogenbaron zu fragen.

So konnte es nicht weitergehen. Es war nur eine Frage der Zeit, bis die Drogenfahnder eingreifen würden. Bislang hatten sie ihn in Ruhe gelassen. Natür-

lich wussten sie um seinen illegalen Handel mit
Rauschgift. Aber sie ließen ihn gewähren, weil er
wirklich nur in der oberen Gesellschaftsschicht verkehrte und sich konsequent an die selbst auferlegte
Regel hielt, weder Zwischenhändler zu beliefern noch
junge Menschen auf den gefährlichen Geschmack von
Drogen zu bringen.

Kevin Albrecht musste die Kooperation mit dem
verrückten Alkoholiker schleunigst beenden. Er griff
zum Telefon und bestellte ihn ins Café Landtmann.
Danach würden sich ihre Wege endgültig trennen.

Geburtsstunde des Fußball-Internats

Gregor Stanlawski wartete ungeduldig auf Marc Miller in der Ankunftshalle des Frankfurter Flughafens. Wie so oft, hatte die Swiss-Maschine aus Zürich mehr als eine halbe Stunde Verspätung. Er holte sich ein Coffee-to-Go und schaute immer wieder auf den großen Bildschirm mit den erwarteten Landungen.

Bis zu ihrem Meeting im Frankfurter Hof war allerdings noch genügend Zeit. Er kannte weder die Teilnehmer noch wusste er, worum es eigentlich ging. Bislang hatten sie nur per WhatsApp korrespondiert und verabredet, sich am Flughafen zu treffen. Auf der gemeinsamen Fahrt in die City würde er dann gewiss mehr über das bevorstehende Treffen erfahren. Es musste sicher irgendetwas mit Fußball zu tun haben, da sie ihn unbedingt dabeihaben wollten.

Bis sie endlich mit seinem dunkelgrünen Mini Cooper S das Parkhaus verließen, war fast eine weitere Stunde vergangen. Seit ihrer Begrüßung hatten sie kaum ein Wort gewechselt, weil Marc Miller ständig telefonierte. Selbst im Auto hatte er das Handy durchgehend am Ohr. Gregor Stanlawski kam sich allmählich wie ein angestellter Chauffeur vor und bereute sein freundliches Angebot, den Wichtigtuer vom Flughafen abzuholen. Er hätte sich lieber mit Marc Miller direkt zur Besprechung treffen sollen.

Nach gut fünfundvierzig Minuten durch den typischen Rush-Hour-Verkehr am Freitagnachmittag erreichten sie schließlich den Frankfurter Hof im Herzen der Stadt.

»Gregor, bitte entschuldige mich noch einen kleinen Moment. Ich muss schnell etwas auf meinem

Zimmer erledigen und treffe dich gleich auf der Hotelterrasse. Dann können wir endlich reden. Bis zum Meeting ist noch genügend Zeit. Bestelle dir doch gern in der Zwischenzeit etwas zu trinken.«

Der Journalist presste ein gequältes Okay hervor. Er war über das merkwürdige Verhalten von Miller zunehmend verärgert. So etwas war er nicht gewohnt. In seinem beruflichen Umfeld genoss er zuvorkommende Aufmerksamkeit und respektvollen Umgang von den Menschen, mit denen er zu tun hatte. Er war in der Fußballszene ein angesehener Journalist sowie auf allen Events in diesem Milieu ein begehrter Gesprächspartner und umgarnter Gast. Die Allüren seines Bekannten aus der Schweiz waren ihm fremd. Warum behandelte er ihn so kalt und geradezu abweisend? Ihm wurde bewusst, wie wenig er doch über diesen Marc Miller wusste.

Das erste Mal begegneten sie sich auf der Geburtstagsparty eines italienischen Textilunter-nehmers. Der charismatische Gastgeber hatte zu seinem Fünfzigsten sowohl private als auch geschäftliche Freunde in sein Ferienhaus auf Ibiza eingeladen. Er war ein passionierter Fan von Juventus Turin und reiste oft zu den Auswärtsspielen.

Bei einer Begegnung in der Champions League in München lernte er den deutschen Sportjournalisten auf dem anschließenden Bankett kennen. Sie unterhielten sich blendend und entwickelten mit der Zeit eine enge Freundschaft, die über ihre gemeinsame Leidenschaft für den Fußball hinausging. Die Verbindung zu Marc Miller lief über eine geschäftliche Schiene. Mit ihm führte der Modehersteller seit mehreren Monaten intensive Gespräche über eine mögliche Beteiligung des Investors an seiner erfolgreichen Firma, die international stärker expandieren wollte.

Hierfür müsste allerdings die Produktions-kapazität wesentlich erhöht und der Maschinenpark grundlegend modernisiert werden. Auf Empfehlung seiner Steuerberater hatte sich der Inhaber parallel zu finanzierenden Banken nach privaten Geldgebern umgesehen, die das erforderliche Fremdkapital in seine Firma zu investieren bereit wären.

Ein Bekannter aus Zug in der Zentralschweiz machte ihn mit Marc Miller bekannt, der mehr und mehr Interesse für eine Beteiligung an der Firma entwickelte. Zurzeit stockten allerdings die fortgeschrittenen Gespräche wegen unterschiedlichen Vorstellungen über das unternehmerische Mitspracherecht. Der Modeexperte zögerte, die bewährte Führung seines Labels mit einer branchenfremden Person zu teilen. Sein möglicher Partner schien zwar über viel Kapital zu verfügen, hatte hingegen weder Sachverstand noch Feeling für die spezielle Welt der Mode.

Dieses Geschäft war nun mal ganz anders als die Branchen, in denen Marc Miller zuhause war. Außerdem fehlte es ihm offenbar an selbstkritischer Bereitschaft, die Grenzen der eigenen Kompetenz realistisch erkennen zu wollen. Der gute Mann erschien ihm wie ein von sich selbst überzeugter und verblendeter Alleskönner.

Trotzdem hatte ihn der Junggeselle zu seiner privaten Feier eingeladen. Der charmante Italiener hoffte, durch persönliche Annäherung die inzwischen festgefahrenen Verhandlungen über das Investment voranzubringen. Erfreut stellte er fest, dass sich sein Gast gut auf dem Fest amüsierte. Marc Miller unterhielt sich sehr angeregt mit Gregor Stanlawski, den er persönlich ebenfalls als einen sehr aufgeschlossenen Gesprächspartner schätzte.

Unter den fast achtzig Gästen befand sich zudem eine junge Französin mit einem speziellen Auftrag. Der Gastgeber hatte ihr ein vierstelliges Honorar versprochen, wenn sie sich ein wenig um diesen für ihn geschäftlich sehr wichtigen Mann kümmern und ihm die Nacht versüßen würde. Er selbst hatte schon einige Male das Vergnügen, die erotischen Talente der recht hemmungslosen Frau zu erleben. Im Gegensatz zum großen Teil der Besucher auf Ibiza, war der Sommer für sie weniger Erholung als vielmehr hartes Geldverdienen. Dazu zählte aber nicht die kurze Liebesnacht mit dem sogenannten VIP-Gast ihres italienischen Kunden, mit dem sie nach der Party ins Bett ging. Mit dem vollgedröhnten Marc Miller hatte sie ebenso leichtes wie schnelles Spiel.

Pünktlich um siebzehn Uhr begann das Meeting in der Royal Suite von Sergej Petrov, der bereits am Vormittag aus London angereist war und wie gewohnt in dem 5-Sterne-Hotel eingecheckt hatte. Die fünf Männer nahmen an einem rechteckigen Konferenztisch Platz, der mit Tagungsgetränken und kleinen Snacks eingedeckt war.

Auf der einen Seite Branko Smirdan mit Gregor Stanlaswski und gegenüber der Immobilienmakler Lukas Weihmann mit Marc Miller. Sergej Petrov saß am Kopfende. Der Sportreporter und der Spielervermittler kannten sich bislang nur vom Namen, waren sich aber bislang noch nicht persönlich begegnet.

Über den Gastgeber wusste Gregor Stanlaswski nur das, was ihm Marc Miller gerade eben in wenig informativen Stichworten erzählt hatte. Der steinreiche Russe war für ihn ein unbeschriebenes Blatt. Den Namen Sergej Petrov hatte er auch noch nie gehört. Bisher konzentrierte sich sein journalistisches Interesse ausschließlich auf den Fußball, der für ihn eine eigene in sich abgerundete Welt bedeutete. Recht gut informiert indes war er über die Aktivitäten des Kroaten, der sich in diesem Geschäft einen guten Ruf geschaffen hatte.

Bevor er sich weitere Gedanken über die anwesenden Personen und ihren Rollen machen konnte, ergriff Sergej Petrov das Wort. Er stellte die Teilnehmer kurz vor und eröffnete die Diskussion auf Englisch.

»Was immer wir hier heute besprechen und entscheiden, so bitte ich Sie um Ihr striktes Stillschweigen außerhalb dieses Kreises. Unser Vorhaben muss in diesem Frühstadium absolut vertraulich bleiben.« Er schaute jeden an und wandte sich dann an den Chefreporter. »Für Sie, Herr Stanlawski, dürfte diese Grundregel recht ungewöhnlich sein, denn Sie leben ja vom Schreiben und nicht vom Schweigen. Ich gehe aber davon aus, dass Herr Miller Sie über unser heutiges Thema schon informiert hat und Sie meine Bitte auf Diskretion nachvollziehen. Umso mehr freut es mich, dass Sie unserer Einladung gefolgt sind. Ihre fachliche Meinung ist mir von großer Bedeutung. Wer weiß, vielleicht ergeben sich zwischen uns noch ganze andere Möglichkeiten einer sinnvollen Kooperation. Das wäre ganz in meinem als auch im Interesse von Branko, der Sie als einen seriösen Journalisten und führenden Fußballexperten schätzt.«

Gregor Stanlawski hatte überhaupt noch keine Vorstellungen, was von ihm erwartet würde und welche Rolle er bei diesem Vorhaben einnehmen sollte. Aber er fühlte sich nach diesen freundlichen Worten wohler als in den vergangenen zwei Stunden. Entgegen der ursprünglichen Planung würde er mit Marc Müller nach dem Meeting gewiss nicht um die Häuser ziehen. Er bedankte sich mit einem freundlichen Lächeln.

»Ihr Vertrauen ehrt mich, Mr. Petrov. Sie können sich auf mein Stillschweigen verlassen. Auch wenn wir Journalisten von aktuellen Geschichten leben, ist es in der Branche nicht ungewöhnlich, Informationen unter dem Deckmantel der Verschwiegenheit auszutauschen. Natürlich gehe ich davon aus, dass wir über gesetzlich legale Inhalte sprechen. Wenn das nicht der Fall ist, würde ich mich lieber gleich verabschieden.«

Eine gute Reaktion, dachte sich Sergej Petrov, der Menschen mit klaren Standpunkten und Rückgrat schätzte.

»Aber nein, Herr Stanlawski. Ich versichere Ihnen, dass unsere Projektidee absolut sauber ist und einen positiven Beitrag im bezahlten Fußball leisten wird. Hören Sie sich einfach an, was wir vorhaben. Branko, Du bist jetzt am Zug.«

Der Spielervermittler hatte die wichtigsten Punkte der Projektidee in einer übersichtlichen Präsentation aufbereitet. Er erläuterte im Detail das geplante Fußballinternat und stellte das vorgesehene Gelände nördlich von Frankfurt vor. An der Stelle intervenierte Sergej Petrov.

»Dank Lucas Weihmann haben wir eine Option auf dieses Objekt. Bevor wir es erwerben, müssen wir aber noch die Umsetzbarkeit endgültig prüfen. Wir hatten heute vor unserem Treffen ein sehr positives

Planungsgespräch mit einem Architekten und weiteren Fachleuten. Wenn Kosten- und Zeitaufwand passen, bemühen wir uns um einen schnellen Notartermin. Lucas, kümmerst Du dich bitte um den Kaufvertrag, damit wir möglichst in der nächsten Woche beurkunden können.«

Marc Miller hatte aufmerksam zugehört und sich wiederholt gefragt, wie er sich eigentlich bei diesem Projekt einbringen könnte. Für Fußball hatte er sich nie interessiert und augenscheinlich brauchten sie ihn für ihr Vorhaben auch gar nicht. Sergej Petrov war vermögend genug, um ein solches Fußballinternat quasi aus seiner Portokasse finanzieren zu können. Sein Kapital war gewiss nicht gefragt.

Wahrscheinlich beschränkte sich seine Rolle nur auf die Kontaktvermittlung zu dem bekannten Journalisten. Er vermutete, dass sie seine Kenntnisse und Verbindungen nutzen und ihn vielleicht sogar als Berater engagieren wollten. Aber musste er deswegen extra von Zürich nach Frankfurt kommen? Gleichwohl hatte er kaum eine andere Wahl, da ihm die Verbindung zu seinem russischen Geschäftsfreund bestimmt eines Tages sehr nützlich sein könnte. Dafür nahm er jedenfalls den Zeit- und Kostenaufwand für die zweitätige Reise gern in Kauf.

Außerdem freute er sich auf den aufregenden Sex mit Monica Novotny. Sie hatte ihm versprochen, ihn noch zur späten Stunde in seinem Hotel zu besuchen. Allein das war für ihn ein guter Grund, sich ins Flugzeug zu setzen. Er schaute auf die Uhr. Bis zu seinem Date mit der hocherotischen Frau würde es noch mehrere Stunden dauern. Er hatte sich fest vorgenommen, bis dahin auf seinen gewohnten Wodka und die üblichen Koksnasen zu verzichten.

Unterdessen hatte sich in der Runde eine engagierte Diskussion über die neuartige Fußballschule für internationale Talente entwickelt. Als Chefreporter eines Sportmagazins war Gregor Stanlawski mit der Thematik Nachwuchsförderung bestens vertraut. Ihm gefiel die überzeugende Planung, weil sie sich in dieser Form von den bestehenden Einrichtungen verschiedener Clubs abhob. Bei diesem Modell waren die Jugendlichen sozusagen frei und nicht an den Verein gebunden, der sie gefördert hat.

Mit Branko Smirdan, der zugleich persönlich für das Fußballinternat verantwortlich war, hatten sie einen seriösen Spielervermittler an ihrer Seite. Der weit vernetzte Kroate verfügte über ausgezeichnete Beziehungen zu vielen Vereinen, die zu einem entscheidenden Sprungbrett für die erhoffte Karriere als Profi werden könnten.

Großes Lob fand ebenfalls das pädagogische Konzept, das eine enge Kooperation mit den umliegenden Schulen vorsah. Damit würden die Jugendlichen ihrem Alter entsprechend am öffentlichen Schulbetrieb teilnehmen und eine ordentliche Ausbildung erfahren. Das war auch aus seiner Sicht ein entscheidender Pluspunkt, der den Eltern die verbreitete Sorge nehmen würde, dass es auf dem Internat nur um Fußball gehen würde. Um die Integration von ausländischen Talenten ohne Deutschkenntnisse zu beschleunigen, würde zusätzlich intensiver Sprachunterricht durch Privatlehrer im Internat stattfinden.

Zustimmung vom Sportjournalisten erhielt Branko Smirdan ebenfalls bei der Auswahl des Trainerstabes. Der kroatische Spielervermittler kannte die besten Jugendtrainer und hatte sich erstaunlicherweise bereits die Zusage eines europaweit bekannten Fußballlehrers aus Frankreich gesichert. Der umworbene Coach war ein sehr erfolgreicher Ausbilder mit exzellenten Referenzen.

Eine Reihe von Nachwuchsspielern aus seiner Talentschmiede hatten sich inzwischen zu hoch bezahlten Stars in erfolgreichen Clubs entwickelt und spielten auch für die französische Nationalmannschaft. Der geplante Vertrag mit ihm sah neben der Verpflichtung seines persönlichen Assistenten zusätzlich zwei deutsche Trainer vor, die ebenfalls unter seiner Regie arbeiten würden. Das Team war sich auch darin einig, eine enge Kooperation mit den Sportvereinen im Umkreis des Internats zu suchen. Dabei würden sie ihre Jugendlichen leihweise für die offiziellen Punktspiele in den unterschiedlichen Altersklassen zur Verfügung stellen, um somit die erforderliche Wettbewerbserfahrung für ihre Schützlinge zu erzielen.

Sergej Petrov war mit dem Verlauf der Diskussion zufrieden und besonders über das positive Feedback von Gregor Stanlawski erleichtert. Zu gern würde er diesen angesehenen Experten in sein Team integrieren und überlegte, wie er den Journalisten dafür gewinnen könnte. Er entschied sich, das Thema möglichst noch am selben Abend mit ihm persönlich anzusprechen. Er schaute auf die Uhr; es war bereits fast halb acht.

»Meine Herren, ich danke Ihnen für diesen konstruktiven Informations- und Meinungs-austausch. Ich glaube, wir sind einen großen Schritt weiter. Bevor ich morgen Abend nach London zurückfliege, möchte ich den Samstag für weitere Gespräche mit dem Architekten und den Bauleuten nutzen. Lucas, können wir uns wieder hier um zehn Uhr treffen?«

Der Immobilienfachmann nickte und verabschiedete sich sodann. Marc Miller nutze die Gelegenheit und stand ebenfalls auf.

»Sergej, ich werde wohl auch nicht mehr gebraucht. Ich möchte dir zu diesem Projekt herzlich gratulieren. Zwar verstehe ich nichts von diesem Geschäft, aber es klingt alles sehr interessant und überzeugend. Du hast doch sicher nichts dagegen, wenn ich mich jetzt ausklinke.«

Der Russe war über die Initiative seines Geschäftsfreundes sogar erleichtert. Da er und Branko Smirdan gern ein persönliches Gespräch mit Gregor Stanlawski führen wollten, war ihm das nur recht. Er fragte sich, ob Marc Miller seine Eltern in Frankfurt besuchen würde. Bei einer Wette darüber, würde er jeden Betrag dagegensetzen. Er hätte sie gewonnen, weil Marc Miller während des Meetings per E-Mail eine Ganzkörpermassage im Hotel-Spa gebucht hatte. Danach würde er sich beim Zimmerservice etwas zu Essen bestellen und einen Film schauen, bis sein ersehntes Escortmodell an der Zimmertür klopfen würde.

Marc Miller war zunehmend ungeduldig. Es war schon nach dreiundzwanzig Uhr und seine Verabredung war noch immer nicht im Hotel eingetroffen. Mehrere Stunden hatte er in ungewohnter Enthaltsamkeit gewartet, nicht einen Tropfen Alkohol angerührt und auch auf seine abendlichen Koks verzichtet.

Das alles für diese eingebildete Luxusnutte, die er schließlich sehr gut bezahlte. Zweitausend Euro pro Verabredung waren eine Menge Geld. Viel mehr als die üblichen Honorarsätze in diesem Gewerbe. Obwohl er kein Problem hatte, privat Frauen kennenzulernen, bevorzugte er am liebsten Prostituierte für die Befriedigung seiner sexuellen Gelüste. Da gab es keine falschen Erwartungen und Illusionen, hier war die Liebe ein reines Geschäft, bei dem es nur um seine Lust ging. Ohne viel Gerede und Gesülze, ohne Versprechungen und Geschenke. Für ihn reduzierte sich die Zweisamkeit mit einer Frau ausschließlich auf das Körperliche. Für eine harmonische Beziehung auf Augenhöhe war er ebenso wenig gewillt wie fähig.

Das hatte Marc Miller schon früh begriffen. Nach zwei gescheiterten Kurzzeitehen war er mit Ende Dreißig wieder Single. Die beiden Frauen hatten weder seine emotionale Kälte noch seine unberechenbare Cholerik länger ertragen. Das kurzweilige Familienleben wurde für den beruflichen Aufsteiger zu einer sehr teuren Erfahrung mit langfristig fünfstelligen Unterhaltszahlungen. Freunden gestand er, dass für ihn selbst die teuersten Liebedienerinnen unterm Strich billiger waren als das gemeinsame Leben mit einer anspruchsvollen Ehefrau und den gewaltigen Folgekosten nach der unausweichlichen Trennung. Scheidungen wären doch immer nur eine Frage der Zeit, bei ihm sei es eben sehr schnell gegangen. Die beiden Ex-Frauen würden ihn jetzt Monat für Monat finanziell ausnehmen. Er wolle sich daher keinen weiteren Gang zum Traualtar leisten, um später diesen berechnenden Weibern ihr faules Luxusleben zu ermöglichen.

Ursprünglich stammte der gebürtige Frankfurter aus sehr guten Verhältnissen. Seine Eltern waren über vierzig Jahre verheiratet und verkörperten in ihrem sorgenarmen Leben für ihn eine Bürgerlichkeit, die er zutiefst verachtete. Vater und Mutter waren für ihn mehr Dienstleister als Angehörige. In seinen Augen hatten sie in erster Linie die Pflicht zur bedingungslosen Unterstützung, um ihm ein Leben zu ermöglichen, das eben ganz anders sein sollte.

Spätestens nach der Ausbildung wollte er ins Ausland und dem Radius einer Familie entkommen, die ihm nie etwas bedeutet hatte. Während die meisten seiner Jugendfreunde einen vertrauten Kontakt zu ihren Eltern hatten, beschränkte Marc Miller die Gespräche zuhause meist auf belanglose Themen. Daher gab es kaum ein gemeinsames Familienleben.

Sein beruflich stark engagierter Vater nahm die Entfremdung seines Sohnes zunächst nicht wahr. Die gutmütige wie liebevolle Mutter hielt die Einstellung des heranwachsenden Mannes für normal und tolerierte seine oft erniedrigenden Kränkungen. Ihre grenzenlose Zuneigung überdeckte die Respektlosigkeiten ihres oft jähzornigen Sohnes.

Nach seinem Studium heuerte Marc bei einer großen amerikanischen Investmentbank in London an. Bereits nach wenigen Jahren gehörte er dem Management an. Im Rahmen der großen Weltfinanzkrise 2007 musste das Geldhaus Insolvenz anmelden. Mit Anfang Dreißig entschied sich der bereits vermögende Banker für die Selbstständigkeit und zog in die Schweiz. In der Welt des Geldes fühlte sich Marc Miller zu Hause. Er umgab sich immer mehr mit Menschen, die es in beachtlichen Mengen besaßen und sich quasi jeden Luxus leisten konnten. Da er ebenso kontaktfreudig wie fleißig und ehrgeizig war, wurde dieser Traum mit der Zeit zur Realität. Er verdiente immer mehr, gab jedoch das meiste davon wieder aus.

Mit Mitte Zwanzig heiratete er eine Amerikanerin, die ihn frühzeitig wegen seiner damaligen Trunksucht verließ und mit dem gemeinsamen Sohn aus Europa zurück in die USA ging. Er reduzierte daraufhin den Alkoholkonsum zugunsten von Kokain. Zunächst gelegentlich und schon bald dann regelmäßig in zunehmenden Mengen. Gelegentlich nahm er auch andere Partydrogen.

Vor drei Jahren schwor er seiner zweiten Ehefrau auf einer pompösen Hochzeit mit fünfhundert Gästen die ewige Liebe. Das pathetisch zelebrierte Versprechen hielt allerdings nur wenige Wochen. Die Braut hatte mehr Ausschau nach seinen Kreditkarten als nach seinem Herzen gehalten. Ein kurzes Vergnügen mit heftigen Konsequenzen, da die Zeit immerhin noch für eine einträgliche Schwanger-schaft gereicht hatte.

Seither lebte der zweifache Vater wieder als Single in seinem Penthouse. Wenn er Damenbesuch empfing, dann waren es in der Regel Modells, die sich ihren teilweise ausgefallenen Service gut von ihm honorieren ließen. Er war ein geschätzter Stammkunde internationaler Agenturen und genoss wegen seiner hohen Umsätze einen VIP-Status.

Als die Rezeption weit nach Mitternacht anrief, um eine Frau Novotny anzukündigen, war Marc Miller im Sessel eingenickt. Im Hintergrund lief der Fernseher, den er ausschaltete, bevor er seiner Besucherin öffnete. Er trug einen weißen Bademantel. Darunter war er nackt. Die Tschechin betrachtete ihn von oben bis unten, ihre Augen blieben an dem leicht geöffneten Spalt hängen. Bei dem Anblick musste sie schmunzeln.

»Na, ist mein Prinz noch in Form?«

Marc Miller ärgerte sich über diese Bemerkung und hatte den Eindruck, sie würde sich mehr über ihn amüsieren als ihn ernst nehmen. Am liebsten würde er ihr ein paar deutliche Worte sagen. Er zögerte jedoch, weil er nicht riskieren wollte, sich um den wohlverdienten Spaß des Abends zu bringen. So wie er diese Frau einschätzte, würde sie möglicherweise auf dem Absatz kehrtmachen und ihn unverrichteter Dinge einfach stehen lassen.

Eine halbe Stunde später lagen sie wie ein erschöpftes Liebespaar im Bett. Nachdem sie sich binnen kurzer Zeit bereits zum dritten Mal getroffen hatten, wollte das Modell ihren neuen Kunden nicht erneut auf die Schnelle abfertigen. Heute sollte auch seine männliche Eitelkeit voll auf ihre Kosten kommen. Sie gab sich ihm mit einer gespielten Leidenschaft hin, als wäre sie einem perfekten Liebhaber begegnet. Ihr Stöhnen und ihre Mimik wirkten absolut echt; der Mann neben ihr genoss seinen ersehnten Erfolg.

Wie gut, dass er an diesem Abend weder getrunken noch gekokst hatte. Sonst hätte er diesen erfahrenen und anspruchsvollen Frauenkörper gewiss nicht so in Ekstase bringen können. Jetzt hatte diese Frau den wirklichen Marc Miller erlebt; fortan würde sie ihn nicht mehr verspotten.

Von wegen mein Prinz oder mein Prinzchen.

Auch wenn er dafür bezahlte, selbst die professionellen Liebesdamen waren wahrhaftig nicht nur wegen des Geldes auf ihn scharf. Dass Monica Novotny eine glänzende Schauspielerin war und ihm gleich mehrere lustvolle Höhepunkte höchst überzeugend vorgetäuscht hatte, kam ihm nicht eine Sekunde in den Sinn. Er fühlte sich wie ein grandioser Liebhaber und er genoss diese Genugtuung in vollen Zügen.

So einfach kann man Männer glücklich machen, sagte sich das Escortmodell eine Stunde später im Taxi und freute sich über das zweite Banknoten-bündel an diesem Abend.

Vertrauensmann bei der Polizei

Es kam wie es kommen musste. Für Kevin Albrecht war es lediglich eine Frage der Zeit, bis das unverantwortliche Getöse seines ehemaligen Vermittlers die Polizei auf den Plan rufen würde. Eigentlich hatte er schon früher mit einer Reaktion gerechnet, aber in den Amtsstuben mahlen die Mühlen bekanntlich recht langsam. Mit einer unguten Vorahnung nahm er den Anruf eines vertrauten Beamten der Wiener Drogenfahndung entgegen.

»Kevin, wir müssen uns treffen. Es gibt zurzeit bei uns ziemlich viel Unruhe in der Abteilung. Wir haben eine neue Kollegin, die besonders eifrig ist und ziemlich unbequeme Fragen stellt. Dabei fällt immer wieder dein Name. Hast du vielleicht einen neuen Partner oder Mitarbeiter, der in der Szene viel quatscht oder ist irgendetwas passiert, wovon ich nichts weiß? Am besten, wir sprechen persönlich. Da es eilt, wäre es schön, wenn du heute Abend könntest, sagen wir um einundzwanzig Uhr an gewohnter Stelle.«

Auf die Minute genau fuhr der Drogenbaron in den Wipark am Wiener Westbahnhof. Um diese Zeit war das Parkhaus wenig frequentiert. Er parkte seinen BMW auf der obersten Ebene, wo sie sich immer bei Verabredungen trafen. Nach wenigen Minuten öffnete Karl-Heinz Mischke die Beifahrertür und stieg mit einem kurzen Servus ein. Der 61-Jährige war seit fast vierzig Jahren bei der Wiener Polizei und stellvertretender Leiter eines Spezialteams, das gegen die kriminelle Drogenbeschaffung ermittelte.

Im Laufe der Zeit hatte sich zwischen ihm und Kevin Albrecht eine persönliche Freundschaft entwickelt. Wenngleich der konservative Inspektor eigentlich nicht das geringste Verständnis für dieses schmutzige Geschäft hatte und stets rigoros gegen Rauschgifthändler vorging, machte er bei Kevin Albrecht die berühmte Ausnahme. Der Drogenbaron war zwar mit seinem beträchtlichen Volumen eine Hauptfigur in diesem Markt, beschränkte aber den Handel mit Rauschmitteln vornehmlich auf die feine Gesellschaft. Für die hatte der bürgerliche Karl-Heinz Mischke ebenso wenig übrig wie für gewöhnliche Dealer. Seine Frau Helga war anfangs über die unerwartete Haltung ihres sonst so kompromisslosen Mannes verwundert. Als er ihr dann aber erklärte, dass der Drogenbaron weder Kinder und Jugendliche noch andere Dealer belieferte, konnte sie ihn schon besser verstehen.

»Der Mann verkauft saubere Ware an Menschen, die ohnehin schon süchtig sind und sonst ihren Stoff woanders beziehen würden. Er sorgt somit für eine gewisse Ordnung am Markt und vertreibt außerdem kein schmutziges Kokain, das mit pharma-kologischen Substanzen gestreckt worden ist. Solche stark verbreiteten Verschnitte können recht gefährlich sein. Außerdem ist er selbst völlig clean und rührt nichts von seinem Zeug an. Für mich ist er ein gänzlich untypischer Drogenhändler mit klaren Prinzipien und auch viel menschlichem Anstand. Deswegen lassen wir ihn weitgehend in Ruhe, solange er in diesem Schema bleibt.«

Dass sich der Drogenbaron bei seinem Polizeifreund für den inoffiziellen Schutz regelmäßig mit kleinen Zuwendungen erkenntlich zeigte, erwähnte der Beamte nicht. Seine Frau würde diese Widersprüchlichkeit nicht nachvollziehen. Er selbst war schwankend. Einerseits quälte ihn ein schlechtes Gewissen für die vergleichsweise allerdings kleinen Beträge, die ihm Kevin Albrecht gelegentlich zusteckte. Andererseits blieben ihm aber nur noch wenige Dienstjahre bis zur Pensionierung und sein Einkommen deckte gerade mal eben die Lebenshaltungskosten des kinderlosen Paares. Das Geld konnte er dringend gebrauchen und er legte es zur Aufbesserung seiner künftigen Pension zurück.

Auch wollte er sich nicht in eine Reihe mit einigen Kollegen stellen, die sich für ihre heimlichen Gefälligkeiten ganz andere Summen in die Tasche steckten. Nein, bei ihm war es anders. Durch seinen persönlichen Einfluss auf den Drogenbaron, war der Markt quasi unter Kontrolle. So gesehen, leistete Karl-Heinz Mischke einen wichtigen Beitrag für ruhige Verhältnisse in der Drogenszene. Dafür hatte er sich dieses kleine Zusatzhonorar redlich verdient.

Die beiden Männer kamen sofort zur Sache. Kevin Albrecht hörte aufmerksam zu. Er war dem zuverlässigen Kontaktmann für die aktuellen Informationen sehr dankbar. Es war wie er selbst vermutet und befürchtet hatte. Ein Polizeispitzel hatte die peinlichen Prahlereien von Campari in einer Cocktailbar persönlich mitbekommen. Er saß nur wenige Meter von Maximilian Redler entfernt, der lautstark mehreren Gästen an der Bar Kokain anbot. Als rechte Hand des bekannten Drogenbarons verfüge er über den stadtweit besten Stoff und könne sofort liefern.

»Unser Informant war ziemlich überrascht und hat uns gleich am nächsten Morgen angerufen. Leider ist er direkt bei dieser neuen Mitarbeiterin gelandet, die erst von wenigen Wochen bei uns angefangen hat und schon jetzt bei allen Kollegen wegen ihres übertriebenen Ehrgeizes unbeliebt ist. Ich wollte nicht intervenieren, da mein Chef sonst vielleicht misstrauisch geworden wäre. Kevin, bevor die Sache weiter eskaliert, musst Du diesen Kerl aus dem Verkehr ziehen.«

Der Drogenbaron wollte von dem Polizist wissen, ob er sich jetzt Sorgen machen und gezielte Ermittlungen befürchten müsste.

»Im Moment ist noch nichts geplant, Kevin. Aber es darf keinerlei Verbindung mehr zwischen dir und diesem Typen geben. Worauf hast Du dich da bloß eingelassen, Du hast doch sonst so eine gute Menschenkenntnis?«

Kevin Albrecht konnte der Kritik leider nicht widersprechen. Er berichtete von seinem letzten Treffen mit Maximilian Redler und dem Rauswurf per sofort. Offenbar hatte er ihn nicht ernst genommen und weiterhin auf die Pauke gehauen. Nun musste er sich dringend etwas einfallen lassen, um ihn endgültig zum Schweigen zu bringen.

»Karl-Heinz, Du hast mir mit dieser wichtigen Warnung einmal mehr einen großen Gefallen erwiesen. Ich weiß, was jetzt zu tun ist. Allerdings möchte ich das auf meine Art erledigen; also ohne Gewalt. Wenn wir uns übermorgen zur selben Zeit noch einmal hier treffen könnten, erkläre ich dir gern meinen Plan im Detail. Ich habe da schon eine vage Idee im Hinterkopf.«

Nach dem Treffen fuhr er eine halbe Stunde ziellos durch die Stadt. Er musste nachdenken. Bevor er seine Zwei-Zimmer-Wohnung im 1.Bezirk erreichte, rief er bei Nathan an. Der aus Nowosibirsk stammende

Sportlehrer wohnte seit über zehn Jahren in Wien und
verdiente offiziell sein Geld als erfolgreicher Personal-
trainer. Davor lebte er mit seinen Eltern in Ramat
Gan, einem Vorort von Tel Aviv. In der israelischen
Armee wurde er Ausbilder für Krav Maga, einer von
den Streitkräften entwickelten Technik für Selbstver-
teidigung und Nahkampf.

Auf einer Urlaubsreise lernte er in Paris eine Wie-
nerin kennen und zog nach dem Militärdienst zu ihr.
Zwischenzeitlich hatte das Paar geheiratet und er war
österreichischer Staatsbürger geworden. Dass der
Mann aus Sibirien neben seinem Trainerjob auch ein
Spezialist für Sonderaufträge bei schwierigeren Problemen war, wussten nur diejenigen, die gelegentlich
seine Dienste in Anspruch nahmen. Nathan hatte
eine sehr überzeugende Art, die Interessen seiner Auftraggeber möglichst ohne Gewaltanwendung erfolgreich durchzusetzen. Nur bei unbelehrbar widerbors-
tigen oder aggressiven Kandidaten brachte der ehemalige Offizier seinen muskulösen und hochtrainierten
Körper ins Spiel.

»Nathan, hast Du morgen Nachmittag Zeit? Am
besten, gleich nach deinem Training. Ich habe eine
wichtige Sache und muss dich unbedingt sehen.«

Der Russe überlegte kurz. Für Kevin machte er
alles möglich und war für ihn so gut wie immer verfügbar. Er mochte und schätzte ihn als korrekten und
fairen Geschäftsfreund. Sie trafen sich auch regelmäßig privat.

»Na klar, mein Freund. Sagen wir um 16:30 Uhr.
Wenn ich mich ein paar Minuten verspäten sollte,
bestellst Du bitte auch für mich schon unseren Apfelstrudel.«

Für ihn war es selbstredend, dass sie sich im Café Landtmann treffen würden. Der Drogenbaron hatte eben nicht nur feste Prinzipien, sondern auch seine Gewohnheiten. Pünktlichkeit und Zuverlässigkeit waren typische Eigenschaften der beiden Freunde, die nicht nur eine gemeinsame Schwäche für die traditionelle Strudelart teilten.

Sie hatten sich bei der Begrüßung herzlich umarmt und zunächst ein paar private Worte gewechselt. Nachdem sie ihre Bestellung aufgegeben hatten, berichtete der Drogenbaron über seine missliche Situation, in die ihn dieser Maximilian Redler mit seinem unaufhörlichen Gerede gebracht hatte. Er informierte Nathan ebenfalls über sein Gespräch mit einem Vertrauensmann von der Wiener Drogenfahndung, nannte aber nicht den Namen des Beamten.

»Was soll ich bloß mit diesem debilen Quatschkopf machen, Nathan? Ich denke über verschiedene Optionen nach und bin auf eine ausgefallene Idee gekommen, für die ich deine Hilfe benötige. Eigentlich ist es eine Manipulation, bei der ich unerkannt im Hintergrund bleibe.«

Der Drogenbaron nahm einen großen Schluck Mineralwasser und fuhr fort. »Ich möchte diesen Campari auf eine legale Art und Weise entsorgen. Besser gesagt, aus meinem Umfeld entfernen. Freiwillig, also ganz ohne Gewalt und Zwang.«

Nathan rätselte über die Bedeutung dieser Worte und konnte seinem Freund noch nicht ganz folgen. Kevin nahm ein kleines Stück Apfelstrudel und sprach weiter. »Also, da dieser Typ gern viel quatscht, sollten wir ihn mit seinen eigenen Waffen schlagen. Ich habe folgende Idee. Wir bieten ihm eine sogenannte Partnerschaft als Dealer an und richten ihm einen eigenen Absatzmarkt weit weg von hier ein, zum Beispiel auf Ibiza. Dort wird er mit entsprechendem Stoff versorgt, den er natürlich bezahlen muss. Alles weitere ist eine Frage überschaubarer Zeit. Als chronischer Säufer, der nicht die Klappe halten kann, wird er sich garantiert wieder in seinem Umfeld groß aufspielen und relativ schnell die Aufmerksamkeit der Polizei auf sich ziehen.

Da die Behörden keine öffentliche Unruhe um etwas haben möchten, was sie eigentlich unterbinden müssten, aber wohlweislich nicht können, werden sie den Unruhestifter notgedrungen hopsnehmen. Aus die Maus, wir sind den Mistkerl los.«

Nathan runzelte die Stirn und fragte sich, ob er das alles richtig verstanden hatte. »Moment Kevin, seit wann arbeitest Du mit anderen Händlern und wo soll denn dieser Heini deinen Stoff verkaufen? Habe ich irgendetwas falsch verstanden oder stellst Du gerade deine eigenen Regeln auf den Kopf.«

Der Drogenbaron konnte die Reaktion seines Freundes gut nachvollziehen. Er schaute ihm direkt in die Augen und erläuterte seinen Plan im Detail.

»Ich bin und bleibe natürlich Einzelkämpfer. Bei meinem Vorhaben spielst Du eine zentrale Rolle. Sozusagen als mein Regisseur, wobei ich selbst wie gesagt nicht im Vordergrund stehe. Er darf niemals erfahren, dass ich mit von der Partie bin.«

Allmählich bekam Nathan eine Vorstellung von dem Plan und ahnte seine Rolle. »Ja, aber was wäre denn genau meine Aufgabe?«

Kevin Albrecht ließ nun die Katze endgültig aus dem Sack.

»Du bietest dem Kerl eine Zusammenarbeit mit dem alleinigen Vertriebsrecht für die Partyinsel an. Er wird dir die Füße küssen, weil er sich finanziell seit seiner fristlosen Entlassung bei der Bank kaum über Wasser halten kann. Außerdem ist sein bester Freund wohl dabei, sich auf Ibiza eine Villa bauen zu wollen. Dann kann er diesen eigenartigen Marc Miller künftig direkt beliefern. Ich habe ihn durch Campari kennengelernt und möchte mit ihm auch nichts mehr zu tun haben. Er ist ein sehr undurchsichtiger Typ mit einer ausgeprägten Kokainsucht.«

Nathan bewunderte einmal mehr die Cleverness seines Freundes, der ihn schon mehrfach mit seiner Kreativität und Strategie überrascht hatte. Darin lag ein wesentlicher Unterschied zwischen dem Drogenbaron und anderen Akteuren in dieser gefährlichen Branche. Dieser Campari konnte von Glück sagen, dass er nach seinem schädlichen Verhalten nicht wochenlang mit gebrochenen Knochen in einer Klinik liegt.

Mit einer zustimmenden Kopfbewegung gab er Kevin Albrecht zu verstehen, dass er mit ihm rechnen könnte. Da der Mann Abend für Abend in den Bars rumhing, dürfte es sehr einfach sein, mit ihm in Kontakt zu kommen. Je nach Verlauf ihrer Gespräche, würde er ihm im richtigen Moment ein Angebot unterbreiten, das er wohl kaum ablehnen würde.

Nach fünf Tagen begegneten sich die beiden Männer rein zufällig in der Roberto American Bar am Bauernmarkt. Es war kurz nach zweiundzwanzig Uhr und Campari hatte schon einen beachtlichen Alkoholgehalt im Blut. Sie kamen schnell ins Gespräch.

Der Österreicher hatte nicht die geringsten Hemmungen, dem Fremden gleich sein komplettes Leben offenzulegen. Nach zwei weiteren Cocktails erzählte er Nathan unter vorgehaltener Hand über seine Zusammenarbeit mit dem Drogenbaron. Für den Russen war das nicht nur eine Bestätigung der Vorwürfe. Sein Freund musste dringend etwas gegen diesen Mann unternehmen. Er nutze die gute Gelegenheit, in die Offensive zu gehen.

»Dass wir uns heute hier kennenlernen, betrachte ich als Schicksalsfügung und möglicherweise als ein Glücksfall für uns. Du wirst es nicht glauben, aber ich bin ebenfalls in deiner Branche aktiv, sicherlich nicht so erfolgreich wie Du. Deshalb sehe ich mich nach Verstärkung um. Einen fähigen Partner, dem ich vertrauen kann. Einer, der in guten Kreisen verkehrt und die richtigen Leute kennt. Wien ist eine tolle Stadt, aber das reicht mir nicht. Ich möchte auch die Hotspots mitnehmen. Da wo das Leben tobt, wo Geld keine Rolle spielt. Weißt Du, was ich meine. Vielleicht sollten wir mal ernsthaft über dieses Thema sprechen. Ich freue mich jedenfalls, dich kennengelernt zu haben und würde dich gern wieder treffen. Wollen wir gleich morgen zusammen frühstücken und uns darüber mal konkret unterhalten?«

Maximilian Redler war zwar schon recht angetrunken, aber noch aufnahmefähig genug, um die Chance zu wittern, die ihm sein neuer Bekannter eröffnete. Sie verabredeten sich für elf Uhr im Palmenhaus. Dieser sympathische Nathan kam ihm wie gerufen.

Rund zwölf Stunden später frühstückten sie in der beliebten Brasserie im Wiener Burggarten. Maximilian Redler war zwar wieder einigermaßen nüchtern, jedoch ziemlich übermüdet. Er hatte unruhig geschlafen und in den wiederholten Wachphasen vergeblich versucht, sich an die Details des letzten Abends zu erinnern. Zudem war er sich nicht mehr sicher, ob er diesen sympathischen Kumpel wirklich erst gestern kennengelernt hatte. Er schien ihm so vertraut. Hatte er ihm wirklich eine Zusammenarbeit angeboten, die seine finanzielle Misere beenden könnte? Campari war zugleich aufgeregt und entschlossen, bei ihrem zweiten Treffen unbedingt einen guten Eindruck zu machen. Dass er sich gleich mit für den nächsten Vormittag verabredet hatte, machte ihm große Hoffnung. Offenbar meinte er es ernst mit ihm.

Nathan war mit dem Ergebnis ihres ersten Zusammentreffens zufrieden. Er sah Campari genauso, wie der Drogenbaron ihn beschrieben hatte. Insgesamt hätte es nicht besser laufen können und er war zuversichtlich, Maximilian Redler schnell für ihr Vorhaben gewinnen zu können. Probleme hatte er im Moment nur mit dem massiven Alkoholgeruch des recht zerknautscht wirkenden Ex-Bankers. Seine körperliche Nähe an ihrem kleinen Tisch war ihm höchst unangenehm. Er musste sich beherrschen und suchte nach einer günstigen Sitzposition, die ihn vom aufdringlichen Atem des chronischen Trinkers schützte.

In den Tagen zuvor hatte ihn Kevin Albrecht in die wichtigen Grundlagen des Geschäfts eingewiesen und alle wesentlichen Einzelheiten für den geplanten Einsatz von Campari als selbstständiger Drogendealer auf Ibiza besprochen.

»Nathan, Du musst nur den Kerl unter Kontrolle haben. Über meine Kontakte auf Ibiza habe ich bereits eine kleine Wohnung in San Antonio für ihn gefunden. Da hat er es nicht weit bis zu den zahlreichen Clubs und Bars. Ich sorge dafür, dass er ausreichend Stoff über einen Vertrauensmann auf der Insel bekommt. Natürlich gegen Barzahlung, wobei ich hier das größte Problem unseres Plans sehe.

Ich bin mir nicht sicher, ob er nicht gleich seine Verkaufsumsätze versäuft. Er muss unbedingt Respekt vor dir haben; Angst wäre noch besser. Bei solchen Leuten empfiehlt sich weniger Zuckerbrot und mehr Peitsche. Aber da verlasse ich mich ganz auf deine Erfahrung.«

Nathan war absolut derselben Meinung. »Sobald ich den Kerl fest an der Angel habe, werde ich ihn schon auf Spur bringen. Wahrscheinlich muss ich wohl in der ersten Zeit öfter nach Ibiza fliegen, um nach dem Rechten zu sehen und ihn wieder einzufangen. Mal schauen, wie sich die Dinge entwickeln.«

Am selben Tag gegen 13:30 Uhr klingelte das Handy von Marc Miller. Es war sein Freund Campari, der es kaum erwarten konnte, ihn über die großartigen Neuigkeiten zu informieren.

»Stell' dir vor, Marc, ich ziehe für die nächste Zeit nach Ibiza.«

Dann berichtete er von seiner neuen Bekanntschaft und dem lukrativen Angebot einer Zusammenarbeit exklusiv auf dieser prominenten Ferieninsel. Natürlich müsse Marc jetzt auch nicht mehr beim Drogenbaron kaufen, denn er persönlich würde ihn künftig mit dem besten Kokain versorgen, das am Markt erhältlich ist.

Marc Miller wusste nicht so recht, was er von dem Ganzen halten sollte. Einerseits freute er sich für Campari, andererseits konnte er seinen Enthusiasmus nicht so recht teilen. Irgendwie kam ihm die ganze Angelegenheit komisch vor. Außerdem war er sehr skeptisch, ob sich sein labiler Freund in diesem harten Geschäft behaupten würde. Er nahm sich vor, das Geschehen im Auge zu behalten. Maximilian Redler sollte ja seine guten Bankkontakte für günstige Finanzierungsbedingungen des eigenen Bauvorhabens auf Ibiza spielen lassen. Dabei könnte seine bevorstehende Karriere als Drogendealer möglicherweise ein Problem werden.

Grundstücksangebot auf Ibiza

Marc Miller hatte seinem Freund Campari nicht erzählt, dass er selbst am nächsten Tag von Zürich nach Ibiza fliegen würde. Er hatte sich kurzfristig mit Luc Torres verabredet, der ihn in der Ankunftshalle erwartete. Der befreundete Immobilienentwickler hatte ein diskret angebotenes Grundstück an der Hand, das nicht offiziell zum Verkauf stand. Es entsprach weitgehend den Vorgaben des Deutschen mit Wohnsitz in der Schweiz. Kennengelernt hatten sie sich die beiden Männer auf einer Cocktailparty in der Villa eines gemeinsamen Freundes auf der Insel.

Marc Miller hielt schon seit einiger Zeit Ausschau nach einem eigenen Anwesen auf Ibiza. Das Leben auf der bunten Partyinsel entsprach ganz seinen Vorstellungen und war eine willkommene Abwechslung zur bürgerlichen Schweiz. Er hatte vor einiger Zeit Luc Torres gebeten, ein passendes Objekt für ihn zu finden. Während die bisherigen Angebote entweder wegen ihrer Lage, Größe oder Preisforderung nicht in Frage kamen, hatte er jetzt offenbar einen Volltreffer gelandet.

Es handelte sich um ein fast 15.000 Quadratmeter großes Grundstück mit Meerblick an einem Hang im Südwesten der prominenten Partyinsel. Der Besitzer bewohnte einen relativ kleinen Bungalow, der in die Jahre gekommen war. Der schmale Swimmingpool war nicht mehr im Betrieb, die ebenfalls verkümmerten Außenflächen seit einer Ewigkeit schon nicht mehr gepflegt. Dafür war die ruhige Lage ebenso bestechend wie das Panorama bis an die Küste. Neben den noch unbekannten Kaufpreis müsste man insgesamt kräftig in die Sanierung und Modernisierung investieren. Marc Miller wollte das Gebäude abreißen und einen zweiteiligen Neubau errichten, der separat tage- oder wochenweise vermietet werden könnte. Somit könnte er einen Teil seiner beträchtlichen Investitionen wieder refinanzieren, da ihm die lokalen Spitzenpreise für solche Feriendomizile auf Ibiza langfristig hohe Einnahmen versprachen. Nach seinen Berechnungen würden die beiden Häuser aber fast das Dreifache der bislang bebauten Fläche einnehmen. Ob er dafür problemlos die erforderliche Baugenehmigung erhalten würde, war höchst fragwürdig. Das war ihm bereits klar, als ihn Luc Torres angerufen und über das Objekt informiert hatte. Er müsste also tricksen und wahrscheinlich auch mit entsprechenden Zuwendungen an die Entscheidungsträger nachhelfen.

Auf alle Fälle wollte er keine Zeit verlieren und rasch die möglichen Neu- und Umbauvarianten vor Ort klären. Der erfahrene Projektentwickler empfahl hierfür einen versierten Architekten, der auf besonders problematische Bauvorhaben spezialisiert war. Er hatte mit ihm schon einige Male das Unmögliche doch möglich gemacht.

»Der Mann hat beste Beziehungen zu den richtigen Leuten in den Behörden. Wenn einer dir die erforderliche Genehmigung für dein Vorhaben beschaffen kann, dann er. Es wird aber nicht einfach, denn die beiden beabsichtigten Gebäudeteile liegen im Verhältnis zur Grundstücksfläche weit über das nach geltenden Verordnungen maximal mögliche Flächenvolumen. Die Ämter sind hier sehr streng. Aber ich möchte nichts vorwegnehmen. Ich zeige dir erst einmal das Objekt und danach fahren wir ins Architekturbüro. Es befindet sich direkt im Zentrum von Ibiza-Stadt.«

Marc Miller war sich sicher, dass es Mittel und Wege geben würde, die zuständigen Beamten von seinen Plänen zu überzeugen. Wäre doch gelacht, wenn ausgerechnet er das nicht hinbekommen würde. Bisher hatte er am Ende immer seinen Willen durchgesetzt. Sein repräsentatives Anwesen würde zudem das gesamte Umfeld optisch verschönern und den Wert der umliegenden Domizile aufwerten. Also hatte er zusätzlich das Argument des öffentlichen Interesses in der Hinterhand. Außerdem waren sie in Spanien und mit Geld könnte man gewiss einiges beeinflussen und regeln.

Nach einer kurzen Pause sprach Luc Torres weiter.

»Der Besitzer hat mir für unsere Besichtigung die Schlüssel gegeben. Wir treffen ihn noch heute Abend. Dann können wir alle Einzelheiten besprechen. Soweit ich weiß, möchte er schnell verkaufen. Wie ich schon sagte, bietet er seinen Besitz nicht über die marktüblichen Kanäle an, sondern sucht über seine privaten Beziehungen nach geeigneten Käufern. Der Mann ist um die Achtzig und lebt als Witwer allein. Vor etwa zwanzig Jahren ist er mit seiner Frau von Rotterdam hierhergezogen. Letztes Jahr ist sie gestorben und er möchte nicht allein in diesem Haus weiterleben, sondern sich eine passende Wohnung im Stadtzentrum suchen. Ein netter Kerl, du wirst sehen. Ich habe ihn über einen befreundeten Anwalt kennengelernt, der mich über die Verkaufsabsicht des Holländers informiert hatte.«

Das Grundstück entsprach ziemlich genau der telefonischen Beschreibung von Luc Torres und erfüllte im großen Ganzen die Erwartungen von Marc Miller.

»Vielen Dank, Luc, Du hattest den richtigen Riecher. Mir gefällt es gut und ich glaube, meine Vorstellungen im Wesentlichen umsetzen zu können. Ich überlege nur, ob und wie ich den Nachbarn an der rechten Seite dazu bewegen könnte, mir einen kleinen Streifen von seiner Fläche zu verkaufen. Das wäre für die Außengestaltung optimal; ich könnte dann nämlich den Pool anders stellen. Aber das sollten wir gleich mit dem Architekten besprechen.«

Luc Torres freute sich über die positive Resonanz seines Freundes und konnte auch seinen Wunsch nachvollziehen, dem Nachbarn einen Kaufvorschlag für einen schmalen Teil seines Bodens unterbreiten zu wollen. Allerdings erschien ihm eine solche Vereinbarung nicht einfach. Eine Vergrößerung der Fläche durch die Verkleinerung des angrenzenden Eigentums wäre, wenn überhaupt, nur mit Zustimmung der Behörden möglich. Auch wenn sich die Eigentümer einig wären, erlaubten seines Wissens die gesetzlich festgelegten Begrenzungen nicht derartige Verschiebungen der Grundstücksgrenzen. Er behielt jedoch seine Bedenken für sich. Möglicherweise würde sein Architekt hierzu eine andere Ansicht oder Idee haben.

Miguel Sanchez hatte für seine Besucher kalte Getränke und einen frischen Obstsalat zubereiten lassen. Die schnarrende Klimaanlage in seinem kühlen Konferenzzimmer hatte die Raumtemperatur auf unter 20 Grad gekühlt. Nachdem ihn die hochsommerliche

Hitze kräftig ins Schwitzen gebracht hatte, fröstelte Marc Miller nunmehr etwas.

Der groß gewachsene und schlanke Architekt mit einem markanten Kinnbart und fast schulterlangem Haar machte einen sympathischen Eindruck. Er war ein typischer Südländer mit dunklem Teint und jener Warmherzigkeit, die in nordeuropäischen Ländern so selten war. Marc Miller musste kurz an die unterkühlten Menschen in der Schweiz denken, die ihm angesichts seiner eigenen Wesensart vertrauter waren. Nach der höflichen Begrüßung hatten sie ein paar persönliche Worte gewechselt und waren dann schnell auf das Thema ihres Treffens gekommen.

»Herzlich Willkommen auf Ibiza, Herr Miller. Wir freuen uns über jeden Zuwanderer, der unsere Insel bereichert. Gewissermaßen auch mich, denn ich lebe zu einem beträchtlichen Teil von Auftraggebern, die das wunderbare Leben auf Ibiza genießen möchten und es sich dafür auch etwas kosten lassen. Wobei ich meine persönliche Aufgabe auch darin sehe, Kunden vor unnötigen oder ungerechtfertigten Ausgaben zu bewahren.

Da viele vermögende Persönlichkeiten hier ganz oder zeitweise wohnen, sind die Preise leider entsprechend hoch und inflationär. Deshalb ist es gut, wenn man hier die richtigen Leute kennt und sein Geld sinnvoll investiert.«

Marc Miller bewertete den Gesprächseinstieg als clevere Strategie, um das Vertrauen neuer Kunden zu erzeugen. Er bedanke sich mit einem freundlichen Gesichtsausdruck.

»Das klingt sehr vielversprechend, Herr Sanchez. Mein Freund Luc hat Sie bereits in höchsten Tönen gelobt und als einen Profi dargestellt, der für besondere Herausforderungen prädestiniert sein soll.«

Der Architekt hörte ihm aufmerksam zu. Er hielt einen Bleistift in seiner Hand und machte sich wiederholt kurze Notizen. Er hatte schmale Finger und auffallend gepflegte Fingernägel. Am linken Handgelenk trug er eine goldene Rolex Daytona; über den rechten Handrücken hatte er als Kontrast zu der teuren Uhr drei bunte Armbänder aus verschiedenen Materialien gestreift. Marc Miller schätzte den Mann trotz seiner modisch jugendlichen Erscheinung auf Anfang Sechzig. Später erfuhr er, dass er fast zehn Jahre älter war als zunächst angenommen.

Miguel Sanchez erwies sich bei der Besprechung als erfahrener Profi auf seinem Gebiet, der Fragen konkret zu beantworten wusste und sich nicht scheute, alternative Vorschläge zu unterbreiten.

»Schauen Sie, Herr Miller, wir sollten jetzt schrittweise vorgehen. Ich habe verstanden, worum es Ihnen geht und wie Sie Ihr Domizil auf Ibiza nutzen möchten. Sobald Sie sich mit dem Verkäufer einig geworden sind und mir grünes Licht geben, schaue ich mir mit Luc das Anwesen genau an. Bereits eine Woche später könnte ich Ihnen meine Grundidee auf einer kleinen Skizze präsentieren. Hierfür komme ich übrigens gern nach Zürich, da ich ohnehin demnächst in die Schweiz reisen wollte. Bis zu dieser Phase sind meine Leistungen für Sie übrigens kostenfrei. Über die Modalitäten eines Auftrages sprechen wir, wenn Ihnen mein Vorschlag grundsätzlich gefällt.«

Marc Miller war mit dem fairen Angebot einverstanden. Er sagte dem Architekten zu, ihn über den weiteren Verlauf seiner Kaufverhandlungen zu informieren.

»Wenn ich mich mit dem Verkäufer einig bin, werde ich nicht lange zögern. Sie hören wahrscheinlich schon in den nächsten Tagen von mir. Vielen Dank für das konstruktive Gespräch und dem köstlichen Obstsalat.«

Danach fuhren sie ins Hotel Los Molinos. Marc Miller wollte sich vor dem Abendessen mit dem Verkäufer etwas ausruhen und umziehen. Er sehnte sich nach einer erfrischenden Dusche. Außerdem hatte er Lust auf einen eiskalten Mojito. Bevor Luc Torres ihn gegen 20:30 Uhr abholen würde, wollte er sich auf die bevorstehende Verhandlung einstimmen. Da er nahezu täglich Kokain nahm, würden ihm seine Gesprächspartner eine kleine Prise gewiss nicht anmerken. Am späteren Abend wollte er mit Luc dann noch durch die angesagten Lokale ziehen. Davor würde sich sicherlich eine Gelegenheit bieten, sich noch eine richtige Straße in die Nase zu ziehen. Ein passendes Örtchen fand sich immer, notfalls auf der Toilette.

Das Gespräch mit dem Grundstückseigentümer lief völlig anders, als sich Marc Miller erhofft hatte. Der Holländer war fast doppelt so alt und musterte den forschen Kaufinteressenten mit Misstrauen. Er schien sehr von sich eingenommen zu sein und zählte offensichtlich zu dieser neuen Generation, die relativ schnell sehr viel Geld machte und dies auch mit beiden Händen wieder ausgab. Nachdem er mit seiner geliebten Frau viele glückliche Jahre in diesem Haus verbracht hatte, fiel ihm der Verkauf emotional ohnehin sehr schwer. Ein Umzug in ein für ihn geeignetes

Domizil würde ihm den unverändert großen Verlustschmerz gewiss etwas erleichtern.

Finanziell war er keineswegs auf den Verkauf angewiesen, da seine staatliche Altersversorgung bei vernünftiger Lebensweise allemal bis zum Ende seiner Tage ausreichen sollte. Für ihn war es daher äußerst wichtig, einen passenden Käufer zu finden. Beides müsste stimmen. Das Preisangebot aber auch die Sympathie für seinen Nachfolger. Als Marc Miller in seiner überheblichen Art von seinen Umbau- und Expansionsplänen schwärmte, fragte sich der sensible Witwer, ob dieser neureiche Geschäftsmann aus Zürich wirklich der richtige Kandidat für ihn sei. Luc Torres spürte von Beginn an zwischen den beiden Männern eine beklemmende Spannung und griff in kritischen Momenten immer wieder vermittelnd ein. Er wunderte sich über das fehlende Feingefühl seines Auftraggebers und fürchtete einen vorzeitigen Abbruch des schwergängigen Dialogs. So würden sie kaum zum Ziel kommen.

Während der Grundstücksbesitzer gelassen seinen doppelten Espresso in der kleinen Tasse umrührte und dabei erzählte, weshalb er trotz seines Diabetes lieber Zucker statt Süßstoff bevorzugen würde, rutschte Marc Miller nervös auf seinem Stuhl herum. Er wollte endlich zum Abschluss kommen und hatte keinerlei Interesse, sich die Krankheitsgeschichten des alten Mannes anzuhören. Schließlich waren sie nicht beim Kaffeekränzchen, sondern hatten sich zu einem geschäftlichen Meeting verabredet. Er blickte auf sein Smartphone und wandte sich dabei an den Verkäufer, ohne ihn anzuschauen.

»Lassen Sie uns bitte über konkrete Zahlen sprechen. Möglicherweise erübrigt sich jede weitere Diskussion, wenn Sie Ihre Preisvorstellung nennen.«

Luc Torres befürchte eine abweisende Antwort und musste innerlich schmunzeln, als der clevere Verkäufer antwortete. »Herr Miller, Sie werden staunen, aber ich habe keine konkrete Zahl. Ich kenne aber schon den realistischen Marktwert meines Grund und Bodens, den mir verschiedene Experten bestätigt haben. Also höre ich mir erst einmal die Angebote der Bewerber an, die sich gewiss ebenfalls vorab über die üblichen Preise auf Ibiza erkundigt haben. Wenn Sie also wirklich an meinem Grundstück interessiert sind, freue ich mich auf Ihre Offerte. So sagt man doch in der deutschsprachigen Schweiz.«

Danach stand der Verkäufer auf, bedankte sich höflich für die Einladung ins Restaurant und verabschiedete sich lächelnd mit der Bemerkung, dass Senioren in seinem Alter zu dieser späten Stunde für gewöhnlich schon im Bett liegen.

Marc Miller war sprachlos sitzengeblieben, während Luc Torres den Grundstücksbesitzer zum Ausgang begleitete. Nachdem er an den Tisch zurückkehrte, schwiegen die beiden Männer erst einmal. Dann legte Marc Miller los. Er war sehr aufgebracht.

»Das war ja wohl ein Schuss in den Ofen. Wie kann man einen Kunden so herablassend abfertigen. Er will doch verkaufen, nicht ich. Wieso behandelt mich der alte Opa wie ein kleines Kind. Hattest Du ihm denn gar nicht erzählt, wer ich bin?«

Luc Torres war klug genug, sich in diesem Moment auf keine weiteren Diskussionen einzulassen. Stattdessen schlug er vor, den Verkäufer am nächsten

Tag zu kontaktieren. »Überlasse alles weitere mir. Ihr Beiden könnt wohl nicht so richtig miteinander. Ich werde versuchen, die Wogen zu glätten und alles in deinem Sinne zu regeln. Irgendwie habe ich das Gefühl, dass es zwischen Holländern und Deutschen noch immer viele Ressentiments gibt.«

Marc Miller entgegnete aufgebracht. »So ein Quatsch. Hier geht es nur ums Geschäft und nicht darum, warum wer wen aus welchen Gründen nicht mag. Mit Politik und Religionen habe ich nichts am Hut.«

Das war dem Spanier absolut klar, da auch ihm die emotionale Kälte des Wahl-Schweizers menschlich sehr fremd war.

Überdosis im Apartmenthaus

Der Anrufer wollte partout seinen Namen nicht nennen und bestand darauf, persönlich mit Gregor Stanlaswski zu sprechen. Er hatte die Durchwahl des Chefreporters vom Sportmagazin gewählt und war bei der Redaktionsassistentin gelandet. Sie bat ihn freundlich, den Grund für sein Anliegen zu nennen.

»Verstehen Sie mich bitte, ich muss schon ungefähr wissen, worum es geht. Sonst darf ich Sie nicht durchstellen, Herr ... Leider habe ich Ihren Namen nicht verstanden. Mögen Sie ihn mir noch einmal nennen.«

Der Mann am anderen Ende der Leitung ließ sich nicht beirren. »Im Moment ist mein Name unerheblich. Ich habe eine sehr vertrauliche Information für Herrn Stanlawski und bin sicher, dass er mir für meinen Anruf sehr dankbar wäre. Er gehört für mich zu den echten Journalisten, die auch den Mut haben, Schweinereien aufzudecken und darüber zu schreiben. Deshalb rufe ich bei Ihnen und nicht bei einer anderen Zeitung an. Es geht um eine sehr heikle Sache, die schon bald bekannt werden dürfte. Ist wohl nur noch eine Frage von wenigen Stunden. Sie sollten mich unbedingt mit ihm verbinden. Seit Jahren lese ich übrigens Woche für Woche das Sportmagazin.«

Die junge Frau überlegte. Sie hatte ihre Anweisungen, wie sie in solchen Fällen zu verfahren hatte. Trotzdem scheute sie sich, den Mann einfach so abzuwimmeln. Ihr Instinkt sagte ihr, dass es sich möglicherweise doch um einen wichtigen Hinweis handeln könnte.

»Verstehen Sie mich bitte, ich darf den Anruf nicht ohne diese Rückfrage weiterleiten. Aber ich informiere gleich Herrn Stanlawski. Er wird Sie dann sicher schnell zurückrufen. Aber dafür müssten Sie mir schon eine Nummer geben, unter der Sie erreichbar sind.«

Der Anrufer überlegte kurz und stimmte dem zu. Er hinterließ eine Handynummer und bedankte sich.

»Aber richten Sie bitte Ihrem Chefreporter aus, dass die Story wahrscheinlich schon morgen als Schlagzeile in den lokalen Zeitungen erscheinen wird.«

Der Rückruf erfolgte bereits nach wenigen Minuten. Gregor Stanlawski war ein erfahrener Journalist, der grundsätzlich jedem Hinweis nachging. Häufig waren es nervende Wichtigtuer, die ihn mit belanglosem Zeug nervten. Aber in seiner langjährigen Karriere hatte er auch durch solche anonymen Anrufe mehrere Skandale und gut gehütete Geheimnisse aufgedeckt. Er war ein ebenso unermüdlicher wie unbequemer Jäger nach Neuigkeiten, die vielleicht ohne seinen investigativen Instinkt nie ans Tageslicht gekommen wären.

Im Vergleich zu vielen Kollegen hatte er einen außergewöhnlich guten Riecher und so passierte es ihm selten, mit falschen Spuren unnötige Zeit und Mühe zu verschwenden. Sein überregional bekannter Name stand für ehrlichen Journalismus und saubere Recherchen. Was Gregor Stanlawski in seinen oft brisanten Artikeln schrieb, war stets belegt und nie aus der Luft gegriffen. Er schaute auf die Uhr und schlug dem Unbekannten ein Treffen im Café Paris in der Fressgasse vor.

»Wenn Ihr Tipp so heiß ist, sollten wir keine Zeit verlieren. Ich könnte in einer halben Stunde dort sein. Da wir uns persönlich noch nicht kennen, halten Sie einfach Ausschau nach einem Mann mit der aktuellen Ausgabe vom Sportmagazin auf dem Tisch.«

Als er pünktlich mit der Zeitschrift unterm Arm die Brasserie betrat, wurde er bereits am Eingang erwartet. Gregor Stanlawski sah sich nach einem geeigneten Tisch um, wo sie ungestört reden könnten. Der Anrufer von soeben war unruhig und vermittelte den Eindruck, als müsse er schnell etwas loswerden, was er nicht länger für sich behalten wollte.

»Nun entspannen Sie sich erst einmal und trinken Sie einen Kaffee. Oder möchten Sie vielleicht lieber einen Schnaps? Das beruhigt. Sehr gern bestelle ich Ihnen auch etwas zu essen. Ich selbst habe noch nicht einmal gefrühstückt und Riesenhunger. Also, nur zu, Sie sind herzlich eingeladen. Wir können gleich ohne Zeitdruck offen über alles in Ruhe sprechen. Und natürlich ganz vertraulich. Warum, um Himmelswillen sind, Sie denn so aufgeregt? Wovor haben Sie Angst?«

Er schätzte seinen Gesprächspartner auf Ende Fünfzig. Seiner Kleidung zufolge sah er eher wie ein Handwerker aus, der hart anpacken konnte. Er hatte schwielige Arbeiterhände, die Fingernägel waren kurz und an den Rändern schmutzig. Der Daumen seiner linken Hand war von einem älteren Verband umwickelt, der inzwischen mehr grau als weiß war. Die abgelaufenen Arbeitsschuhe deuteten auf eine Außentätigkeit hin. Wie sich alsbald herausstellte, waren seine Vermutungen richtig.

»Ich arbeite für eine Gartenfirma und bin für die Pflege der Außenanlage in einem luxuriösen Apartmenthaus im Frankfurter Westend zuständig. Bei uns wohnen so einige Prominente vor allem aus der Fußballbranche. Gut die Hälfte der 48 Wohnungen sind entweder an Spieler, Trainer, Manager und Berater vermietet. Außerdem haben einige Vereine und Verbände mehrere Wohnungen angemietet, die sie wohl wichtigen Geschäfts-freunden und Gästen zeitweise zur Verfügung stellen.

Ich habe schon zahlreiche bekannte Persönlichkeiten aus dem In- und Ausland wiedererkannt. Vor einigen Monaten haben sich dann einige Damen aus dem horizontalen Gewerbe im Haus einquartiert. Ich weiß von drei jungen Frauen aus Osteuropa, die hier ihre Besucher empfangen. Diese Apartments sind eigentlich von einem Mann gemietet worden, der sie wohl den Mädels für ihre Liebesdienste zur Verfügung stellt.

Er selbst hat auch eine Wohnung bei uns. Es wird so einiges über ihn gemunkelt; angeblich sei er ein Schwergewicht aus dem Rotlichtmilieu. Ein komischer Typ mit goldener Rolex am Arm, schrecklichen Tattoos und auffallenden Klamotten. So wie er spricht, kommt er wohl aus Sachsen. In der Tiefgarage stehen ein nagelneuer Range Rover und ein Jaguar Cabrio. Beide Fahrzeuge mit Dresdner Kennzeichen. Der Typ hat gleich nach seinem Einzug etliche Bekanntschaften mit anderen Bewohnern geschlossen. Inzwischen hängt er dauernd mit den Fußballern und ihren Beratern rum.«

Der Chefreporter hatte aufmerksam und geduldig zugehört. Bis dahin klang alles noch relativ harmlos.

Was er dann allerdings erfuhr, mobilisierte sofort seine journalistischen Antennen.

»Heute Morgen, als ich gegen sieben Uhr meinen Dienst begann, stand ein Unfallwagen vor der Tür. Daneben parkten zwei Fahrzeuge der Polizei. Minuten später sah ich die Sanitäter mit einer bis zum Hals zugedeckten Person auf ihrer Trage. Ein freundlicher Polizist klärte mich auf. Sie brachten eine der Frauen ins Krankenhaus. Das Mädel hatte wohl eine Überdosis und schwebte angeblich in Lebensgefahr.«

Gregor Stanlawski grübelte. Da etwa die Hälfte der Wohnungen an Personen aus der Fußballszene vermietet waren, hatte der Vorfall eine entsprechende Brisanz. Immerhin war es gut möglich, dass ein öffentlich bekannter Mieter mit der Angelegenheit zu tun haben könnte. Der aktuelle Polizeibericht würde hierzu sicher noch heute eine kurze Meldung an die Redaktionen herausgeben. Sie würde aber bestimmt keinen Hinweis auf die prominenten Mieter enthalten.

Allerdings hatten die Tageszeitungen einen erheblichen Vorsprung, da das Sportmagazin nur wöchentlich erscheint. Die Geschichte wäre bereits mit der nächsten Ausgabe auf dem Markt. Diesen Nachteil müsste er durch entsprechende Hintergrundinformationen über die Beteiligten und Motive des Tatbestandes wettmachen. Also konkrete Antworten auf die sieben berühmten W-Fragen im Journalismus finden: Wer, was, wo, wann, wie, warum und woher. Tagespresse und Rundfunksender dürften bis zu ihrem nächsten Redaktionsschluss kaum herausfinden, wer für die möglicherweise tödliche Überdosis verantwortlich war? Was für Drogen hatte die bewusstlose Frau genommen; freiwillig oder vielleicht sogar unter Zwang? Hatte sie einen oder vielleicht sogar mehrere Besucher und was für Drogen hatte sie genommen?

Gregor Stanlawski war sicher, dass die Zeitungen den einen oder anderen Prominenten aus dem Apartmenthaus namentlich nennen würden. Das würde zwangsläufig zu den typischen Mutmaßungen und fantasievollen Spekulationen führen. Auf alle Fälle würden diese Umstände viel Staub aufwirbeln. Er fragte sich, ob er möglicherweise einige Bewohner persönlich kannte und ob es eine direkte Verbindung zwischen der Fußballszene und dem tragischen Schicksal der Frau gab. Würde sie überleben? Er hoffte es, auch wenn ihr Tod die Story noch dramatischer machen würde.

Er warf seinem Informanten einen freundlichen Blick zu.

»Ich bin Ihnen für diese wichtigen Hinweise sehr dankbar und halte Sie selbstverständlich aus allem völlig raus. Niemand wird erfahren, dass Sie uns diesen Tipp gegeben haben. Darauf gebe ich Ihnen mein Wort. Offen gesagt, ist mir aber Ihre weitere Unterstützung von größter Wichtigkeit. Es ist doch sicher auch in Ihrem Interesse, die Wahrheit über das tragische Schicksal des armen Mädchens aufzudecken.

Ich brauche unbedingt weitere Einzelheiten über dieses Apartmenthaus und seine Mieter. Sie kennen das Gebäude und haben gewiss einen guten Draht zum Hausmeister. Die Redaktion würde sich hierfür bei Ihnen sehr erkenntlich zeigen und Ihre Kooperation selbstverständlich auch großzügig honorieren.«

Der Informant hatte mit dieser direkten Bitte um seine Mitarbeit nicht gerechnet. Dass er persönlich bei dieser Geschichte sozusagen eine Schlüsselrolle an der Seite des renommierten Chefreporter spielen könnte, schmeichelte ihm. Zudem hatte er den unmissverständlichen Hinweis auf eine finanzielle Belohnung für seine Informationen mit Interesse wahrgenommen.

In seinem Beruf verdiente man nicht gerade das große Geld. Da musste er sich schon sehr anstrengen, mit einem bescheidenen Einkommen über die Runden zu kommen. Er stellte sich naiv. »Was könnte ich denn schon für Sie tun, ich habe keine Ahnung von Ihrer Arbeit, auch wenn ich Woche für Woche das Sportmagazin lese?«

Gregor Stanlawski erhob sich etwas und klopfte dem Mann auf die Schulter. »Die spannende Frage ist doch, ob jemand aus der Fußballszene diese junge Frau kannte oder möglicherweise sogar mit ihr zu tun hatte. Um das herauszufinden, benötige ich dringend eine Mieterliste mit allen Namen. Bestimmt kenne ich die eine oder andere Person und kann dann bei ihr ansetzen.

Sicher können Sie uns doch über den Hausmeister diese Aufstellung beschaffen. Sie sind doch quasi Kollegen. Wir lassen uns diese Liste schon etwas kosten und selbstverständlich bleibt auch das unter uns. Sie verstehen doch, dass ich als Journalist die Hausverwaltung schlecht selbst fragen kann. Die sind überhaupt nicht an solchen Schlagzeilen interessiert und werden alles tun, um uns Journalisten abzuwimmeln. Wir sind nicht gut für ihr Geschäft.«

Sein Gesprächspartner nickte zustimmend und sagte dem Journalisten eine aktuelle Mieteraufstellung zu. Die würde er sicher kurzfristig beschaffen können.

Er hatte einen guten Draht zum Hausmeister und auch eine persönliche Verbindung zu einem wichtigen Mitarbeiter der Immobilienverwaltung, für den er zweimal im Jahr kostenlos die Gartenarbeit in seinem Privathaus erledigte.

Nachdem er gegangen war, beauftragte Gregor Stanlawski einen Bildreporter seiner Redaktion, die Namensschilder am Eingang des Apartmenthauses abzufotografieren. Die Aufnahmen erwartete er so schnell wie möglich per E-Mail. Außerdem bat er seine Assistentin, bei der Polizeipressestelle nachzufragen, in welche Klinik die Frau eingeliefert worden war.

»Vielleicht können Sie auch etwas über ihren Zustand in Erfahrung bringen. Besorgen Sie mir möglichst auch den Namen des behandelnden Arztes. Übrigens, danke ich Ihnen für ihre intelligente Reaktion gegenüber dem Anrufer. Das war sehr professionell. Hätten Sie stur nach Dienstvorschrift gehandelt, wäre uns dieser heiße Tipp durch die Lappen gegangen. Sie haben bei mir was gut.«

Dann bat er um die Rechnung und ging zurück in sein Büro. Dass Branko Smirdan ebenfalls in diesem sechsstöckigen Neubau ein Apartment hatte, wusste er zu diesem Zeitpunkt noch nicht. Der Spielervermittler hatte bei ihrem kürzlichen Meeting beiläufig erwähnt, über eine Wohnung in Frankfurt zu verfügen. Er stolperte erst über dessen Namen, als er später die Liste mit den 48 Mietern durchging.

Auch wenn er sicher war, dass sein neuer Bekannter nicht in dieser Affäre verwickelt war, hatte er zumindest eine Bezugsperson, bei der er mit seinen direkten Recherchen beginnen könnte. Vielleicht konnte ihm Branko Smirdan ebenfalls sagen, wer in den vier Apartments lebte, die auf dem Klingeltableau am Hauseingang Namenslisten lediglich mit ihren Nummern aufgeführt waren.

Er konnte sich gut vorstellen, dass es sich hierbei um die von den Fußballverbänden angemieteten Gastwohnungen handelte. Er musste unbedingt den Grund herausfinden, weshalb man diese Personen nicht in entsprechenden Hotels unterbrachte. Gregor Stanlawski witterte die berühmte Morgenluft und war sich sicher, dass man sich über seine bevorstehenden Nachfragen gar nicht freuen würde. War er auf dem Weg, einen brisanten Skandal aufzudecken? Zumindest roch es ein wenig danach.

Gedankenversunken drückte er in seinem iPhone auf die kürzlich gespeicherte Mobilnummer des Kroaten, der sich wegen des aktuellen Fußballinternats sicher in der Gegend aufhalten würde.

»Hallo Herr Smirdan, hier spricht Gregor Stanlawski, wir hatten ja gerade erst das Vergnügen. Leider muss ich Sie wegen einer überhaupt nicht erfreulichen Angelegenheit anrufen, die sich in dem Haus abgespielt haben soll, in der wohl auch Sie ein Apartment haben.«

Am anderen Ende der Leitung war es kurz still; dann antwortete Branko Smirdan: »Um Gottes Willen, was ist passiert? Ich weiß von nichts, bin aber auch erst jetzt eben in Frankfurt gelandet. Ich war einige Tage auf Geschäftsreise.«

Der Journalist berichtete in Stichworten über das Geschehen und schlug dem verwunderten Spielervermittler ein kurzfristiges Treffen vor.

Eine Stunde später saß er wieder im Café Paris und erwartete seinen Gesprächspartner. Der vielbeschäftigte Spielervermittler war in Windeseile mit einem Taxi direkt vom Flughafen in die City gefahren. Er konnte es kaum erwarten, weitere Informationen über die Vorkommnisse zu erhalten. Es war nicht viel mehr, als er bereits telefonisch erfahren hatte. Auch der Chefreporter tappte noch völlig im Dunkeln. Er wusste lediglich, was ihm der Informant berichtet hatte.

»Kennen Sie einige Ihrer Nachbarn und haben Sie vielleicht sogar persönliche Kontakte im Haus?«

Branko Smirdan überlegte kurz und schüttelte den Kopf.

»Nicht wirklich, Herr Stanlawski. Natürlich kenne ich einige Personen, aber außer dem üblichen Guten Tag habe ich mit den Leuten weder private noch geschäftliche Berührungspunkte. Allerdings hatte ich schon wiederholt den Eindruck, dass einige Mieter hier wohl nur zeitweise wohnten. Ich sah immer wieder neue Gesichter im Treppenhaus und in der Tiefgarage. Es war mir aber bislang nicht von Bedeutung, da ich recht selten zuhause bin. Sie wissen doch, ich bin fast täglich kreuz und quer durch Europa unterwegs.«

Die beiden Männer verabredeten, sich gegenseitig informiert zu halten und verließen gemeinsam die Brasserie. Bevor er recherchieren würde, wer zu welchem Zweck mehrere Wohnungen in dem Apartmenthaus angemietet hatte, wollte Gregor Stanlawski einen zuverlässigen Vertrauensmann aus der Fußballwelt kontaktieren. Der Funktionär hatte enge Kontakte zu den maßgebenden Verantwortlichen in verschiedenen Institutionen und Vereinen. Vielleicht könnte er ihm einen kleinen Tipp geben.

Die zuständigen Mediensprecher würden sich garantiert bedeckt halten und ihm nichts sagen. Er fragte sich, ob die Nachricht über den Vorfall in dem prominenten Gebäude inzwischen bekannt sei und hoffte, den Pressesprecher eines ortsansässigen Fußballverbandes unvorbereitet auf dem linken Fuß zu erwischen. Sie kannten sich zwar schon recht lange und hatten wenig Sympathie füreinander. Ihr Kontakt beschränkte sich auf das Nötigste.

Zum Leidwesen seiner Vorgesetzten, die großen Wert auf einen guten Kontakt zum Sportmagazin legten und ihrem Pressemann wiederholt vorhielten, Verbindung zu den falschen Leuten zu pflegen. Sobald der auf drei Jahre befristete Vertrag auslief, würde man einen geeigneten Nachfolger berufen und sich um einen Neuanfang in der Zusammenarbeit mit dem Sportmagazin bemühen. Das war bereits beschlossene Sache.

Als Gregor Stanlawski Minuten später offiziell in der Stabstelle Kommunikation anrief, war er einen kleinen Schritt weiter. Sein Vertrauensmann wusste von diesen vier Wohnungen, die für wichtige Besucher genutzt wurden. Es waren vornehmlich Geschäftspartner wie Sponsoren sowie auch Funktionäre und Spielerberater. Wichtige Personen, die aus unterschiedlichen Gründen einen speziellen VIP-Status hatten.

Gelegentlich wurden auch bedeutende Besucher aus dem Ausland in diesem Haus untergebracht. Für seine Gäste stellte die Institution zudem eine Limousine mit Chauffeur quasi rund um die Uhr zur Verfügung. Ein bekanntes Catering-Unternehmen sorgte für das kulinarische Wohlbefinden der Besucher, denen es für ihren Aufenthalt an nichts fehlen sollte. Offenbar auch nicht an weiblicher Gesellschaft, wie der Journalist vermutete.

Sein Vertrauensmann hatte sich selbst über den Zweck dieser Apartments gewundert. »Natürlich hatte ich schon im Hause gefragt, weshalb wir diese Gäste nicht in den guten Frankfurter Hotels unterbringen. Wir haben mit den führenden Häusern sehr vorteilhafte Vereinbarungen. Das habe, so sagte man mir, schon seine berechtigten Gründe. Ich vermute, dass es sich um Personen handelte, deren Besuch man aus welchen Gründen auch immer diskret halten wollte. Wenn prominente Gäste in einem der großen Hotels absteigen, erfahren es doch die Medien sofort.«

Als Gregor Stanlawski bei der Pressestelle anrief, stellte sich sein Gesprächspartner dumm. »Also Herr Kollege, da überraschen Sie mich aber. Ich weiß nichts von einem derartigen Vorfall. Wo bitteschön soll das passiert sein?«

Der Chefreporter war sich nicht sicher, ob der Medienbeauftragte wirklich unwissend war oder nur den Fragen des Journalisten aus dem Weg gehen wollte.

»Sie können sich ja gern beim Pressesprecher der Frankfurter Polizei schlau machen. Aber davor bitte ich Sie um ein Statement, weshalb Ihr Unternehmen vier Wohnungen in diesem Gebäude fest angemietet hat. Ist es für den Eigenbedarf Ihrer Funktionäre oder für auswärtige Besucher? Dann würde es mich allerdings interessieren, weshalb diese Personen nicht in einem Hotel einquartiert werden.

Apropos, damit es keine Missverständnisse gibt, sofern Sie hierzu keine Stellung beziehen können oder wollen, werde ich das in meinem Bericht entsprechend anmerken und notgedrungen über den wirklichen Verwendungszweck dieser Wohnungen mit der berechtigten Frage spekulieren, ob es möglicherweise eine Verbindung zu der per Rettungswagen abgeholten Frau geben könnte.

Wie gesagt, sie schwebt mit einer Überdosis Rauschgift in akuter Lebensgefahr. So wie es aussieht, eine ganz üble Geschichte. Alternativ kann ich meine Fragen aber gern auch direkt Ihrem Chef stellen. Dann haben Sie weniger Arbeit und ich verliere keine unnötige Zeit.«

Das war eine klare Ansage vom Chefreporter einer angesehenen Fachzeitschrift, die bekanntlich kein Blatt vor den Mund nahm und oft auch sehr kritisch über seine Institution berichtete. In dieser Situation musste der Kommunikationsleiter dringend mit seinem Vorgesetzten sprechen und weitere Anweisungen erhalten. Er zögerte kurz und wählte die Nummer der Chefsekretärin. Er durfte keine weitere Zeit verlieren.

Die klare Ansage von Gregor Stanlawski klang ihm in den Ohren. Das waren keine leeren Drohungen. Der Chefreporter war bekannt für seine Hartnäckigkeit und würde so lange bohren, bis er die Wahrheit herausgefunden hatte. Eine Wahrheit, die er selbst nicht kannte.

Monica Novotny kannte das Apartmenthaus im Westend bereits seit längerer Zeit. Gelegentlich traf sie sich hier mit Männern, die vorübergehend in den Gastwohnungen untergebracht waren. Einige kannte sie aus den Medien, wobei sie den Bekanntheitsgrad ihrer teilweise sehr prominenten Kunden nie thematisierte.

Diskretion war auch in ihrem Geschäft eine elementare Voraussetzung. Daran hielt sie sich konsequent. Sie hatte gelernt, zu schweigen und bereitete den häufig sehr eitlen Persönlichkeiten sexuelle Freuden ohne unnötige Fragen und Diskussionen. Die Termine mit diesen VIP-Gästen aus dem In- und Ausland wurden teilweise von Verbandsmitarbeitern arrangiert, die ihr großzügiges Honorar jeweils vor diesen Treffen überwiesen.

Auch in mehreren Fußballvereinen hatte sie gute Kontakte zu entscheidenden Personen in Vorstand und Management, die regelmäßig ihre nützlichen Dienste in Anspruch nahmen. Außerdem wurde sie gelegentlich auf Empfehlung ihrer Kunden weitergereicht.

Sie hatte die Nachricht über den tragischen Zwischenfall brühwarm aus erster Hand telefonisch von einem Mieter erfahren, den sie am Vorabend besucht hatte. Möglicherweise war sie sogar zum Zeitpunkt des Vorfalls selbst in dem Haus. Ihr Stammkunde war ein bekannter Fleischfabrikant aus Nordrhein-Westfalen, der über einen hochdotierten Sponsorenvertrag mit den verantwortlichen Marketingmanagern verhandelte.

Er hatte Monica Novotny vor längerer Zeit kennengelernt, nachdem ein guter Freund von ihrer prickelnden Erotik geschwärmt und ihm ihre Kontaktdaten weitergereicht hatte. Nach ihrer ersten Begegnung gab sie ihm zum Abschied ihre Karte, auf der nur ihr Name und Handynummer sowie eine kleine

Rose und der Satz „hope to see you soon again" in einer eleganten Schrift aufgedruckt waren.

Ihr neuer Kunde verstand diese Botschaft als Interesse für weitere Treffen. Seitdem sah er sie so oft es ging. Immer wenn er Termine in der Main-Metropole plante, bemühte er sich parallel um eine Verabredung mit der aufregenden Frau. Mit ihr genoss er nach eigenen Aussagen den besten Sex seines Lebens. Sie wusste genau, was er wollte, und weckte ihn aus seinem sexuellen Tiefschlaf.

Mit Monica fühlte er sich jung und dynamisch; allein die häufigen Gedanken an sie brachten ihn in Wallung. Dieses Mal war sie mit dem zuvorkommenden Unternehmer bis kurz vor Mitternacht zusammen. Gleich am nächsten Morgen rief er aufgeregt bei ihr an und berichtete, was er aus dem Wohnungsfenster gesehen hatte.

»Da muss etwas Schlimmes passiert sein, denn neben dem Rettungswagen standen zwei Polizeiwagen. Ein richtiger Großalarm. Das Schlafzimmer geht zur Straße, und ich bin sofort von dem Blaulicht aufgewacht. Minuten später sah ich eilende Notärzte und Sanitäter mit einer liegenden Person auf der Trage, die bis zum Kopf zugedeckt war. Genaueres konnte ich nicht erkennen.«

Während der Unternehmer aufgeregt die Ereignisse am Telefon schilderte, lag das Opfer bewusstlos auf der Intensivstation des Bürgerhospitals in der Nibelungenallee. Die junge Rumänin war nach einem übermäßigen Konsum von Drogen und Alkohol zusammengebrochen und hatte das Bewusstsein verloren.

Gemeinsam mit einer Kollegin aus der Nebenwohnung hatte sie sich mit zwei Männern vergnügt, die ihnen als Mike und Peter vorgestellt waren. Sie hatten beruflich mit dem Profifußball zu tun und wohnten für vier Tage in zwei Apartments des Gastgebers. Nach einem fröhlichen Abendessen in einem italienischen Restaurant mit reichlich Prosecco und Rotwein, setzten die beiden Pärchen ihre private Party zuhause in einer der zur Verfügung gestellten Wohnungen fort.

Erst gab es echten Champagner und dann Gin-Tonic. Mike hatte ein ganzes Päckchen Kokain auf dem Glastisch geleert und bereitete mehrere Straßen vor. Dann rollte er eine 100-Euro-Note eng zusammen und wandte sich an die Frauen, die sich mittlerweile bis auf einen Slip entkleidet hatten.

»Na, habt ihr nicht Lust auf besten Koks. Für jede Straße gibt's einen neuen Schein, den ihr natürlich behalten dürft.«

Während sich die eine Frau aufgrund schlechter Erfahrungen mit Drogen zurückhielt, zog sich die junge Rumänin sechs Bahnen in ihre schmale Nase. Danach setzte sie sich zwischen den Männern auf die Couch und öffnete Mike die Knöpfe seiner Jeans. Er half ihr, die enge Hose und seine Boxershorts auszuziehen.

Sein Freund hatte sich mit der anderen Frau ins Schlafzimmer zurückgezogen. Er war mit der Rumänin allein auf der Couch. Sie begann, ihn sanft zu streicheln und beobachtete seine schnell wachsende Erektion. Als der erregte Mann ihren Kopf in seinen Schoß drücken wollte, wehrte sie sich. Ihr Atem ging zunehmend schwer, sie rang nach Luft, stand hastig auf und eilte zum Fenster. Kaum hatte sie es geöffnet, sackte sie bewusstlos in sich zusammen. Dann ging alles sehr schnell.

Er rief nach seinem Freund, der sofort herbeieilte. Während sich Mike über die Frau beugte, wählte sein Kumpel bereits die Notrufnummer 112. Der Rettungsdienst war bereits wenige Minuten später vor Ort. Die Diagnose der Notärzte im Krankenhaus war eindeutig: Übermäßiger Drogen- und Alkoholkonsum.

Da die junge Frau unter erheblicher Atemnot litt und nicht ganz bei Bewusstsein war, wurde sie auf die Intensivstation gelegt und an ein Beatmungsgerät angeschlossen.

Sergej und sein Vater

Sergej Petrov war ein Frühaufsteher. Er ging gern zeitig zu Bett und verbrachte die Nacht in mehreren Schlafetappen. Meistens wachte er zwischen Mitternacht und zwei Uhr auf. Er hatte sich angewöhnt, in dieser Zeit das Weltgeschehen auf CNN International zu verfolgen.

Nach etwa einer Stunde schaltete er das TV-Gerät wieder aus und schlief dann rasch auf der Seite ein. Gegen sechs Uhr war er meistens schon putzmunter und kochte sich eine große Kanne mit kräftigem Assam-Tee. Er trank ihn am liebsten aus Gläsern mit mehreren dünn geschnittenen Scheiben von sizilianischen Bio-Zitronen.

Kaum hatte er auf seinem Stammplatz am gemütlichen Esstisch der großen Küche Platz genommen, erschien sein Vater. Der fast 80-jährige Senior war bereits rasiert und angezogen. Im Raum verbreitete sich der dezente Zitrusduft seines Eau de Toilette von Eau Sauvage. Mit knapp über 1,70 Meter war er deutlich kleiner als sein groß gewachsener und kräftiger Sohn, hatte eine schlanke Figur und war wie gewohnt geschmackvoll gekleidet. Er liebte den britischen Stil und legte großen Wert auf hochwertige Qualität und dezente Farben.

Sergej stand sofort auf, umarmte seinen Papa liebevoll und drückte ihm einen zärtlichen Kuss auf die Stirn. »Was treibt dich so früh aus dem Bett? Hast du ein Rendezvous mit einer schönen Frau oder warum bist du schon ausgehfertig?«

Lächelnd holte er für seinen Vater ein Glas und bereitete ihm den gleichen Tee wie für sich selbst vor.

Die beiden Männer schauten einander schweigend an und nippten an ihrem schwarzen Tee, der sich durch die frischen Zitronenscheiben sichtbar aufgehellt hatte.

»Ich konnte nicht mehr schlafen, mein Sohn. Und ich habe große Lust auf einen Spaziergang im Park. Die frische Luft wird mir guttun. Sehen wir uns heute zum Lunch im Dorchester?«

Im Business galt Sergej Petrov als knallharter Geschäftsmann, der äußerst unangenehm werden konnte. Sein näheres Umfeld kannte ihn aber auch als fürsorglichen Sohn, der für seinen Vater alles tun und liegen lassen würde. Die regelmäßigen Mittagessen im Grillroom des renommierten Hotels waren ebenso ein fester Bestandteil ihres Lebens wie der gemeinsame Tee am Morgen und meistens auch am Abend. Das war ihm wichtiger als fast alle anderen Verpflichtungen. Wenn er mehrere Tage auf Reisen war, vermisste er ihre vertrauten Begegnungen und Gespräche.

Vater und Sohn waren ein unzertrennliches Bündnis.

»Selbstverständlich, mein lieber Papi. Ich möchte dir unbedingt von meinen neuen Plänen berichten und kann es kaum erwarten, hierzu deine Meinung zu hören. Ich erwarte dich um Punkt zwölf Uhr in der Lobby. Und nehme bitte einen Mantel mit, draußen ist es recht frisch.«

Während er zur frühen Stunde den morgendlichen Tee mit seinem Vater genoss, musste er einmal mehr an sein befremdliches Verhältnis zu Marc Miller denken. Seit ihrem letzten Mittagessen in Zürich hatte der ursprünglich aus Frankfurt stammende Bekannte alle Sympathien bei ihm endgültig verspielt. Sergej Petrov hatte in seinem geschäftlichen, wie privaten Leben die unterschiedlichsten Charaktere kennengelernt und mit den Jahren eine große Toleranz für viele menschliche Schwächen entwickelt.

Allerdings hatte er nicht das geringste Verständnis für narzisstische Personen ohne Respekt und Liebe zu ihren Eltern. Für ihn war es undenkbar, seine Mutter und mehr noch seinen Vater so abweisend zu behandeln, wie er es bei diesem Marc Miller erfahren hatte. Allein die Vorstellung über diesen herzlosen Egoismus bereitete ihm seelische Schmerzen. Zum einen war dieser eitle Herr Miller nach außen sehr um gesellschaftliches Ansehen und geschäftlicher Wertschätzung bemüht. Zum anderen traf er sich auf Besuchen in seiner eigentlichen Heimatstadt lieber mit einer Prostituierten im Hotel als mit seinen Eltern in seinem ursprünglichen Zuhause.

Emotional und konsequent, wie der feinfühlige Russe war, würde er allein schon deshalb den Kontakt zu Marc Miller einstellen. Wer sich gegenüber seinen eigenen Eltern so erniedrigend verhielt, könnte niemals ein wirklicher Freund sein. Das nahm ihm jede Achtung.

Er blickte seinem Vater in das vertraute Gesicht und empfand in diesem Moment erneut große Dankbarkeit für ihn. Natürlich hatten auch sie früher ihre Meinungsverschiedenheiten und Reibungen, aber an der fundamentalen Liebe zwischen Vater und Sohn gab es nie den geringsten Zweifel.

Jahre später, als Sergej Petrov das elterliche Vermögen um das zigfache vermehrte, hielt sich der Senior völlig aus den geschäftlichen Aktivitäten seines Sohnes raus. Nie mischte er sich in seine beruflichen Angelegenheiten ein. Sie vermieden Gespräche über die teilweise dubiosen und nicht immer legalen Aktivitäten von Sergej, obwohl es in Medien und Gesellschaft darüber immer wieder Gerüchte gab.

Man sagte dem undurchschaubaren Oligarchen nach, einen beträchtlichen Teil seines Geldes mit Waffenverkäufen an verschiedene Organisationen in Drittländer gemacht zu haben. Sein Vater stellte jedoch keinerlei Fragen. Die Petrovs trennten konsequent zwischen Business und Familie. Selbst sehr negative Medienberichte über den eigenwilligen Geschäftsmann aus St. Petersburg konnten das unzertrennliche Verhältnis zwischen Vater und Sohn nicht belasten.

Als Sergejs Mutter vor über zehn Jahren nach schwerer Krankheit verstarb, nahm er seinen Vater mit den Worten zu sich auf: »Jetzt, mein lieber Papi, ist dein Zuhause unter meinem Dach. Nun bin ich es, der für dich sorgen und dir die liebevolle Fürsorge zurückgeben möchte, mit der ich bei dir aufwachsen durfte.«

Seither lebten sie eng und harmonisch zusammen in London.

Als sie sich ein paar Stunden später zum Lunch im Grillroom des Dorchesters trafen, erzählte Sergej Petrov seinem Vater von der aktuellen Projektidee, im Raum Frankfurt ein Fußballinternat für talentierte Nachwuchsspieler aus ganz Europa gründen zu wollen. Nachdem er in seinem bisherigen Leben mit viel Glück großen Reichtum erwirtschaftet hatte, war es nun an der Zeit, etwas zurückzugeben.

Sergej ahnte, wie sehr sich sein Vater über diese Initiative freuen würde, da er ein großer Fußballfan war und sich viele Partien der europäischen Profiligen am Bildschirm ansah. Er kannte sich im bezahlten Fußball bestens aus und schimpfte immer wieder auf die negativen Entwicklungen seines Lieblingssports. Wie erwartet, war er von den Plänen seines Sohnes sehr angetan.

»Der Profi-Fußball ist zu einem skrupellosen Menschenhandel verkommen, bei dem es nur noch um riesige Summen geht, die zu einem großen Teil in den Taschen korrupter Funktionäre landen. Erinnerst Du dich, wie oft wir gemeinsam bei den Heimspielen von FC Dynamo Sankt Petersburg waren. Du warst damals um die zehn Jahre alt und wir waren begeisterte Anhänger. Das war noch ehrlicher Fußball.

Ach, Sergej, wie sehr hat sich die Welt seither verändert. Unser alter Fußballverein ist kürzlich nach Sotschi umgesiedelt und spielt jetzt dort als Zweitligist im Olympiastadion Adler. Natürlich verfolge ich Woche für Woche das Geschehen in unserer Heimat und lese täglich online die Sportseiten der russischen Medien. Das ist für mich ein wichtiger Vorteil des digitalen Zeitalters. Durch das Internet bleibe ich mit unserem Zuhause am anderen Ende der Welt verbunden.«

Sergej Petrov hatte seinem Vater aufmerksam zugehört und erinnerte sich an die vielen gemeinsamen Stadionbesuche. Häufig saßen sie bei klirrender Kälte auf der Holztribüne und kamen durchgefroren nach Hause. Dann wärmten sie sich mit heißem Tee am Küchenofen wieder auf und diskutierten leidenschaftlich über das Spiel.

Nachdem Sergej Petrov sein Vorhaben ausführlich geschildert hatte, überraschte er seinen Vater mit einer weiteren Idee. »Dieses Internat möchte ich in deinem Namen eröffnen. Du bist anders als ich und bis heute noch ein treuer Anhänger des Fußballs geblieben. Immer wieder hast du die heutige Nachwuchsförderung kritisiert und sie als Verschwendung von Talenten bezeichnet.

Hier können wir nunmehr einen kleinen, positiven Beitrag leisten und für ausgewählte Jugendliche ein unabhängiges Fußballinternat eröffnen. Ich möchte es nach dir benennen und dich herzlichst bitten, die Schirmherrschaft zu übernehmen. Die Vorbereitungen laufen schon auf Hochtouren, wir haben bereits ein komplettes Team und auch ein geeignetes Grundstück.

Es liegt etwa eine knappe Autostunde von Frankfurt entfernt. Für den Standort Deutschland sprechen vor allem strukturelle, organisatorische und finanzielle Gründe. Die Idee für das Projekt stammt übrigens von einem kroatischen Spielervermittler, der mir ein überzeugendes Konzept vorgelegt hat.«

Sergej Petrov wusste von den Vorbehalten seines Vaters gegenüber den Machenschaften der heutigen Spielerberater und Vermittler. Er ließ ihn an dieser Stelle nicht zu Wort kommen.

»Ich weiß, Papi, wie Du über diese Leute denkst. Aber es gibt Ausnahmen. Ich habe daher diesen Mann fürs Wochenende nach London eingeladen, damit du ihn kennenlernst und dir einen eigenen Eindruck machen kannst. Er heißt Branko Smirdan und ist ein ebenso anständiger wie feiner Kerl. Du wirst ihn mögen, da bin ich mir ganz sicher.«

Sergejs Vater lächelte sanft. »Das finde ich gut, aber was machen wir, wenn ich von diesem Herrn Smirdan einen anderen Eindruck als du bekomme?«

Die Antwort auf diesen Einwand war typisch für seinen Sohn.

»Wir haben eine so ähnliche Menschenkenntnis, dass ich dieses Risiko nicht sehe. Ich bin recht sicher, dass wir schon in wenigen Wochen der Öffentlichkeit das *Alexander Petrov Fußball-College* gemeinsam mit ihm vorstellen werden. Vater und Sohn Seite an Seite auf einer großen Pressekonferenz; eine wunderbare Vorstellung. Für einen solchen Auftritt sind wir ebenfalls gut gerüstet, denn ich konnte zudem einen bekannten Journalisten als Berater engagieren. Er ist Chefreporter eines führenden Sportmagazins in Deutschland und fest davon überzeugt, dass die Medien sehr positiv über unsere Initiative berichten werden.«

Sechs Wochen später fiel der offizielle Startschuss für das nach Alexander Petrov benannte Fußball-College. Die Initiatoren hatten zu einer Pressekonferenz im Hotel Frankfurter Hof eingeladen. Unter ihnen auch Gregor Stanlawski, der nicht nur als Berichterstatter an der Veranstaltung teilnahm. Der Chefreporter des großen Sport-magazins hatte inzwischen eine Vereinbarung als freiberuflicher PR-Berater mit Sergej Petrov getroffen und ein überzeugendes Kommunikationskonzept entwickelt.

Die unbefristete Zusammenarbeit erfolgte auf Honorarbasis. Der Journalist konnte die 10.000 Euro pro Monat gut gebrauchen und sah in Anbetracht der zu erbringenden Leistungen keinen Interessenkonflikt mit seinem redaktionellen Arbeitsvertrag. Die Aufgaben umfassten neben der persönlichen Beratung die Aufbereitung aller Pressetexte einschließlich einer

Imagebroschüre in Englisch, Französisch und
Deutsch.

Offiziell war eine Werbeagentur in London beauftragt. Sie zeichnete ebenso für die offizielle Pressear-
beit als auch für die Organisation aller Events verantwortlich. Gregor Stanlawski blieb völlig im Hintergrund. Weder seine Kollegen noch seine engen Freunde wussten um seine Zusammenarbeit mit den Besit-
zern des Fußballinternats. Für die Pressekonferenz
hatte er seine Auftraggeber im Vorfeld auf die kritischen Fragen der anwesenden Journalisten vorberei-
tet. Natürlich hatten die Redaktionen zwischenzeitlich recherchiert und somit auch Kenntnis von den
vielen Gerüchten um den vermuteten Reichtum des
Russen.

Sie würden die geheimnisvollen Geschäfte des
vermögenden Oligarchen mit Sicherheit thematisie-
ren. Gregor Stanlawski kannte das Spiel aus eigener
Erfahrung nur allzu gut. Er wandte sich an den Russen: »Die anwesenden Presseleute werden Sie mit allen Mitteln provozieren, um Sie aus der Reserve zu
locken. Bleiben Sie unbedingt gelassen und souverän.
Es geht hier ausschließlich um Ihr Engagement im
Fußball. Sobald die Diskussion von unserem eigentlichen Thema abschweift, sollten Sie ebenso höflich wie
bestimmt darauf hinweisen, dass Sie nicht zu einer
wirtschaftlichen Pressekonferenz eingeladen haben.«

Sergej Petrov nickte zustimmend. Er war sich absolut bewusst, dass sich die Berichterstattung auch mit
seiner Person als Geschäftsmann auseinandersetzen
würde. Über sein großes Vermögen hatte es immer
wieder wilde Gerüchte gegeben. Da er aber bei den
deutschen Medien nicht so sehr im Fokus stand, wür-

de er die Diskussion hierzu wohl leichter abwenden
können als in England. Gedanken machte er sich vor
allem über seinen Vater. Wie würde er auf möglicherweise persönliche Angriffe gegen seinen Sohn reagieren?

Obgleich Alexander Petrov kein Deutsch sprach,
nahm er schon am Tonfall der Diskussion eine unter-
schwellige Aggressivität der anwesenden Journalisten
gegenüber seinem Sohn wahr. Er bewunderte Sergej,
der die teilweise sehr provozierenden Fragen regungs-
los hinnahm und souverän beantwortete. Sein Sohn
befolgte strikt die Empfehlungen seines Presseberaters
und beschränkte seine Statements ausschließlich auf
das Projekt.

Ebenso professionell und überzeugend präsentier-
te sich Branko Smirdan, der alle Informationen über
das neue Internat lieferte. »Wir sind mit unseren Planungen schon ziemlich weit und haben bereits alle
Aufträge für die Neu- und Umbauten erteilt. Erfreulicherweise erfahren wir von den zuständigen Behörden viel Zustimmung und Unterstützung. Obwohl es
bis zur Eröffnung noch einige Monate dauern wird,
haben wir bereits zahlreiche Anmeldungen aus mehreren Ländern. Darunter auch einige interessante Talente aus dem Inland. So wie es jetzt aussieht, gehen
wir wohl ausgebucht an den Start. Die sportliche Leitung übernimmt übrigens ein sehr erfolgreicher
Nachwuchstrainer aus Frankreich, der eine Reihe von
Nationalspielern hervorgebracht hat.

Wir werden Ihnen in Kürze unser komplettes
Team vorstellen. Zurzeit führen wir mit der Schulbe-
hörde und umliegenden Sportvereinen Gespräche,
damit unsere Jungens eine gute Ausbildung erhalten

und möglichst viel Wettkampferfahrung in Jugend-
mannschaften sammeln können.«

Sehr schnell befasste sich die Diskussion mit dem
Thema Finanzierung. Konkrete Zahlen wollte Sergej
Petrov nicht nennen.

»Wir gründen nicht das *Alexander Petrov Fußball-
College* aus kommerziellen Motiven und werden sicher
auch keine Kostendeckung erzielen können. Im Gegenteil. Für die umfangreichen Baumaß-nahmen und
Einrichtungen sowie Personal- und Betriebskosten
stellen wir die erforderlichen Mittel zur Verfügung.

Ob sich diese Investitionen in Millionenhöhe langfristig zum Teil refinanzieren, hängt maßgeblich vom
sportlichen Erfolg unserer Nachwuchsspieler ab. Wir
wollen diese Talente natürlich nicht nur fördern, sondern sie später auch an geeignete Vereine zu angemessenen Preisen vermitteln. Für die geleistete Ausbildung beanspruchen wir nur einen angemessenen Teil
der erzielten Ablösesummen. Branko Smirdan mit
seinen weitreichenden Verbindungen gilt im europäischen Fußball als ein sehr seriöser und fairer Spielervermittler.«

Nathan bei Campari auf Ibiza

Wie immer war das bekannte Café del Mar an der Felsküste von San Antonio auf Ibiza bis auf den letzten Platz gefüllt. Touristen wie Einheimische genossen beim Sonnenuntergang die beliebten Cocktails und andere kühle Drinks auf der Terrasse. Die 1980 vom katalanischen Architekten Lluis Géel gegründete Bar war eine gastronomische Erfolgsstory und zählte seit jeher zu den angesagten Hotspots der Partyinsel. Die typische Chillout-Musik vermischte sich mit den verschiedenen Sprachen des internationalen Publikums. An den Tischen wurde neben Spanisch überwiegend Englisch gefolgt von Deutsch und Französisch gesprochen.

Während Nathan sein eiskaltes Ginger Ale mit Selterswasser mixte, hatte sich Maximilian Redler binnen kurzer Zeit bereits seinen dritten Cocktail mit weißem Rum, Limetten und braunem Zucker bestellt.

»Nun mach mal langsam, mein Freund, sonst bist du schon blau, bevor wir ein Wort übers Business gewechselt haben.«

Der aus Russland stammende Sportlehrer war an diesem Tag aus Wien angereist, um sich einen persönlichen Eindruck über die geschäftlichen Aktivitäten seines neuen Partners zu machen, der sich einfach nicht zurückhalten konnte und wieder im Rampenlicht der Szene stand. Deshalb musste Nathan ein ernstes Wort mit ihm reden und ihm erneut die gefährlichen Risiken seines dummen Verhaltens aufzeigen.

Natürlich ahnte Campari auch weiterhin nichts vom speziellen Arrangement zwischen seinem neuen Partner und dem Drogenbaron Kevin Albrecht. Wie von den Beiden inszeniert, lebte der trinkfreudige Ex-Banker nunmehr auf Ibiza und verdiente seinen Lebensunterhalt mit dem Verkauf von Kokain in der Partyszene.

Am anderen Ende von Europa konnte er durch sein ständiges Gequatsche zumindest nicht im unmittelbaren Umfeld des Drogenbarons weiteren Schaden anrichten. Ohne die Zusammenhänge zu kennen, bezog er das Rauschgift gegen Barzahlung über einen Mittelsmann auf der Insel. Der eigentliche Lieferant war der Drogenbaron und Nathan sollte ihn als seinen offiziellen Partner überwachen. Zwischenzeitlich hatte Campari eine kleine Wohnung in Ibiza Stadt bezogen, die ihm von Freunden des Drogenbarons vermittelt worden war.

Im Nu wurde er zu einem bekannten Gesicht im bunten Nachtleben der Insel. Er knüpfte viele neue Bekanntschaften und etablierte sich schnell zu einer sprudelnden Kokainquelle in der Szene. Zunehmendes Missfallen an der neuen Konkurrenz hatten indes die etablierten Dealer. Angesichts der großen Nachfrage der konsumsüchtigen Spaßgesellschaft mussten sie zwar keine Einbußen fürchten, machten sich aber aus gutem Grund mehr und mehr Sorgen über die erheblichen Risiken ihres redseligen Neulings, der sehr viel trank und noch mehr quatschte.

Die lautstarke Wichtigtuerei des Österreichers wurde zu einer ernsten Gefahr für das lokale Drogenmilieu. Die Dealer fürchteten eine zeitnahe Intervention der Polizei, da sie diese Provokation gewiss nicht länger stillschweigend tolerieren würde.

Campari hatte offenkundig aus seiner Wiener Zeit nichts gelernt und schuf sich somit im Handumdrehen zahlreiche Feinde in seinem neuen Umfeld. Diese Entwicklung war mittlerweile dem Drogenbaron zu Ohren gekommen. Er bat daher Nathan, vor Ort nach dem Rechten zu sehen und diesem schwachsinnigen Maximilian Redler die unvermeidbaren Konsequenzen seines verantwort-ungslosen Verhaltens klarzumachen.

Maximilian Redler hatte allerdings für die mahnenden Worte von Nathan zunächst kein Ohr. Stolz erzählte er seinem Partner, wie schnell er dabei war, den Drogenmarkt auf Ibiza aufzumischen. »Deine Idee war goldrichtig. Hier geht richtig die Post ab und wir verdienen bereits gutes Geld. Ich bin sicher, dass noch viel mehr drin ist und unsere Umsätze ganz schnell weiter in die Höhe schießen werden.«

Sein Gegenüber nippte an dem mit Selterswasser verdünnten Ginger Ale und lächelte Campari wohlwollend zu. »Du bist wirklich großartig und ich freue mich über unsere vielversprechende Partnerschaft. Aber die soll ja auch langfristig erfolgreich sein und ich habe berechtigte Sorgen, dass uns ernste Probleme bevorstehen.«

Maximilian Redler winke ab. »Wie kommst Du denn darauf, für uns läuft doch alles bestens. Ich verkaufe wie ein Weltmeister und es wird täglich mehr.«

Nathan hörte schweigend zu und machte sich gleichzeitig ernste Gedanken über zwei Männer, die etwa zehn Meter von ihnen entfernt an einem Tisch saßen und auffallend oft zu ihnen herübersahen. Wie sich schon bald herausstellen sollte, war sein Verdacht berechtigt. Die beiden Unbekannten observierten Campari schon seit einiger Zeit.

Dieser hatte mittlerweile sein drittes Glas geleert und schaute sich wieder nach der Bedienung um, als er über den plötzlich wechselnden Ton und die scharfen Worte seines mittlerweile wütenden Partners erschreckte. »Hast Du dich völlig um den Verstand gesoffen oder bist du einfach nur blöd. Mit deiner Riesenklappe richtest du dich noch schneller zugrunde als mit dem Alkohol. In der kurzen Zeit auf Ibiza hast du eine unerträgliche Duftmarke über die ganze Insel verbreitet. Dein unkontrolliertes Gequatsche ist eine große Gefahr für alle, die in diesem sensiblen Geschäft tätig sind. Als ich dich kennenlernte, war mir nicht klar, mit wem ich mich da eingelassen habe. Ein saufender Partyclown, der nicht die Klappe halten kann. Wenn ich das gewusst hätte.«

Maximilian Redler war völlig verwirrt. Es war wie ein Déjà-vu. Die deutlichen Worte seines zornigen Gesprächspartners kamen ihm irgendwie bekannt vor und er musste an das verheerende Treffen mit dem Drogenbaron im Café Landtmann denken. Nun war es dieser so nette Nathan, der ihn massiv beschimpfte, obwohl er ihn doch kaum kannte. Was machte er bloß falsch und wieso waren seine Geschäftspartner immer so böse und undankbar? Schließlich machten sie doch gutes Geld mit seinen Verkäufen. Er wusste nicht, was er jetzt sagen sollte, und verspürte ein beklemmendes Gefühl in der Magengrube. Was würde jetzt wohl kommen?

Nathan registrierte die aufkommende Angst des Mannes, der seine rechte Hand auf die Tischplatte presste, um das Zittern seiner Finger zu unterdrücken. Die linke Hand hatte er in der Tasche seiner weißen Chino-Hose gesteckt. Er traute sich nicht, seinem Gegenüber in die Augen zu schauen und fixierte seinen leeren Blick auf das Meer, das an diesem windstillen Tag kaum Wellengang hatte. Nach einer Weile unterbrach Nathan das beklemmende Schweigen.

»Bei aller Sympathie, Maximilian, Du musst den wichtigsten Grundsatz in diesem Geschäft respektieren. Absolute Diskretion! Du kannst doch nicht wie ein Mittelstürmer nach einem Torschuss jubeln, weil Du das Zeug erfolgreich verkaufst. Wann begreifst Du das endlich?«

Campari begriff sehr wohl. Aber sobald er wieder genügend Alkohol im Blut hatte, würde er alle guten Vorsätze vergessen und sich nicht beherrschen können. So war er eben. Labil und naiv.

Für Nathan war es nur eine Frage der Zeit, bis Campari erhebliche Schwierigkeiten mit der lokalen Konkurrenz bekommen würde. Er war sich sicher, die beiden Männer ein paar Tische weiter als beauftragte Beobachter enttarnt zu haben. Sie schauten jedenfalls ständig zu ihnen herüber.

Die große Klappe von Campari war eine große Gefahr für die alteingesessenen Dealer auf der Partyinsel. Sie würden sich von diesem Großmaul garantiert nicht wehrlos die Butter vom Brot nehmen lassen. Er gefährdete massiv ihre stillschweigende Duldung durch die ortsansässige Polizei. Natürlich wussten die Behörden um das bunte Treiben der feinen Gesellschaft, dass sie bis zu einem gewissen Punkt zuließen. Aber die Beamten waren schon wenige Tage nach der

Ankunft des redseligen Newcomers aus Wien hellhörig geworden.

Nathan überlegte. Er war nunmehr davon überzeugt, dass die Kooperation mit Campari nicht gutgehen konnte. Da sein Partner unbelehrbar war und gewiss weiter quatschen würde, könnte sich das Problem allerdings möglicherweise ohne sein Zutun lösen.

Zwei Tage später traf er sich mit dem Drogenbaron im Wiener Café Landtmann und erklärte die Situation.

»Unser Freund hat bereits in wenigen Wochen alle Akteure auf der Insel gegen sich aufgebracht. Als wir uns im Café del Mar verabredet hatten, wurden wir die ganze Zeit von zwei Männern beobachtet, die in unserer Nähe saßen. Der Markt auf Ibiza liegt vor allem in Händen von osteuropäischen Geschäfts-leuten, die nicht gerade zimperlich sind.«

Kevin Albrecht nahm den Bericht mit gemischten Gefühlen auf. »Nathan, bitte beobachte weiter das Geschehen. Ich mache mir keine Sorgen um das persönliche Wohl von diesem Maximilian Redler. Allerdings ist uns nicht gedient, wenn er nach Wien zurückkehrt und hier sein Unwesen weitertreibt. Vielleicht haben wir aber auch etwas Glück, und die Leute da drüben verpassen ihm eine Lektion, die er möglicherweise nie vergessen wird. Wie gesagt, wir müssen das Geschehen unbedingt im Auge behalten.«

Als die beiden Männer ihren legendären Apfelstrudel genossen, konnten sie noch nicht wissen, dass die Dinge zwischenzeitlich ihren Lauf genommen hatten. Campari war noch am späten Abend seines Treffens mit Nathan von zwei Männern übel zugerichtet und mit schweren Verletzungen in die Notaufnahme des Hospital Can Misses eingeliefert worden. Er erlitt unter anderem einen Kieferbruch und konnte seinen Mund weder öffnen noch schließen. Große Sorgen bereitete den Ärzten das rechte Knie des Patienten, das möglicherweise durch einen Hammer oder schweren Stein zertrümmert wurde. Sie hatten erhebliche Zweifel, ob er jemals wieder normal werde gehen können.

Die Unfallchirurgen hatten in einer mehrstündigen Operation alles versucht, um die Funktion des Gelenkes zu retten. Erst zwei Tage später war Campari wieder vernehmungsfähig. Mit großer Mühe bat er darum, Marc Miller zu benachrichtigen. Er konnte kaum sprechen und kritzelte die Telefonnummer seines Freundes auf ein Blatt Papier.

Nathan und der Drogenbaron erfuhren nach zwei Wochen von seinem folgenschweren Überfall. Sie hatten zwischenzeitlich eine Detektei auf Ibiza mit entsprechenden Recherchen über den Verbleib von Maximilian Redler beauftragt, nachdem er tagelang telefonisch überhaupt nicht mehr nicht erreichbar war.

Entdeckung eines Supertalentes

Mit seinen fünfzehn Jahren zählte Ivo Vucevic zu den größten Talenten im serbischen Fußball. Er lebte mit seiner verwitweten Mutter in Obrenovac, einer Kleinstadt mit rund 25.000 Einwohnern etwa dreißig Kilometer südwestlich von Serbiens Hauptstadt Belgrad. Ivos Vater war Trainer bei Radnicki Obrenovac. Mit fünf Jahren schrieb er seinen Sohn in diesem Verein ein. So wuchs der hochgewachsene Junge in der Welt des Fußballs auf. Fast jeden Nachmittag verbrachte er auf dem Trainingsplatz. Als sein Vater nach schwerem Krebsleiden starb, war Ivo bereits ein kleiner Star im regionalen Jugendfußball.

Entdeckt wurde er wenig später von einem Jugendtrainer, der für Partizan Belgrad im großen Umkreis der Millionenmetropole Ausschau nach geeigneten Kandidaten hielt. Wiederholt besuchte er auch die Spiele der Jugendmannschaft von Radnicki mit ihrem herausragenden Torjäger Ivo Vucevic. Mehrfach beobachtete der erfahrene Talentspäher den technisch versierten Mittelstürmer und war davon überzeugt, einen Rohdiamanten gefunden zu haben. Bei professioneller Förderung und etwas Glück würde dem Jungen eine international große Karriere bevorstehen. Doch zunächst müsste er mit der Mutter sprechen.

Für Anica Vucevic kam das Angebot von Partizan Belgrad gerade recht. Ihr verstorbener Mann hatte kaum etwas hinterlassen und die alleinstehende Witwe musste nunmehr ihren Lebensunterhalt selbst verdienen. Die 38-jährige Frau hatte keine Ausbildung und fand daher lediglich einen schlecht bezahlten Job als

Kassiererin in einem Supermarkt. Der wechselnde Schichtdienst und die erforderlichen Überstunden erschwerten ihre Rolle als Mutter. Sie hatte kaum Zeit für ihren Sohn, der im Vergleich zu gleichaltrigen Kindern in seinem Umfeld oft auf sich allein gelassen war.

Der überraschende Vorschlag von Partizan Belgrad könnte ihr diese Sorge nehmen und ihr schlechtes Gewissen erleichtern. Ivo würde bei einer fürsorglichen Familie wohnen, die seit Jahren mit dem Verein kooperierte und den geförderten Talenten einen geregelten Tagesablauf in einem schönen Zuhause ermöglichte. Für die Zeit der Ausbildung waren jeweils zwei Jugendliche in dem geordneten Haushalt untergebracht, die zusammen ein geräumiges Zweibett-Zimmer bewohnten.

Am Vormittag besuchten sie gemeinsam eine Schule in unmittelbarer Nachbarschaft. Anschließend wurden die Jungens von einem Fahrer abgeholt. Nach dem Mittagessen im Restaurant des Clubhauses und zweistündiger Ruhephase, begannen die Trainingseinheiten auf den Vereinsplätzen, bevor sie am frühen Abend wieder nach Hause gebracht wurden. Ivo hätte endlich einen festen Tagesablauf unter Rahmenbedingungen, die sie ihm nicht bieten konnte.

So sehr sie ihn auch zuhause vermissen würde, sie dachte auch an die aussichtsreichen Karrierechancen für ihren Sohn und unterzeichnete den Ausbildungsvertrag. Dass auch sie eines Tages von seinem finanziell hohen Einkommen als Profifußballer profitieren könnte, kam ihr überhaupt nicht in den Sinn und spielte somit in ihrer Entscheidung keine Rolle.

Branko Smirdan wurde auf den groß gewachsenen Jungstar von Partizan Belgrad über einen großen Bericht in der französischen Sportzeitung L'Equipe aufmerksam. Das angesehene Fachmedium hatte eine Reportage über die Talentförderung von großen europäischen Fußballvereinen veröffentlicht und auch über den bekannten Verein in der serbischen Hauptstadt berichtet. Der kroatische Spielervermittler wurde neugierig und erkundigte sich umgehend bei seinen Kontakten in der osteuropäischen Fußballszene. Er selbst hatte über Ivo Vucevic bislang noch nichts gehört. Die Recherchen bekräftigten sein gutes Bauchgefühl und so beschloss er, den Jungen persönlich unter die Lupe zu nehmen. Nachdem er ihn über mehrere Wochen in Punktspielen beobachtete, hielt auch er ihn für ein großes Talent mit viel Potential.

Der technisch beschlagene Stürmer entsprach genau dem Anforderungsprofil für das mit Sergej Petrov konzipierte Fußballinternat. Sein russischer Geschäftspartner trieb inzwischen die erforderlichen Neu- und Umbauten der Anlage mit viel Tempo voran. Sie waren jetzt zuversichtlich, ihre unabhängige Talentschmiede für den Fußball-nachwuchs bereits in einigen Monaten eröffnen zu können. Wenn er sich Ivo Vucevic sichern wollte, musste er also schnell handeln. Als erstes galt es, Kontakt zur Mutter in Obrenovac aufzunehmen und sie von den Vorteilen ihres neuartigen Centers für begabte Jugendliche zu überzeugen.

Obgleich er bislang wenig Berührungspunkte mit Partizan Belgrad hatte, war er überzeugt, dass der Verein seinen Schützling unter entsprechenden Bedingungen ziehen lassen würde. Im bezahlten Fußball zählte eigentlich nur das Geld. Und Branko Smirdan würde dem Club eine angemessene Beteiligung von der Ablösesumme vertraglich zusichern, die nach der Ausbildung für Ivo erzielt werden würde. Es gab verschiedene Optionen, eine für alle Beteiligten vorteilhafte Regelung vereinbaren zu können.

Das erste Treffen mit Anica Vucevic erfolgte unter vier Augen bei ihr zuhause in Obrenovac. Ivo ahnte bis dahin noch nichts vom aktuellen Interesse des renommierten Spielervermittlers. Geduldig erklärte er der Mutter sein Konzept und erläuterte die Vorteile des unabhängigen Fußballinternats im Vergleich zu den herkömmlichen Ausbildungsstätten der Vereine, die primär Nachwuchs für die eigene Mannschaft entwickeln wollten.

Ivos Mutter verstand wenig vom professionellen Fußball und hatte sich trotz der Leidenschaft ihres verstorbenen Ehemannes nie wirklich dafür interessiert. Ihr kam es hauptsächlich darauf an, dass ihr einziges Kind in gut organisierten Verhältnissen wohl behütet heranreifen und eine vernünftige Schulausbildung erfahren würde. Wenn er damit gleichzeitig auch zu einem Fußballprofi ausgebildet werden könnte, war ihr das absolut recht. Sie entwickelte schnell Vertrauen zu dem freundlichen Kroaten, der ihr alle Fragen ausführlich und verständlich beantwortete. Sie fand ihn sympathisch, unaufdringlich und überzeugend. So einen attraktiven Mann hätte sie gern privat kennengelernt. Als Witwe hatte sie in ihrem jetzigen Leben keine Gelegenheit für einen neuen Partner.

Der gelegentliche Sex in einem Hinterzimmer des Supermarktes mit ihrem verheirateten Vorgesetzten nach Feierabend zählte für sie nicht und war nur eine

Notlösung für die Entbehrungen einer attraktiven Frau im besten Alter. Sie verdrängte diese Gedanken und konzentrierte sich wieder auf das vielversprechende Gespräch über die Zukunft von Ivo.

Probleme bereitete ihr hauptsächlich die große Entfernung. Im Vergleich zum nahen Belgrad erschien ihr die große Distanz zum künftigen Wohnort ihres geliebten Sohnes in einem anderen Land als fast unüberbrückbar. Branko Smirdan kannte diese häufigen Bedenken aus seinen Gesprächen mit anderen Eltern von jungen Spielern. Er lächelte der Frau sanft zu.

»Machen Sie sich keine Sorgen. Selbstverständlich können Sie ihn regelmäßig besuchen. Wir werden Sie alle drei Monate und zu besonderen Anlässen einladen. Sie müssen sich um nichts kümmern und haben keinerlei Ausgaben. Wir übernehmen die Flüge zwischen Belgrad und Frankfurt einschließlich Übernachtungen und Bewirtungen in unserem Gästehaus auf der Anlage. Außerdem stellen wir Ihnen und Ivo ein Handy mit kostenfreiem Tarif zur Verfügung, damit sie jederzeit miteinander telefonieren können.«

Damit waren auch diese Zweifel ausgeräumt. Branko Smirdan schlug ein gemeinsames Treffen mit Ivo für den kommenden Sonntag in Belgrad vor. Zuvor wollte er unbedingt mit den Verantwortlichen von Partizan die Modalitäten eines vorzeitigen Wechsels des Nachwuchsspielers in ihr Fußballinternat aushandeln. Erst wenn diese Vereinbarung unterzeichnet wäre, würden sie Ivo mit ihrer Idee überraschen und bei ihm gewiss eine riesige Freude auslösen. Für fast jeden jungen Nachwuchsspieler war ein Profivertrag in der begehrten Bundesliga ein großer Wunschtraum, der in den meisten Fällen allerdings unerfüllt blieb. Sein künftiger Schützling hatte die besten Voraussetzungen, dieses Ziel zu erreichen. Zu diesem Zeitpunkt verschwendete der international erfolgreiche Spielervermittler allerdings noch keinen Gedanken daran, dass Ivo Vucevic eines Tages die seltene Ausnahme sein würde.

Die Verhandlungen mit dem Management von Partizan Belgrad gestalteten sich erheblich aufwendiger als angenommen. Natürlich war sich der Verein über das große Potential ihres wertvollen Schützlings bewusst. Während der Sportdirektor an dem finanziell großzügigen Angebot grundsätzlich interessiert war, hakte die Vereinbarung an der Haltung des Trainerstabs. Ivos Förderer hatten große Bedenken zu einem so frühen Wechsel ins Ausland.

Der Junge sei sehr heimatverbunden und hatte aufgrund des frühen Verlustes seines Vaters eine leidvolle Kindheit. Die völlig fremde Umgebung und die fehlenden Sprachkenntnisse wären psychisch ungünstige Voraussetzungen für seine angestrebte Entwicklung zum Profifußballer. Auf heimatlichem Boden hier in Belgrad hätte Ivo erheblich größere Chancen, seinen Traum von einer großen Karriere zu erfüllen.

Immerhin habe Partizan bereits erhebliche Summen in seine Ausbildung investiert, die sich nur bei einer erfolgreichen Umsetzung der Zukunftspläne refinanzieren würden. Branko Smirdan konnte die Argumentation der anderen Seite gut nachvollziehen und versprach, sich als Leiter des Alexander Petrov Fußball-College persönlich um Ivo zu kümmern. Er würde ihn sofort wieder nach Hause zurückzubringen, sofern sich die Zweifel um sein Wohlbefinden in Deutschland bewahrheiten sollten. Außerdem bot er eine angemessene Entschädigung für den Fall an, dass die erhoffte Einnahme für die spätere Vermittlung von Ivo nach seiner Ausbildung scheitern sollte. Sie einigten sich für eine großzügige Summe, die vertraglich fixiert wurde und letztendlich auch die Gegner dieses Wechsels überzeugte.

Wie erwartet, war Ivo begeistert und konnte es kaum erwarten, seine sieben Sachen zu packen, um sich in Deutschland zu einem erfolgreichen Profifußballer ausbilden zu lassen. Er war stolz, dass dieser internationale Spielervermittler auf ihn aufmerksam geworden war und sich seinetwegen sogar mehrfach den weiten Weg gemacht hatte, um ihn im Wettbewerb spielen zu sehen.

Für ihn öffnete sich mit der Aufnahme in das neue Fußballinternat die erste Tür in eine Welt, von der er seit seiner Kindheit träumte. Er sah sich bereits unter dem tosenden Jubel voller Zuschauerränge mit seinem Namen auf dem Trikot in ein großes Stadion aufzulaufen. Wie stolz wäre sein Vater gewesen, diesen Moment erleben zu dürfen. Die gegnerischen Mannschaften würden ihn wegen seiner Torgefährlichkeit fürchten und die Medien täglich über ihn berichten.

Er wäre reich, berühmt und erfolgreich. Eine Vorstellung, die er sich in allen Farben ausmalte. Bis sie allerdings Realität werden würde, müsste er noch ausreichend Geduld haben, hart an sich arbeiten und viel Lehrgeld bezahlen. Der Weg zum großen Star war weit, holperig und beschwerlich. Auch müsste er das große Glück haben, von folgenschweren Verletzungen verschont zu bleiben.

Zwei Tage später flog Branko Smirdan mit den von Ivos Mutter und Partizan Belgrad unterzeichneten Verträgen zurück nach Frankfurt. Bei seiner Ankunft traf er zufällig Marc Miller, der an einem anderen Gepäckband ebenfalls auf seinen Koffer wartete. Die beiden Männer hatten sich kürzlich in der Gesprächsrunde mit Sergej Petrov im Frankfurter Hof kennengelernt und begrüßten sich mit ein paar höflichen Worten.

Auf die mehr beiläufige als wirklich interessierte Frage nach dem Planungsstand für das Fußballinternat antwortete der Spielervermittler mit einem freundlichen Lächeln.

»Oh ja, wir sind fleißig bei der Umsetzung und kommen sehr gut voran. Die Dinge entwickeln sich erfreulicherweise schneller als gedacht.«

Marc Miller nahm das mit einem kurzen Kopfnicken zur Kenntnis und fragte nicht weiter nach. Er war mit seinen Gedanken schon ganz bei Monica, die ihn am Abend in seiner bevorzugten Hotelsuite in der Villa Kennedy besuchen würde.

Dieses Mal hatte er die aufregende Escortdame für die ganze Nacht gebucht und auch nicht gezögert, als sie ihm ihren Preis nannte. In seiner Jackentasche befanden sich außer der Viagra-Packung fünfundzwanzig abgezählte 200-Euro-Scheine. Da sie ihm bis zum nächsten Morgen Gesellschaft leisten sollte, hatte die exklusive Liebesdame ihr üppiges Honorar mehr als verdoppelt.

Marc trifft Monica in Frankfurt

Marc Miller hatte im Laufe der Zeit sein Verhalten gegenüber Monica Novotny grundlegend verändert. War er bei den ersten Begegnungen noch von ihrer Ausstrahlung und erotischen Autorität fast unterwürfig fasziniert, so glaubte er inzwischen, Oberwasser erlangt zu haben. Er gab sich jedenfalls nicht mehr die geringste Mühe, sich ihr gegenüber etwas zurückzunehmen und zeigte sich so, wie er auch sonst in Wirklichkeit war. Aufbrausend und streitsüchtig sowie verletzend und rücksichtslos. Ein typischer Narzisst, dem auch jeder Bezug zur Realität abging.

In ihrem Beruf hatte die lebenserfahrene Frau mit vielen Charakteren zu tun. Ihre Kunden waren durchweg finanziell gut gestellt oder sogar sehr vermögend. Sie legte nicht nur großen Wert auf respektvollen Umgang und gute Manieren, sondern distanzierte sich prinzipiell von Männern, die ihre persönlichen Komplexe hinter grenzenloser Selbstüberschätzung und unbeherrschter Aggressivität versteckten. Je öfter sie sich mit Marc Miller traf, umso mehr missfiel ihr sein großkotziges Auftreten.

Offensichtlich litt er unter seiner eher schmächtigen Körpergröße von knapp über 1,70 Meter, die ihn wohl mit Hilfe von erheblichem Kokainkonsum dazu stimulierte, sich wie ein unbezwingbarer Riese aufzuführen. Als er ihr voller Stolz erzählte, wie er mal eben aus spontaner Verärgerung über einen selbstbewussten Hotelangestellten seine Suite für mehrere Tausend Euro verwüstete, wurde ihr noch klarer, mit wem sie es da zu tun hatte.

Einerseits genoss er fast unterwürfig ihren reizvollen Körper und ganz besonders die sexuelle Erregung ihrer wohlgeformten Füße, anderseits hatte er keinerlei Hemmung, wild und unkontrolliert um sich zu treten. Nein, so schnell und leicht sie auch ihr Geld mit ihm verdiente, nach den jüngsten Erfahrungen war sie fest entschlossen, diesen egozentrischen Emporkömmling von ihrer Kundenliste zu streichen. Auch wenn sie in ihrem Metier nicht allzu wählerisch sein sollte, Monica Novotny verkaufte zwar ihren begehrten Körper für viel Geld, aber nie ihre Persönlichkeit.

Sie hatten sich gleich nach der Landung von Marc Miller am späten Nachmittag in seinem bevorzugten Frankfurter Hotel getroffen und waren direkt auf seine Suite gegangen. Er legte sich gleich aufs Bett und wollte keine Zeit verlieren.

»Komm her, ich bin wahnsinnig geil.«

Monica zog ihre Augenbrauen hoch und schaute ihn dabei etwas verachtend an. Augenscheinlich verwechselte er sie mit einer billigen Bordsteinschwalbe. »Da wirst Du dich aber noch etwas gedulden müssen. Ich stehe nicht auf Quickies und möchte erst einmal etwas trinken. Auch Du solltest dich etwas entspannen, wir haben noch die ganze Nacht vor uns.«

Sie schaute in die Getränkekarte. »Ich hätte jetzt große Lust auf einen echten Five o'clock Tea mit allem, was dazugehört. Magst Du bitte den Room Service anrufen?«

Während Marc zögernd zum Telefonhörer griff, nahm Monica ihre kleine Reisetasche und verschwand im Bad.

Arrogantes Miststück, sagte er sich und war über die Art und Weise verärgert, wie sie ihn behandelte. Kühl und herablassend, als wüsste sie nicht, dass er sie für ihre Anwesenheit und uneingeschränkte Bereitwilligkeit teuer bezahlte. Bei einer Summe von 5.000 Euro kam sie für die gebuchte Zeit auf einen Stundensatz von gut 400 Euro. Ungeachtet der beträchtlichen Nebenkosten für die exklusive Suite sowie Speisen und Getränke. So viel musste er noch nicht einmal seinem erstklassigen Anwalt oder cleveren Steuerberater zahlen, die seinen Vorgaben grundsätzlich ohne Wenn und Aber befolgten.

Allerdings hatten seine Berater dabei häufig erhebliche Schwierigkeiten, ihn davon zu überzeugen, Vernunft und Besonnenheit walten zu lassen. Er war ein unbeherrschter Hitzkopf, der prinzipiell für sich in Anspruch nahm, alles besser zu wissen.

Ungeduldig schaute er in Richtung Bad.

Was bildete sich diese Frau bloß ein und wieso ließ er sich das überhaupt gefallen. Als der Zimmerservice an der Tür klopfte, war sie noch immer nicht zurück. Er hatte für sich einen Gin-Tonic mit viel Eis bestellt und nahm einen kräftigen Schluck aus dem schweren Glas. Bevor die Servicekraft die Suite wieder verließ, bestellte er sich schnell noch einen weiteren Longdrink.

»Ich bin gleich fertig«, rief Monica hinter verschlossener Tür und erschien kurz darauf in Short und T-Shirt. Auch in diesem Aufzug wirkte die reife Frau mit ihrer makellosen Haut sehr jung. Ihr Anblick und ihr verführerischer Duft erregten ihn, er spürte jenes heftige Kribbeln in seinen Lenden, das mit ihr wesentlich intensiver als mit allen anderen Frauen war.

Sie schenkte sich eine Tasse Tee ein, bis eine kleine Ecke von dem Toast mit Räucherlachs ab und musterte ihn. »Du siehst unglücklich aus, Marc. Bedrückt dich etwas?«

Schweigend starrte er sie an. Als sie nach einem kurzen Moment mit den Achseln zuckte, brach es aus ihm heraus. »Was soll diese alberne Show. Wir treffen uns, um Spaß zu haben. Dafür bezahle ich dich. Und bei deinen Preisen können meine Erwartungen gar nicht hoch genug sein.«

Ihre Stimme war leise und beherrscht. »Ich bin keine Fick-Maschine, die auf Knopfdruck gleich anspringt. Was für dich ein Vergnügen ist, betrachte ich als anspruchsvolle Arbeit. Ich soll deine Lust befriedigen und dabei das Gefühl vermitteln, der Sex mit dir würde auch mir Spaß machen. Für dich bin ich wohl nur eine Hure, ich selbst betrachte mich aber in erster Linie als geforderte Schauspielerin.

Oder bildest Du dir etwa ein, Du seiest der Liebhaber meiner unerfüllten Träume? Damit wir uns klar verstehen. Mir geht es sehr gut und ich lebe von der finanziellen Großzügigkeit meiner Kunden. Du hörst richtig, Du bist ein Kunde; nicht mehr und nicht weniger. Einer von vielen; nicht der schlechteste aber bei weitem auch nicht der beste. Da gibt es ganz andere Herren, mit denen ich mich viel lieber als mit dir treffe. Die haben mehr Klasse und Niveau. Manche sind auch körperlich sehr attraktiv und nebenbei gesagt äußerst geschickt, wenn es darum geht, einen Frauenkörper zu verwöhnen. Da, mein Lieber, hast Du noch eine ganze Menge zu lernen.«

Marc Miller war fassungslos. Bevor er etwas sagen konnte, fuhr die Tschechin fort. »Das war's mit uns, ich gehe jetzt und freue mich auf einen gemütlichen Abend ohne dein Beisein.«

Sie stand auf und verschwand erneut im Bad. Nur eine Minute später war sie wieder fertig angezogen im Zimmer. »Du musst heute selbstverständlich nichts bezahlen. Ich pfeife auf dein Geld und bitte dich freundlichst, mich nicht mehr zu kontaktieren. Es gibt genügend andere Frauen, die nach deiner Nase tanzen. Viel Glück, ich wünsche dir alles Gute.«

Bevor Marc Miller etwas erwidern konnte, war sie aus der Tür. Er blieb in Gedanken versunken auf der Couch sitzen und überlegte, wie er nun den Rest des Abends verbringen könnte. Es war mittlerweile kurz nach achtzehn Uhr und die Lust auf Sex war ihm erst einmal vergangen. Wenigstens hatte er eine Menge Geld gespart. Eine Sekunde überlegte er, seine Eltern zu besuchen. Sie waren nur zehn Minuten mit dem Taxi von ihm entfernt.

Obwohl er fast monatlich in Frankfurt war, sah er sie sehr selten. Sie waren ihm völlig gleichgültig und wenn sie sich mal trafen, kommunizierte er lieber mit seinem Smartphone als mit ihnen. Er nahm seine gutgläubige Mutter nicht für voll. Sie stammte aus einem wohlhabenden Haus und musste nie arbeiten.

Gehässig wie ihr Sohn sein konnte, verspottete er sie bei vielen Gelegenheiten. Freunde und Verwandte schockierte er gern mit der erniedrigenden Behauptung, sie habe das Gehirn einer Eintagsfliege. Die ebenso liebevolle wie feinfühlige Frau litt unter der zunehmenden Distanz ihres herzlosen Sohnes, dessen

emotionale Welt sich immer nur um die eigenen Bedürfnisse drehte.

Noch weniger suchte Marc den Kontakt zum Vater, der die narzisstische Wesensart des Sohnes früh
durchschaut hatte und sich zunehmend Sorgen um
seine Zukunft machte. Oft fragte er sich, was sie in der
Erziehung ihres allerdings geschäftlich sehr erfolgreichen und inzwischen vermögenden Sohnes falsch gemacht hatten. Obgleich Marc mit viel mütterlicher
Liebe behütet und verwöhnt im Wohlstand aufgewachsen war, musste irgendetwas prägendes in seinem
Leben geschehen sein, was ihn aus der Bahn geworfen
hatte.

Möglicherweise hatten sie ihn zu früh aus dem
Haus gehen lassen, um im Ausland zu studieren. Sein
bester Freund, ein bekannter Psychiater, sah die Ursa-
chen für das sonderbare Verhältnis zu den eigenen
Eltern in einer schwer gestörten Persönlichkeit des
Sohnes. Seiner Meinung nach war der rasante Karrie-
reaufstieg vom Praktikanten zum Direktor in der
Londoner Bank sowie das große Geld und der Einfluss seines gesellschaftlichen Umgangs die ausschlag-
gebenden Gründe für die krankhafte Wesensart.

Natürlich wusste der Vater um die exzentrische
Lebensweise seines Sohnes, dessen erste Ehe durch die
übermäßige Trinkerei in die Brüche ging. Sein übermäßiger Alkoholkonsum machte ihn sehr oft aggressiv. Als er eines Nachts sturzbetrunken herumschrie
und seine Frau zu verprügeln drohte, rief sie die Polizei. Die Beamten nahmen ihn mit auf die Wache zur
Ausnüchterung in einer Zelle. Nach einer schlafarmen
Nacht auf der harten Pritsche kam er am nächsten
Morgen reumütig nach Hause, konnte aber die Mut-

ter eines Sohnes nicht mehr davon abhalten, noch am selben Tag die Scheidung einzureichen.

Mit seiner zweiten Ehefrau ging alles noch viel schneller. Sie verließ ihn bereits drei Monate nach der pompösen Hochzeit, weil sie nicht länger seine tägliche Kokserei ertragen und noch weniger die sexuellen Eskapaden in den einschlägigen Freudenhäusern tolerieren wollte. Die aus Brasilien stammende Frau zahlte es ihm auf eine folgenschwere Art heim, die ihn schwer traf. Als er einmal einen Tag früher als geplant von einer angeblichen Geschäftsreise nach Hause zurückkam, erwischte er seine Frau im Ehebett mit dem Kopf zwischen den Beinen eines fremden Mannes. Mit einem spöttischen Lächeln beschwerte sie sich vorwurfsvoll.

»Schade, wir waren noch nicht fertig. Du hättest dir noch ein paar Minuten Zeit lassen sollen.«

Auch vor dem Scheidungsrichter verging dem vom Anblick dieser Szene lange traumatisierten Ehemann das Lachen. Seine junge Frau zog ihn nach allen Regeln der Kunst finanziell aus, Marc Miller musste an sie monatlich einen fünfstelligen Unterhalt zahlen. Noch teurer war seine erste Ehefrau, die mit dem Kind nach Chicago ausgewandert war und sich mit einem familienrechtlich höchst versierten Rechtsanwalt liierte. Gemeinsam nutzten sie jede Chance, ihm das Geld aus der Tasche zu ziehen.

So umtriebig Marc Miller als Investor und Geschäftsmann auch war, in seinem Privatleben schuf er ein Chaos nach dem anderen und scheiterte in jeder Hinsicht. Sein gestörtes Verhältnis zum Elternhaus, die Unfähigkeit zu beständigen Beziehungen mit Frauen und Freunden waren typische Merkmale eines

Mannes, der Trost über ein konfliktvolles Leben durch die betäubende Wirkung seines hohen Drogenkonsums suchte.

Er schaute auf seine Uhr und erwog, noch am selben Abend den Spätflug nach Zürich zu nehmen. Was sollte er noch die Nacht in diesem Hotel verbringen und immer wieder an die soeben erlittene Schlappe mit Monica denken. Er hatte grundsätzlich allergrößte Schwierigkeiten mit der Verarbeitung von Auseinandersetzungen, bei denen er den Kürzeren zog. Marc Miller fühlte sich erniedrigt. Und dass von einem Escortmodell, die ihr Geld mit Prostitution verdiente. Wer war sie denn schon im Vergleich zu ihm?

Während sich sein Unmut immer mehr ausbreitete, klingelte sein Mobiltelefon. Kurz hoffte er, dass sich Monica bei ihm entschuldigen und zurückkommen wollte. Am anderen Ende war eine Frauenstimme, die nur brockenweise Deutsch sprach. Die Anruferin gab an, Ärztin im Hospital Can Misses auf Ibiza zu sein. Ein schwer verletzter Patient habe die Telefonnummer von Marc auf einen Notizzettel gekritzelt. Er würde dringend seine Hilfe benötigen.

Mit seinem operierten Kieferbruch konnte Maximilian Redler selbst kaum sprechen. *Was hatte dieser Kerl bloss wieder angestellt,* fragte sich Marc Miller. Seitdem Campari mit seinem neuen Geschäftspartner Nathan zusammen war, hatten sie wenig Kontakt. Natürlich war ihm bekannt, dass er nunmehr auf Ibiza lebte und die Szene mit Stoff versorgte. Endlich verdiente er auch ordentlich. Sie hatten sich in der Zwischenzeit einmal auf der Insel getroffen und seither nur gelegentlich telefoniert.

Besorgt erkundigte er sich nach den Verletzungen seines Freundes und war geschockt, als die Ärztin von der mehrstündigen Kieferoperation und den ernsten Sorgen über das zertrümmerte Knie berichtete. Das deutete auf professionelle Schläger hin, die ihn womöglich im Auftrag eines konkurrierenden Drogenhändlers oder vielleicht sogar einer gefährlichen Rauschgiftrings böse zugerichtet hatten. Ein spontaner Streit mit einem anderen Gast in einer Bar könnte zwar auch sehr schmerzvoll enden, aber kaum solche schlimmen Folgen haben.

Marc Miller spürte ein Gefühl der Angst in seinem Bauch und überhörte fast die wiederholten Fragen nach einem Versicherungsschutz des zur späten Stunde in die Notaufnahme eingelieferten Patienten. Er war mit den Gedanken bei seinem leichtsinnigen Freund, der sich womöglich mit einer ganzen Organisation angelegt hatte, der man besser aus dem Weg gehen sollte. Nein, da würde er sich nicht einmischen, sondern auf Distanz gehen. Schnell verdrängte er die beängstigenden Überlegungen und konzentrierte sich wieder auf die Anruferin. Er könne der Klinik leider nicht mit Auskünften helfen, würde aber in einigen Tagen seinen Bekannten besuchen. Die Mitarbeiterin wunderte sich etwas über die Reaktion des Mannes am anderen Ende der Leitung, dessen anfängliche Betroffenheit einer spürbar kühlen Zurückhaltung gewichen war.

Mit etwas Glück konnte er noch den Swiss-Flug nach Zürich um 20:55 Uhr schaffen. Er bat den Concierge um einen kurzfristigen Transfer zum Flughafen und stopfte seine Sachen in die kleine Reisetasche von Louis Vuitton.

Als er wenige Minuten später an der Rezeption war, erwartete ihn bereits der Chauffeur und brachte ihn zur Hotel-Limousine. Auf den letzten Drücker erwischte er noch die Maschine und ließ sich erschöpft in den schmalen Sitz der Business-Class fallen.

Was für ein wahnsinniger Tag, dachte er. Statt ausgefallenen Sex mit Monica gab's diese besorgniserregenden Nachrichten aus Ibiza. Dass er eigentlich in der kommenden Woche gemeinsam mit Campari einen ukrainischen Banker in Madrid treffen wollte, fiel ihm ein, als der Airbus abhob. Unter diesen Umständen musste er wohl eine Alternative für die benötigte Finanzierung seiner neuen Immobilie auf Ibiza finden. Mit einem verdrahteten Kiefer könnte ihm sein Freund bei den Verhandlungen kaum nützlich sein.

Gregor und Branko bei Sergej

Auf der beliebten Terrasse des Hotels Frankfurter Hof waren nur wenige Tische besetzt. Gregor Stanlawski wartete auf Sergej Petrov. Die beiden Männer hatten sich für sechszehn Uhr verabredet. Er war eine viertel Stunde zu früh. Erst am Morgen hatte ihn der Russe angerufen und gefragt, ob sie sich treffen könnten.

Obwohl der Journalist wegen einer aktuellen Story unter Zeitdruck war, sagte er zu. Es war das erste Mal, dass ihn Sergej Petrov direkt anrief. Bisher hatte er nur mit der Agentur zu tun, die für ihn der offizielle Ansprechpartner war. Zwischen dem Journalisten und seinem eigentlichen Auftraggeber gab es bislang keinen direkten Kontakt.

Der inoffizielle Medienberater hatte sich einen doppelten Espresso mit Mineralwasser bestellt und fragte sich, was Sergej Petrov wohl von ihm wollte. Bislang hatten sie sich zweimal ebenfalls in diesem Hotel getroffen. Zunächst bei dem Planungsmeeting für das Internatsprojekt und danach zur ersten Pressekonferenz über diese neuartige Initiative zur Förderung von jugendlichen Fußballtalenten. Er war sehr gespannt auf das, was ihn heute erwarten würde.

Eine halbe Stunde später saß er inzwischen entspannt vor seinem erfrischenden Ipanema, einer alkoholfreien Mischung von Maracujasaft und Ginger Ale. Sein Gastgeber war bester Laune und bedankte sich fast überschwänglich für die bislang geleistete Unterstützung des Presseprofis. Alle strategischen Empfehlungen hatten sich als absolut richtig erwiesen und die positive Berichterstattung in den Medien war somit vornehmlich Verdienst des erfahrenen Journalisten.

»Wissen Sie, lieber Gregor, bei meinem Ruf ist jeder öffentliche Auftritt ein großes Risiko für negative Artikel. Egal, wie positiv das eigentliche Thema auch ist. Ich war ebenso überrascht und mehr noch erfreut, dass meine Person dieses Mal nicht im Vordergrund stand. Das hat besonders auch meinen Vater sehr erleichtert, der sich in dieser Hinsicht immer große Sorgen macht. Ich soll Sie übrigens herzlich von ihm grüßen. Er ist seit jeher ein leidenschaftlicher Fußballfan. Ob Premier League, Bundesliga oder die russische Premier Liga, bei jeder Gelegenheit sitzt er vor dem Fernseher und schaut sich alle möglichen Spiele an.

Als ich ein kleiner Junge war, hat er mich immer zu den Heimspielen von Sotschi mitgenommen. Als Erwachsener hatte ich dann keine Zeit mehr für den Fußball. Ich liebe meinen Vater über alles und wir stehen uns sehr nahe. Sie würden ihm sicher eine große Freude machen, ihm etwas über die deutsche Bundesliga zu erzählen. Besuchen Sie uns doch mit ihrer Begleitung ein Wochenende in London. Wie wäre es zum Beispiel übernächsten Freitag. Flüge und Hotel gehen selbstverständlich auf mich; mein Fahrer holt Sie am Flughafen ab. Hätten Sie Zeit und Lust?«

Obgleich ihm oft geschmeichelt wurde und er besonders in der Fußballwelt ein begehrter Gast war, freute sich Gregor Stanlawski über diesen unerwarteten Vorschlag des mächtigen Milliardärs, der auf ihn keineswegs den Eindruck eines angeblich rücksichtslosen Waffenhändlers machte. Als erfahrener Menschenkenner, der in seiner beruflichen Laufbahn

schon viel erlebt hatte, wusste er allerdings auch, dass
Menschen oft nicht so waren, wie sie zunächst wirkten.

Er war überzeugt, dass der Russe gewiss nicht aus
Freundschaft seine Nähe suchte und zweifelsohne
eigennützige Hintergedanken hatte. Andererseits waren sich die beiden Männer sympathisch. Außerdem
war er allein schon aus beruflicher Gewohnheit neugierig, mehr über diese geheimnisvolle Persönlichkeit
zu erfahren.

Er bedankte sich für die Einladung und relativierte
das Lob seines Auftraggebers. »Offen gesagt, hatten
wir das Glück einer wirklich guten Story, die wie erwartet von den Kollegen sehr positiv aufgenommen
worden ist.«

Dem Russen gefiel die zurückhaltende Reaktion
seines freien Mitarbeiters, weil er die erfreuliche Resonanz in den Medien nicht als eigenen Erfolg interpretierte. »Wie dem auch sei, Sie machen einen exzellenten Job und ich möchte die Kooperation mit ihnen
unbedingt fortsetzen. Sie sind für mich sehr wichtig,
weil Sie sich bestens in einem Bereich auskennen, von
dem ich so gut wie nichts verstehe. Hier muss ich
noch viel lernen. Mit Ihnen und Branko Smirdan
habe ich zwei echte Experten an der Seite, die mir dieses Geschäft mit dem bezahlten Fußball erklären und
mich vor allem auch davor schützen, falsche Entscheidungen zu treffen.«

Da Sergej Petrov nicht verheiratet war und nur mit
seinem Vater zusammenlebte, flog Gregor Stanlawski
ohne seine Lebensgefährtin nach London. Dass er
dennoch einen Reisebegleiter hatte, erfuhr er erst im

Flugzeug. Als einer der letzten Passagiere kam Branko Smirdan an Bord und nahm neben ihm Platz.

»Oh, das ist eine Überraschung. Haben wir dasselbe Ziel?«

Der Kroate nickte fröhlich. »Offenbar auch denselben Gastgeber. Herr Petrov hatte mir von Ihrem Besuch erzählt und auch mich spontan eingeladen. Ich freue mich auf zwei schöne Tage und interessante Gespräche.«

Der Journalist lächelte freundlich und fragte sich, was der wirkliche Grund für diese überraschende Einladung war.

Knapp zwei Stunden später erwartete sie der Privatchauffeur von Sergej Petrov in Heathrow. Juri begrüßte die beiden Männer mit einer höflichen Verbeugung. »Gentlemen, herzlich willkommen in London. Sie sind im Biltmore Mayfair am Grosvenor Square untergebracht. Das Hotel wird Ihnen bestimmt gefallen. In der Rush Hour werden wir wohl eine gute Stunde benötigen. Sie haben dann aber noch genügend Zeit, sich etwas auszuruhen und frisch zu machen. Ich würde Sie gern um 19:30 Uhr abholen. Herr Sergej erwartet Sie mit seinem Vater zum Dinner im Gordon Ramsey. Kennen Sie das beliebte Restaurant in Chelsea? Es befindet sich in der Royal Hospital Road und ist für seine exzellente Sterneküche international bekannt.«

Es wurde ein sehr harmonischer Abend in bester Laune und mit anregenden Gesprächen. Sergej Petrov erwies sich als ein ebenso großzügiger wie aufmerksamer Gastgeber. Er hatte ein köstliches 3-Gänge-Menü bestellt. Als Vorspeise gab es Ravioli, die mit Hummer, Langusten, Lachs und Zitrone gefüllt waren.

Danach wurden in gelbem Wein gebratene Dover-Seezungen Viennoise mit schwarzen Trüffeln, Kartoffeln, Pfifferlingen und Lauch serviert. Statt eines Desserts tranken die Herren einen VSOP-Cognac von Delamain.

Sergej Petrov wirkte überhaupt nicht wie ein eiskalter Geschäftsmann, sondern beeindruckte durch eine herzliche Freundlichkeit, die allen Gerüchten über seine Person widersprach. Geradezu rührend war sein liebevolles Verhältnis zum Vater, dessen Englisch mit einem typisch russischem Akzent unterlegt war. Der sympathische Senior entpuppte sich als ein äußerst interessierter und auch kritischer Beobachter des internationalen Fußballgeschehens.

Branko Smirdan und Gregor Stanlawski beantworteten mit größter Geduld seine vielen Fragen über Situation und Trends in einem Geschäft, in dem es mittlerweile primär um Geld und Macht ging. Immer wieder schüttelte Alexander Petrov den Kopf über die Veränderungen und erzählte von den früheren Zeiten und Stadionbesuchen mit seinem Sohn Sergej, als auch in Russland der Fußball noch ehrlicher Sport war. Er verurteilte aufs schärfste die wahnsinnigen Summen, die mittlerweile für begehrte Profis in der Branche gezahlt wurden.

»Dreistellige Millionenbeträge für einen Spieler sind reiner Menschenhandel und bestimmt auch wirtschaftlich nicht zu rechtfertigen. Es ist doch nur noch eine Frage überschaubarer Zeit, bis dieses kranke System völlig kollabiert.«

Sergej Petrov konnte den logischen Standpunkt seines leidenschaftlich argumentierenden Vaters absolut verstehen. Er fragte sich, ob er dem alten Herrn

wirklich eine Freude damit bereitet hatte, das Fußballinternat nach seinem Namen benannt zu haben.
Auch ihm war bewusst, dass sie mit ihrer Institution
zur Förderung von Nachwuchstalenten letztendlich
selbst zu dieser einstimmig kritisierten Entwicklung
beitragen würden.

»Wir können diese inflationären Ablösesummen
und Spielergagen weder reduzieren noch aufhalten«,
gab Sergej Petrov allerdings zu Bedenken. »Wenn wir
Jugendliche zu erfolgreichen Profis ausbilden, leisten
wir aber auch einen positiven Beitrag für die sportliche Qualität des Fußballs. Daran sollte unsere Arbeit
gemessen werden und nicht an den künftigen Preisen
unserer Schützlinge.«

Während die beiden Gäste zum Ausklang einen
Espresso tranken, bestellten sich Vater und Sohn den
gewohnten Abendtee aus doppelwandigen Gläsern.
Genussvoll schlürften sie die kräftige Assam-Mi-
schung. Als sie ausgetrunken hatten, stand Sergej Petrov auf. Die Runde verabredete sich für den nächsten
Vormittag zu einem Arbeitsgespräch und einem an-
schließendem Lunch im berühmten Grill des Hotel
Dorchester. Bis zur Eröffnung des Fußballinternats
gab es noch eine Reihe von wichtigen Punkten zu
klären.

Zurück in ihrem Hotel setzten sich Branko Smirdan und Gregor Stanlawski an die Bar und bestellten
sich einen Gin Tonic. Sie stießen ihre Gläser an und
boten sich das Du an. Beide Männer waren von der
Persönlichkeit des geheimnisvollen Oligarchen sehr
beeindruckt. Sie erlebten einen Sergej Petrov, wie ihn
nur wenige Menschen kannten. Dass er sich ihnen

gegenüber so offen und emotional zeigte, hatten sie nicht erwartet.

»Wir dürfen uns aber von dieser freundschaftlichen Art und Weise nicht täuschen lassen«, warnte Gregor Stanlaswski, »wenn die Dinge nicht nach seinen Erwartungen laufen, werden wir ihn von einer ganz anderen Seite kennenlernen.« Branko Smirdan nickte zustimmend und erinnerte sich an ihr angenehmes erstes Treffen in London. »Das ist mir völlig klar. Bei solchen Typen können Enttäuschungen verheerende Konsequenzen haben. Andererseits bin ich aber davon überzeugt, dass wir es mit einem fairen Geschäftspartner zu tun haben, der von uns vor allem Loyalität, Engagement und Ehrlichkeit erwartet. Mir sind solche Menschen erheblich lieber als die scheinheilig anständigen Gestalten in unserer Branche. Die sind oft unberechenbar, machtbesessen und rücksichtslos. Das hat Sergej Petrov nicht nötig.«

Der Journalist überlegte und stellte eine Frage, deren Antwort er schon ahnte. »Warum steigt er jetzt in das Fußballgeschäft ein? Bei seinem riesigen Vermögen können es kaum finanzielle Interessen sein. Eitelkeit und Macht auch nicht, denn er hat immer diskret im Hintergrund gearbeitet und die öffentliche Aufmerksamkeit gescheut.«

Der Spielervermittler war derselben Meinung. »Ich könnte mir zwei Gründe vorstellen, die ihn zu diesem Engagement gebracht haben. Er liebt seinen Vater über alles und möchte ihm mit dem Fußballinternat ein kleines Denkmal setzen. Und vielleicht will er auch in seiner fortgeschrittenen Lebensphase etwas Gutes tun und Nachwuchstalente fördern. Der Mann hat so viel Kohle gemacht, dass er diese Kosten quasi problemlos aus der Portokasse zahlen kann.«

Obwohl sie davon überzeugt waren, dass Sergej Petrov gewiss nicht auf legale Art und Weise zu seinem astronomischen Vermögen gekommen war, empfanden sie für ihn viel Sympathie und Respekt. Zu den meisten Menschen in ihrem täglichen Geschäftsleben hatten sie kein vergleichbar positives Verhältnis.

Sergejs Vater hatte ebenfalls den Abend mit den beiden Besuchern aus Deutschland sehr genossen. Die beiden Experten hatten ihm viele interessante Informationen über den heutigen Fußball gegeben und seinen persönlichen Eindruck über die bedenklichen Entwicklungen in diesem kommerziell geprägten Sport bekräftigt. Während er in Gedanken versunken die Gespräche Revue passieren ließ, saß sein Sohn am Schreibtisch und notierte sich in Stichworten die Punkte, die es am nächsten Vormittag zu besprechen gab.

Insgesamt war Sergej mit dem Verlauf zufrieden, die Baumaßnahmen lagen im Zeitplan und Branko Smirdan hatte bereits alle verfügbaren Internatsplätze belegt. Allerdings waren die Kosten für die umfangreichen Neu- und Umbauten sowie Modernisierungen erheblich höher als ursprünglich budgetiert. Er fragte sich nach den Gründen und fand keine plausible Erklärung. Verantwortlich für den Etat war der Architekt, der immerhin ein sehr großzügiges Honorar erhielt und nunmehr seinem Auftraggeber erklären müsste, weshalb seine Kalkulation nicht eingehalten wurde. Per spätabendlichem Mail forderte er ihn zu einem telefonischen Rapport gleich am Montag um zehn Uhr auf.

Camparis schmerzvolle Begegnung

Nathan hatte sich eine Wiener Melange bestellt, während Kevin Albrecht zu seinem gewohnten Apfelstrudel eine eiskalte Coca Cola trank. Die beiden Freunde hatten sich wie gewohnt im Café Landtmann am Universitätsring verabredet. Auch jetzt war das bei Einheimischen wie Touristen so beliebte Kaffeehaus in der österreichischen Hauptstadt fast bis auf den letzten Platz gefüllt.

Sie saßen dicht nebeneinander an einem Tisch auf der großen Terrasse und schauten immer wieder um sich. Ihr heikles Thema war nicht für die Nachbartische bestimmt. Dem Drogenbaron war bei ihrem unerfreulichen Gespräch sogar der Appetit auf das köstliche Gebäck vergangen, das er sonst immer mit großer Freude genoss. Widerwillig schob er seinen Teller zur Seite und schüttelte den Kopf.

»Mit unserem Ibiza-Projekt hatte ich große Hoffnung, diesen lästigen Campari endlich los zu sein. Und nun haben wir ihn schon wieder an der Backe.«

Obgleich der redselige Alkoholiker auf der Insel schwer verletzt und völlig handlungsunfähig in einem Krankenhaus lag, hielt Nathan die neue Situation ebenfalls für riskant. Dazu gab es guten Grund, da sie die unbeherrschte Riesenklappe von Campari zu genüge kannten. Eigentlich hätten sie sich denken müssen, dass er sich über kurz oder lang mit der Konkurrenz vor Ort anlegen und die komplette Szene aufschrecken würde.

Selbstverständlich wussten sie auch, dass in diesem Milieu meistens nicht lange gefackelt wird und lästige Kontrahenten gelegentlich auch auf brutale Art und

Weise außer Gefecht gesetzt wurden. Das unbeherrschte Großmaul war daher selbst schuld. Statt sich als Newcomer im Drogengeschäft mit gebotener Diskretion und Besonnenheit allmählich einen eigenen Kundenstamm aufzubauen, musste er wieder auf den Putz hauen und die lokalen Platzhirsche provozieren.

Es kam wie es kommen musste und er hatte absolut kein Mitleid verdient. Allerdings war nun davon auszugehen, dass die laufenden Ermittlungen der Polizei früher oder später zu ihnen nach Wien führen könnten.

Nathan überlegte. »Selbstverständlich bin ich jederzeit bereit, nach Ibiza zu fliegen und die Dinge in unserem Interesse zu regeln. Aber würden wir damit nicht unnötige Aufmerksamkeit erzeugen?«

Kevin Albrecht nickte zustimmend, auch wenn er bei dieser Sache selbst im Hintergrund stand und Campari wohl kaum ahnen könnte, dass die neue Partnerschaft mit Nathan von ihm initiiert worden war. So gesehen hatte er persönlich zunächst kaum etwas zu befürchten. Andererseits war Loyalität für ihn ein Grundprinzip. Schließlich war das Ganze seine Idee. Er hatte diesen Deal auf der Partyinsel eingefädelt und somit Nathan in diese Situation gebracht.

Nein, er würde ihn jetzt bestimmt nicht in Stich lassen. Aber was könnten sie im Moment schon tun? Sie wussten nur, dass Campari unter anderem mit einem Kieferbruch und zertrümmerter Kniescheibe ans Krankenbett gefesselt war. Er konnte nicht einmal klar sprechen. Dass der hilflose Patient einer Krankenschwester die Telefonnummer seines Freundes Marc Miller in die Hand gedrückt und ihr mit schmerzverzerrtem Gesicht zugeflüstert hatte, ihn über seine Notlage zu informieren, wussten die beiden Freunde zu diesem Zeitpunkt noch nicht.

Der Drogenbaron bestellte sich einen grünen Tee und wandte sich seinem Freund zu. »Ich werde einen Bekannten mit guten Beziehungen bitten, uns zu helfen. Sicherlich kennt er jemand auf Ibiza, der sich für uns umhören könnte. Wir müssen unbedingt mehr Informationen haben und vor allem wissen, wer hinter diesem Anschlag steckt. Erst dann können wir entscheiden, ob und wie wir in dieser beunruhigenden Angelegenheit vorgehen.«

Zwei Tage später trafen sie sich erneut in ihrem Stammlokal. Kevin Albrecht wirkte entspannter als bei ihrem letzten Gespräch.

»Der narrische Typ ist so richtig in die Scheiße getreten und hat sich mit einer gefährlichen Organisation angelegt, deren Drahtzieher wohl Tschetschenen sind. Die kennen bekanntlich keine Gnade, wenn man ihnen auf die Füße tritt.«

Nathan, der ursprünglich aus Sibirien stammte, waren die brutalen Vorgehensweisen von Drogenbanden aus dem Nordkaukasus bestens bekannt. Er wunderte sich über die Naivität von Campari und fragte sich, womit er diesen gefährlichen Leuten in die Quere gekommen war.

»Du wirst es nicht glauben«, berichtete Kevin Albrecht, »er hat wohl im Suff die Freundin eines wichtigen Bandenmitglieds begrapscht und sie auch noch als billige Nutte beleidigt, nachdem sie ihn abgewiesen hatte. Was dann passierte, wissen wir ja. Wie ich über meinen Kontakt erfuhr, hat Campari die

Klinik darum gebeten, seinen Busenfreund in der Schweiz zu kontaktieren. Die beiden scheinen sehr eng miteinander verbunden zu sein.«

Dass diese vermeintlich enge Freundschaft in Wirklichkeit nur ein eigennütziges Zweckbündnis war, zeigte sich bereits nach dem ersten Anruf bei Marc Miller. Die Verwaltung des Hospital Can Misses hatte wunschgemäß telefonischen Kontakt zu ihm aufgenommen. Statt der erwarteten Betroffenheit und Anteilnahme wurde der freundliche Klinikmitarbeiter von Marc Miller eiskalt abserviert.

Man würde sich zwar kennen, aber es sei nur eine recht unverbindliche Bekanntschaft ohne jegliche Verantwortung und Verpflichtung. Dann beendete er das kurze Telefonat mit einer höflichen Floskel.

»Richten Sie Herrn Redler meine besten Genesungswünsche aus. Ich hoffe, dass er schnell wieder auf die Beine kommt und keine bleibenden Schäden hat.«

Da der schwer verletzte Patient weder Angehörige noch eine Krankenversicherung benennen konnte, bat das Krankenhaus die örtliche Polizei um Hilfe, die daraufhin Kontakt zum österreichischen Konsulat in Palma de Mallorca aufnahm. Die Auslandsvertretung sagte ihre Unterstützung zu und würde sich nach entsprechenden Erkundigungen in Wien direkt mit dem Krankenhaus in Verbindung setzen, um die Möglichkeiten von Kostenübernahmen und einer Rückführung nach Österreich zu erörtern.

Für Marc Miller kam der Anruf aus dem Krankenhaus nicht überraschend. Er hatte damit gerechnet. Ihm war klar, dass Campari seine Telefonnummer angeben würde, da er weder Verwandte noch wirklich enge Freunde hatte. Zwar hatte sich zwischen ihnen im Laufe der Zeit ein reger Kontakt entwickelt, aber für Marc Miller war diese Freundschaft keineswegs von menschlich großer Bedeutung.

Eigentlich war ihm das persönliche Schicksal von Campari schnuppe. Hauptsache, er war ihm für seine persönlichen Bedürfnisse und Interessen nützlich. Nur das zählte. Er hatte zwar etwas Mitleid mit dem armen Würstchen; mehr aber auch nicht. Und es war auch überhaupt nicht seine Sache, die sicher enormen Kosten für Aufenthalt und Behandlung im Hospital Can Misses auf Ibiza zu übernehmen. Seine Großzügigkeit beschränkte sich in der Regel nur auf sich selbst; Hilfsleistungen oder soziales Engagement waren ihm völlig fern. Sogar für seine eigenen Eltern hatte er weder Interesse noch die geringste Empathie.

Nach dem abweisenden Telefonat mit der Klinik erreichte seine schlechte Laune einen Tiefpunkt. Aus dem Krankenbett konnte ihm Campari nicht mehr bei den anstehenden Verhandlungen für die Finanzierung seines Immobilienprojektes auf Ibiza helfen. Eigentlich wollten sie sich gemeinsam in wenigen Tagen in Barcelona mit dem verantwortlichen Manager einer ukrainischen Bank treffen, den Campari aus seiner früheren Arbeit für das Geldinstitut persönlich gut kannte. Angeblich war der umtriebige Banker bereit, die benötigte Kreditsumme für das Grundstück auf Ibiza zu sehr günstigen Konditionen kurzfristig zur Verfügung zu stellen. Allerdings war sich Marc Miller dieser Zusage nicht sicher.

Auch jetzt fragte er sich wieder, ob ihm sein vorlauter Freund vielleicht zu viel versprochen hatte. Die Antwort war nunmehr nicht mehr von Bedeutung, da sich Marc Miller ohnehin nach neuen Quellen umsehen musste. Das galt nicht nur für einen großen Teil der benötigten Geldmittel, sondern auch für seinen persönlich erheblichen Bedarf an Kokain.

An den Drogenbaron konnte er sich kaum wenden und seine Beziehungen zu anderen Anbietern waren mittlerweile eingeschlafen. Er würde daher versuchen, diesen neuen Geschäftspartner von Campari ausfindig zu machen. Immerhin war er ein lukrativer Abnehmer. Allerdings wusste er so gut wie gar nichts über ihn. Da er aber zu weiteren Verhandlungen mit dem Grundstücksverkäufer kurzfristig wieder nach Ibiza fliegen musste, könnte er gleich nach Ankunft seinen Freund in der Klinik besuchen. Dabei würde es ihm bestimmt gelingen, die Telefonnummer von dem Mann zu erhalten, der angeblich Nathan hieß.

Gleich nach seiner Ankunft auf Ibiza fuhr er in die Klinik. Am Empfang gab er sich als entfernter Bekannter von Maximilian Redler aus. Als ihn der Stationsarzt auf dem Weg zum Krankenzimmer nach möglichen Angehörigen fragte, schüttelte er den Kopf.

»Ich kenne Herrn Redler noch nicht so lange und weiß nur wenig über sein Privatleben. Er war wohl verheiratet und hat meines Wissens eine Tochter. Mehr kann ich Ihnen leider nicht sagen.«

Beim Anblick von Campari bekam er einen großen Schreck. Sein gebrochener Kiefer war verdrahtet und sein von den Schlägen entstelltes Gesicht übersäht von heftigen Schwellungen.

Marc Miller musste schon genau hinschauen, um seinen Freund zu erkennen. Dieses Häufchen Elend im Krankenbett hatte nur noch wenig mit dem stets albern grinsenden Österreicher gemeinsam, der offenbar unter schlimmen Schmerzen litt. Er konnte noch immer nicht verständlich sprechen. In diesem Zustand war eine Unterhaltung kaum möglich. Außerdem konnten sie ohnehin nicht frei reden, da ein weiterer Patient in dem Zimmer lag.

Marc Miller überlegte. Die bevorstehenden Verhandlungen mit dem Verkäufer des begehrten Grundstücks sowie die weiteren Planungsgespräche mit seinem Projektentwickler und dem Architekten würden gewiss einige Tage dauern. Er entschloss sich also, Campari wieder zu besuchen. Vielleicht würde es ihm das nächste Mal gelingen, die Telefonnummer von diesem Nathan zu erfahren.

Monica und der Fußball-Funktionär

Monica Novotny sehnte sich nach einer warmen Dusche. Sie konnte jedoch nicht aufstehen, ohne den schwer atmenden Mann neben ihr zu wecken. Er hatte seinen stark behaarten Arm auf ihre Brust gelegt und schnarchte ihr fast direkt ins Ohr. Sein intensiver Körpergeruch war unangenehm. Fast ekelte sie sich vor diesem neuen Gast aus Nordrhein-Westfalen.

Er hieß Hartmut Bahr und war als Vorstandsmitglied für die Finanzen in einem international erfolgreichen Verein der Fußballbundesliga verantwortlich. Ihr Treffen war auf Vermittlung eines mit ihr befreundeten Verbandfunktionärs zustande gekommen, mit dem sie schon längere Zeit auf diese Weise kooperierte. Für ihn hatte sie schon häufig den Aufenthalt wichtiger Besucher in Frankfurt verschönert und dafür auch stattliche Honorare bekommen.

Auch deshalb blühte ihr Escortservice, wobei sie sich in ihrem Metier gelegentlich auch sexuell mit Männern einlassen musste, die schon rein äußerlich nicht ihren Vorstellungen entsprachen. Im Grunde genommen hatte sie aber in dieser Hinsicht viel Glück. Die meisten Kunden ihrer vielseitigen Liebesdienste waren ansehnlich, einige sogar sehr attraktiv und charmant.

Ihr heutiger Besucher war eher das Gegenteil. Sie schätzte sein Alter auf Mitte Vierzig. Er war kaum größer als sie und dabei recht korpulent. Dazu hatte er ein fast kugelrundes Gesicht mit rot unterlaufenen Wangen, sehr große Ohren und auffallend schlechten Zähne. Seine fleischigen Finger waren kurz; die Fingernägel offensichtlich abgekaut. Als er keuchend auf ihr lag, spürte sie die dicke Hornhautschicht an seinen Fußkanten. Sein Gewicht machte ihr zu schaffen und sie konnte es kaum erwarten, davon erlöst zu werden.

Leider ließ er sich mit dem zweiten Höhepunkt erheblich mehr Zeit als bei seinem ersten Orgasmus. Sie hatte zuvor nach einer gemeinsamen Dusche seine pralle Männlichkeit oral verwöhnt und ihn dabei sanft massiert. Es dauerte keine zwei Minuten, bis er sich heftig entlud. Sie war erleichtert, ihn so schnell beglückt zu haben. Allerdings freute sie sich zu früh, denn nur wenige Minuten später war er schon wieder bereit und schob seine raue Hand zwischen ihre Beine. Sie wunderte sich über seine erneute Erektion und vermutete, dass er vor ihrem Treffen sicher ein Potenzmittel eingenommen haben musste.

»Bitte gebe mir noch eine Minute«, bat sie ihn und ging ins Bad. In ihrer Tasche hatte sie ein Fläschchen mit Olivenöl, das sie in solchen Situationen als Gleitmittel benutzte. Mit einem verführerischen Lächeln kam sie wieder zurück und stellte sich vor das Bett.

»Lege dich auf den Rücken und schließe die Augen; ich reite dich ins Paradies.«

Davon wollte ihr Gast aber nichts wissen. Er zog Monica an sich und drehte sie auf den Rücken. Sekunden später war er in ihr; seine Stöße waren schnell und grob. Tapfer hielt sie ihm ihren wohlgeformten Frauenkörper hin und machte drei Kreuze, als er endlich mit lustvollem Stöhnen kam und sich wenig später erschöpft zur Seite drehte.

Sie lagen einige Zeit schweigend nebeneinander. Er hatte seinen schweren Arm auf ihre Brust gelegt und war sofort eingeschlafen. Behutsam befreite sich Mo-

nica aus der lästigen Umklammerung und flüchtete
unter die Dusche. Sie genoss das sanfte Wasser der
Regenbrause und freute sich auf ihr Zuhause.

Als sie wieder ins Zimmer kam, saß ihr nackter
Gast ungeniert breitbeinig auf der Couch. Er hatte
sich eine dicke Zigarre angezündet und ignorierte die
Hausregeln im Hotel Kempinski Gravenbruch, das
für seine rauchenden Gäste eine spezielle Lounge eingerichtet hatte. Der Mann hielt seine Montechristo
No. 2 zwischen Daumen und Zeigefinger. Er sah
glücklich und entspannt aus.

»Es war einfach toll mit dir und ich würde dich
morgen gern wieder treffen. Am besten, Du bleibst
gleich hier. Ich habe am Vormittag nur eine geschäftliche Verabredung und stehe dir danach voll zur Verfügung. Wie wäre es mit einem gemeinsamen Mittagessen? Danach gehen wir dann shoppen.«

Monica bedankte sich höflich für die Einladung.
»Ich bin recht müde und würde gern zuhause in meinem Bett schlafen. Sehr gern können wir uns morgen
sehen. Am besten, wir telefonieren und schauen dann,
wann wir uns wo treffen. Einverstanden?«

Der Mann lächelte und nickte zustimmend. Zufrieden nahm er einen kräftigen Zug und blies eine
kräftige Rauchwolke in ihre Richtung. Monica wurde
fast übel. Sie hatte sich mittlerweile wieder angezogen
und war schon halb auf dem Weg. Erleichtert schloss
sie die Zimmertür hinter sich. Mit Rücksicht auf ihren guten Bekannten im Fußballverband würde sie
mit dem VIP-Gast zum Lunch gehen und sich danach
mit einem glaubwürdigen Vorwand zurückziehen. Ein
weiteres Mal wollte sie sich ihm auf keinen Fall hinge-
ben.

Zu einem zweiten Treffen kam es nicht mehr; ebenso blieb der angekündigte Anruf am nächsten Vormittag aus. Monica war das nur recht, denn die Erinnerungen an den wenig freudvollen Vorabend nahmen ihr die Lust auf ein Wiedersehen. Sie schaute auf ihre sportliche Edelstahluhr von Cartier. Es war gerade mal elf Uhr. Erleichtert entschied sie sich für eine Trainingsstunde im Fitnessclub. Danach würde sie sich eine entspannende Massage gönnen.

Die hätte auch ihr neuer Kunde nötig gehabt, der zur selben Zeit bei seinem Termin im Café Paris in der Fressgasse höchst unangenehmen Fragen ausgesetzt war. Sein unnachgiebiger Gesprächs-partner konfrontierte ihn mit schweren Vorwürfen, die ihn bei einer Veröffentlichung Kopf und Kragen kosten würde. Seine Karriere als Finanzvorstand im Verein wäre von jetzt auf gleich beendet, er würde auf der Straße sitzen und in der Branche kaum einen neuen Job finden. Auch wäre sein gesellschaftlicher Status in der Stadt ruiniert; man würde ihn ausgrenzen und er wäre für seine Lebenszeit gebrandmarkt. Und was würden wohl seine Frau und Kinder dazu sagen, wenn sie von seinen dunklen Geschäften aus den Medien erfahren würden?

All diese Vorstellungen waren unerträglich. Er war gestresst, sein Herz raste. Die Aufregung schnürte ihm den Hals zu, seine Brust machte sich mit Stichschmerzen bemerkbar. Er war wie gelähmt. Das alles war keine Einbildung, sondern absolute Realität. Er grübelte. Wie könnte er sich nur aus dieser erdrückenden Klemme befreien? Abstreiten hatte angesichts der Umstände wenig Sinn und mit Geld würde er diesen im Detail exzellent informierten Sportjournalisten sicher nicht zum Schweigen bringen. Keine Chance, denn der erfahrene Chefreporter galt in der gesamten Fußballszene als integer und absolut gewissenhaft. Mit solchen Angeboten würde er seine Situation noch weiter verschlimmern.

Gregor Stanlawski musterte seinen offensichtlich schwer leidenden Gesprächspartner, der nervös auf dem unbequemen Terrassenstuhl herumrutschte. Dabei wich er jedem direkten Blickkontakt aus, kramte ungeduldig in seiner Jackentasche und brachte eine silberne Pillendose zum Vorschein. Hastig schluckte er eine Tablette.

Wahrscheinlich ein Mittel gegen hohen Blutdruck, dachte sich der Journalist, und empfand etwas Mitleid mit dem gewichtigen Vereinsfunktionär. Einer seriösen und sehr gut unterrichteten Quelle zufolge soll der Finanzchef bei mehreren Spielertransfers erheblich mitkassiert haben. Umfangreiche Recherchen bestätigten die Angaben und Gregor Stanlawski hatte sich daher entschlossen, den Beschuldigten persönlich zur Rede zu stellen.

Wenn auch Korruption im bezahlten Fußball nach den vielen Skandalen im Weltverband mittlerweile eine alltägliche Begleiterscheinung war, würde sein Bericht im Sportmagazin zumindest im Umfeld des betroffenen Bundesligisten ein kleines Erdbeben auslösen.

Nach einer minutenlangen Gesprächspause bestellte der Journalist eine große Flasche Selterswasser und fasste die Thematik zusammen.

»Meine Informanten behaupten also, dass Sie von einem polnischen Spielerberater für sogenannte Gefälligkeiten honoriert werden. Angeblich haben Sie ihren

Sportmanager bei verschiedenen Transfers dieses Vermittlers zu entsprechenden Vertrags-abschlüssen überzeugt.

Zudem sollen Sie von diesem Mann großzügig für Vertragsverlängerungen mit zwei Spielern honoriert worden sein, von denen sich Ihr Verein eigentlich trennen wollte. Insgesamt sollen Sie von Ihrem Geschäftsfreund einen siebenstelligen Betrag für Ihre Dienste in den letzten Jahren erhalten haben. Quasi on top, denn Ihr großzügiges Vorstandsgehalt im Verein soll ja einschließlich Prämien auch die Million überschreiten.

Es ist auch bekannt, dass die Illegalen Zahlungen über ein Bankkonto auf Zypern geflossen sind. Können und wollen Sie das bestätigen?«

Der beschuldigte Vereinsfunktionär war erstarrt; seine sonst rötlichen Gesichtswangen völlig erblasst. Die knallharten Vorwürfe explodierten in seinem Kopf und machten ihn sprachlos. Bevor er irgendetwas sagen konnte, fuhr Gregor Stanlawski fort.

»Wenn Sie mit mir hierüber nicht sprechen möchten, werde ich die durch umfangreiche Recherchen bestätigten Angaben mit dem Hinweis ergänzen, dass Sie sich dazu nicht äußern wollten.«

Hartmut Bahr hatte große Mühe, seine Fassung wiederzufinden. Seine Stimme war etwas zitterig. »Herr Stanlawski, Ihre Behauptungen kann ich in dieser Form nicht bestätigen. Bitte geben Sie mir etwas Zeit, damit ich die Dinge im Detail nachvollziehen und mich zudem mit meinem Rechtsanwalt abstimmen kann. Bis wann benötigen Sie die Stellungnahme?«

Für den erfahrenen Journalisten waren solche Situationen nicht neu. Er hatte schon mehrfach Gesprächspartner völlig unerwartet mit weitgehend zutreffenden Vorhaltungen überrascht und in verzweifelte Lagen gebracht. Das gehörte zu seinem Geschäft. Die Bitte um Zeitaufschub war eine häufige Reaktion; manche versuchten es mit nutzlosen Dementis, andere hofften auf schadenbegrenzende Berichterstattung durch kooperatives Verhalten.

Gregor Stanlawski nickte. »Okay, ich gebe Ihnen genau 24 Stunden für eine offizielle Stellungnahme. Wir treffen uns dann morgen um zwölf Uhr an der Rezeption des Frankfurter Hof und ich empfehle Ihnen, Ihren Rechtsanwalt mitzubringen. Wenn Sie den Termin absagen oder nicht erscheinen, bringe ich die Story auch ohne Ihr Statement ins Blatt.

Allerdings werde ich dann auch über unser heutiges Treffen berichten. Und noch etwas. Ich persönlich habe keinerlei Freude an solchen Themen und setze Menschen wahrhaftig nicht gern unter Druck. Allerdings habe ich angesichts der heutigen Praktiken im Profifußball keine andere Wahl. Leider gehören wohl auch Sie zu den unerfreulichen Personen, die diesen Sport für krumme Geschäfte missbrauchen.«

Pünktlich auf die Minute erschien Gregor Stanlaswki zum verabredeten Treffen in dem Steigenberger-Hotel am Frankfurter Kaiserplatz. Er suchte sich einen Sessel in der Lobby, aus dem er den Eingang und die Rezeption gut überblicken konnte. Kaum hatte er Platz genommen, steuerte ein Unbekannter auf ihn zu.

Der Mann war vielleicht Ende Vierzig, groß gewachsen und dünn wie ein Brett. Er hatte eine glän-

zende Vollglatze und einen spärlichen Mehr-Tage-
Bart. Sein dunkelgrauer Anzug wirkte zu klein; Hose
und Jacke viel zu kurz. Er mühte sich etwas ver-
krampft um ein freundliches Lächeln, das eher wie ein
verlegenes Grinsen wirkte. Sofort drückte er dem
Journalisten eine eng bedruckte Visitenkarte in die
Hand, auf der kaum Platz für weitere Angaben war.

»Ich freue mich, Ihre Bekanntschaft zu machen,
Herr Stanlawski. Mein Name ist Oskar Schönfeld und
ich bin der Anwalt von Herrn Hartmut Bahr, mit
dem Sie eigentlich verabredet sind. Mein Mandant
entschuldigt sich, seit Ihrem Gespräch geht es ihm
gesundheitlich sehr schlecht und er war einfach nicht
in der Lage, zu kommen. Bitte entschuldigen Sie ihn,
ich bin selbstverständlich bevollmächtigt, alle Details
mit Ihnen zu besprechen. Wir werden bestimmt eine
Lösung für unser Problem finden. Darf ich Sie zu einem Lunch einladen?«

Der Journalist machte sich nicht einmal die Mühe
aufzustehen und musterte den hageren Rechtsberater,
der sicher ein sattes Honorar dafür kassierte, für seinen korrupten Mandanten glühend heiße Kastanien
aus dem Feuer zu holen. Finanziert von den fetten
Schmiergeldern, die dieser nunmehr unpässliche Herr
Bahr von einem krummen Spielerberater eingestri-
chen hatte.

Allein schon bei dieser Vorstellung hatte Gregor
weder Appetit noch Lust, sich indirekt von ihm zum
Essen einladen zu lassen. Mit einigem Abstand hielt
sich Gregor Stanlawski die Visitenkarte vor die Augen.

»Das ist wirklich nicht nötig, Herr Schönfeld, mir
fehlt es hierfür an Zeit und, wenn ich sagen darf, auch
an Motivation. Bei diesem Gesprächsthema würde ich

kaum die gute Küche in diesem Haus genießen können. Wir sollten uns also hier einen geeigneten Platz suchen und gleich zur Sache kommen. Nehmen Sie es bitte nicht persönlich.«

Der Jurist hatte mit einer solchen Reaktion gerechnet. Er wusste, dass dieser Stanlawski ein absolutes Schwergewicht in der Medienlandschaft war, den weder Geld noch gute Worte davon abhalten würden, seinen Job professionell auszuüben. Ihm war absolut klar, dass er sich auf einer sogenannten *Mission impossible* befand. Er nickte mit seinem kahlen Kopf und sah sich in der nur schwach besuchten Lobby um. »Da drüben ist eine Ecke, in der wir ungestört sprechen können.«

Sie bestellten sich Café mit Mineralwasser und warteten schweigend auf die Getränke. Gregor Stanlawski checkte währenddessen seine Mails und WhatsApp-Nachrichten, der Jurist schaute nervös um sich. Dabei nahm er allerdings die etwas altertümliche und plüschige Einrichtung nicht wirklich wahr, weil er sich immer wieder fragte, wie er am besten dieses schwierige Gespräch beginnen sollte. Gregor Stanlaswki kam ihm zuvor und ergriff die Initiative.

»Wir sollten nicht lange um den heißen Brei reden, Herr Rechtsanwalt. Ihr Mandant hat sich auf gut Deutsch gesagt mit satten Zahlungen von einem Spielerberater schmieren lassen, der in der gesamten Branche kein unbeschriebenes Blatt ist. Wir haben glaubwürdige Informationen über mindestens drei konkrete Fälle und kennen sogar die jeweiligen Beträge. Ich habe keine Ahnung, was Herr Bahr Ihnen erzählt hat. Eigentlich ist das auch belanglos, denn die Geschichte erscheint so oder so.

Egal, ob Ihr Mandant seine unsauberen Geschäfte eingesteht oder abstreitet. Ich kann ihm nur raten, sein Fehlverhalten einzuräumen. Mit öffentlichen Lügen würde er sich nur noch zusätzlich schaden. Ich hoffe für ihn, dass Sie ihm als Jurist die richtigen Ratschläge geben.«

Der Anwalt nahm einen kräftigen Schluck Wasser. »Haben Sie glaubwürdige Beweise für solche Behauptungen und können Sie mir freundlicherweise Ihre Quellen nennen.«

Gregor Stanlawski musste lachen. »Sie haben doch nicht etwa die Absicht, weiterhin meine Zeit mit saublöden Fragen zu verschwenden. Meinen Sie etwa, wir hätten uns eine solche Story ausgedacht? Wir wissen einiges über Ihren Mandanten und übrigens auch über seine persönlichen Beziehungen zu einigen Herren im Verband. Ich muss doch wohl nicht konkreter werden, wobei sich das Sportmagazin wahrhaftig nicht für Details aus seinem Privatleben interessiert.

Wohl aber für den großen Schaden, den Ihr Herr Bahr seinem Verein als Finanzvorstand und vor allem auch dem Ansehen im bezahlten Fußball zufügt. Als Jurist wissen Sie gewiss auch um die Pressefreiheit in einem demokratischen Land. Sie glauben doch nicht im Ernst, dass ein seriöser Journalist seine Quellen offenlegt.«

Nichts anderes hatte der Rechtsberater erwartet. »Ja, das verstehe ich schon. Aber dennoch muss ich wissen, was Sie meinem Mandanten im Detail vorwerfen? Vielleicht ist das alles nur ein Missverständnis.«

Der Chefreporter schaltete sein iPad ein und öffnete das entsprechende Dokument. Er wusste haargenau um die betreffenden Spielertransfers sowie Höhe und Termine der auf ein zypriotisches Bankkonto überwiesenen Provisionen. Empfänger war eindeutig dieser Hartmut Bahr. Die Details waren erdrückend und Oskar Schönfeld wollte kein weiteres Öl ins Feuer gießen.

»Ich höre das zum ersten Mal, Herr Stanlawski, und bin äußerst überrascht. Mir hatte Herr Bahr zwar gesagt, die eine oder andere Verabredung mit diesem Spielerberater getroffen zu haben, aber von solchen Deals war nie die Rede. Die beiden Männer kennen sich privat aus Zypern, weil sie beide dort Ferienhäuser haben. Ich werde meinem Mandanten von unserem Gespräch berichten und mich noch einmal bei Ihnen melden.«

Gregor Stanlawski hörte nie wieder etwas von dem Rechtsberater. Das überraschte ihn nicht. Als der Skandal wenige Tage in großer Aufmachung auf Seite Eins mit Fortsetzung im Innenteil des Sportmagazins erschien, hatte sich Hartmut Bahr längst verflüchtigt und beschlossen, so lange auf der drittgrößten Mittelmeerinsel zu bleiben, bis Gras über die Sache gewachsen war. Um einer fristlosen Kündigung durch den Aufsichtsrat seines Vereins zuvorzukommen, hatte er auf Empfehlung seines Anwaltes um sofortige Aufhebung seines Arbeitsvertrages aus persönlichen Gründen gebeten.

Ein Jugendfreund soll es richten

Der unerwartete Anruf erfolgte zur späten Stunde und erreichte Frank Purwitz in einem ungelegenen Moment. Er saß zuhause in Frankfurt betrunken auf der Toilette und kramte sich mühsam das Handy aus der Hosentasche.

Seine Frau Kathrin hatte ihm mit großer Mühe das Hinsetzen angewöhnt, da er für gewöhnlich ziellos aus dem Stand urinierte und meist das ganze Umfeld in ein Pissoir verwandelte. Besonders schlimm war es, wenn er viel Bier trank und in kurzen Abständen zur Toilette wankte. Sie waren fast zwanzig Jahre verheiratet und führten eine recht gefühllose Ehe, die eigentlich nur durch ihre vier Kinder fortbestand.

Die 45-jährige Frau war eine herzliche Mutter, die immer weniger auf ihr Äußeres achtete und mächtig zugelegt hatte. Ihr vermögender Ehemann hatte von seinem unermüdlich schaffenden Vater nicht nur etliche Immobilien in 1-A-Lagen der hessischen Metropole und diverse Bankkonten im In- und Ausland mit mehreren Millionen geerbt, sondern auch dessen chronische Alkoholsucht. So starb der Senior bereits mit Mitte Sechzig unmittelbar vor der Hochzeit seines 30-jährigen Sohnes an einer Leberzirrhose.

Damit blieb ihm allerdings der heftige Kummer über den öffentlichen Skandal um Frank erspart, der bereits als junger Mann ein zunehmendes Interesse für Kinderpornografie entwickelt hatte. Auslöser der höchst peinlichen Schlagzeilen in der gesamten Lokalpresse waren ein paar Cocktails und zwei Flaschen Wein. Frank Purwitz hatte sein Laptop nach einem feucht-fröhlichen Mittagessen mit einem gleichgesinnten Freund im Taxi liegen gelassen; der ehrliche Fahrer gab das kleine MacBook auf dem nächsten Polizeirevier ab.

Wenig später klingelten zwei Beamte an der Haustür der mehrfach mit großem Aufwand restaurierten Nobelvilla im vornehmen Frankfurter Westend und nahmen den verwirrten Hausherrn zum Verhör mit. Bereits am nächsten Morgen erschienen die ersten Zeitungsmeldungen über die ausgefallenen Neigungen des stadtweit bekannten Millionärs.

Es folgte eine wochenlang massive Medienkampagne, die das Leben der Familie Purwitz grundlegend veränderte. Schockiert hatten sich fast alle Freunde und Bekannte von ihnen abgewendet und die irritierten Kinder litten zudem unter den vielen gemeinen Hänseleien ihrer Mitschüler.

Immer wieder fragten sie ihre Mutter nach den Gründen für die schlimmen Behauptungen über ihren Vater, der sich nach anfänglicher Weigerung schließlich bereit erklärte, einen Psychoanalytiker aufzusuchen. Er selbst hatte bis dahin keinerlei Erklärung dafür, weshalb ihn der Anblick sexuell missbrauchter Kinderkörper so erregte. Nach etlichen Sitzungen gewann er allmählich Vertrauen zu seinem verständnisvollen Gesprächspartner und öffnete sich.

Frank Purwitz wurde mit sechs Jahren selbst Opfer seiner eigenen Mutter, die ebenfalls der Trinkerei verfallen war und sich fast bis zu seiner Pubertät regelmäßig an ihm verging. Anfangs berührte sie ihn beim Abseifen in der Badewanne, später nahm sie ihn auch zu sich ins Bett. Nähere Details verschwieg er beharrlich. Ebenso wollte er partout nicht über die Verschmähungen reden, die er als Jugendlicher häufig auf dem Internat ertragen musste.

Im Gegensatz zu seiner stattlichen Körpergröße, hatte er nur einen sehr kleinen Penis, der ihm zunächst den unrühmlichen Spitznamen „Pimmelchen" einbrachte. Bereits als junger Mann litt er unter erheblichen Potenzstörungen. Erst seine spätere Frau Kathrin nahm ihm mit der Zeit die Scheu, sich ganz vor ihr zu entkleiden. Mit ihr erlebte er erstmals eine erfüllende Erotik, die jedoch nach der Geburt des ersten Kindes schnell wieder abklang. Seither besuchte er regelmäßig eine dominante Prostituierte, die erheblich älter war und genau wusste, wie sie mit ihrem sonderbaren Stammgast umzugehen hatte. Zu ihrem Ritual gehörte mitunter eine Flasche Hennessy, die bei jeder Verabredung auf dem Tisch stand. Statt eines sexuellen Vorspiels brauchte Frank Purwitz als Lustmacher mindestens zwei gut gefüllte Cognac-Schwenker.

»Hallo Frankie-Boy, hier spricht dein bester Freund Marc. Wie gut, dass ich dich erreiche. Wollte schon seit langer Zeit bei dir angerufen haben und bin einfach nicht dazu gekommen. Wie geht es dir, alter Junge?«

Frank Purwitz traute seinen Ohren nicht. Selbst sein engster Freund hatte seit Jahren den Kontakt mit ihm völlig abgebrochen und wollte ebenfalls wegen dieser grässlichen Affäre um seine pädophilen Aktivitäten nichts mehr mit ihm zu tun haben. Das hatte ihn schon sehr betrübt, weil sie von Kleinauf eigentlich so unzertrennlich wie zwei Gesäßhälften waren. Auch geschäftlich hatten sie gemeinsam so einige krumme Dinger gedreht. Und jetzt meldete er sich auf einmal wieder. Einfach so, zur späten Stunde. Er

konnte es nicht glauben und fragte sicherheitshalber
nach.

»Marc, bist Du es wirklich? Hast Du dich vielleicht verwählt oder ist dir irgendetwas passiert?«

Auch wenn der Alkohol seinen Wahrnehmungs-
vermögen zur späten Abendstunde bereits getrübt
hatte, war sich Frank Purwitz ziemlich sicher, dass
Marc einen bestimmten Grund hatte und ganz bestimmt etwas von ihm wollte. Er kannte seinen Jugendfreund allzu gut. Eine Vorahnung, die sich
schnell bestätigen sollte.

»Frank, ich habe hier eine hochinteressante Sache
auf dem Tisch, über die ich unbedingt mit dir sprechen möchte. Ein Projekt, bei dem wir beide richtig
verdienen können. Du bist der einzige Freund, der
hier für mich als Partner in Frage kommt. Wenn ich
dir die Einzelheiten erläutere, wirst Du das sofort verstehen. Wir sollten uns unbedingt persönlich treffen;
ich komme gern nach Frankfurt. Sage mir einfach,
wann es dir passen würde. Meistens wohne ich in der
Villa Kennedy. Wir könnten alles weitere bei einem
leckeren Essen besprechen.«

Nein, das kam für Frank Purwitz überhaupt nicht
in Frage. Er hatte sich völlig aus der Frankfurter Szene
zurückgezogen und war gesellschaftlich abgetaucht.
Die Familie lebte wie auf einer Isolierstation und besuchte unter anderem nur noch Restaurants, die außerhalb des Einzugsgebietes ihrer Gesellschaftsschicht
lagen. Zu groß war die Angst, in der Öffentlichkeit als
überführter Liebhaber von Kinderpornos erkannt zu
werden.

»Ich hätte große Lust, mal wieder in den Elsass zu
fahren. Was hältst Du davon, wenn wir uns in Illhaeu-

sern treffen. Ich war schon sehr lange nicht mehr in der Auberge. Von Zürich aus ist das für dich auch nur ein Katzensprung. Wie sieht es bei dir morgen zum Lunch aus. Sagen wir ein Uhr; ich bestelle uns einen Tisch.«

Am nächsten Mittag trafen sie sich in dem bekannten Restaurant. Mit einem leicht gequälten Lächeln begrüßten sie sich etwas verlegen. Zwar freuten sie sich über dieses unverhoffte Wiedersehen, aber nach der langen Pause war ihr Verhältnis längst nicht mehr so vertraut und unbefangen.

Bevor sie die Speisekarte studierten, bestellten sie sich ein Glas Champagner. Der aromatische Special Cuvée von Bollinger schmeckte köstlich; Marc Miller nahm einen zweiten Schluck und eröffnete das Gespräch.

»Wie viele andere war ich damals sehr über die Geschehnisse schockiert. Aber im Nachhinein betrachtet war es gewiss falsch, den Kontakt zu dir abzubrechen. Damit habe ich dich sicherlich verletzt; das wollte ich aber wirklich nicht. Natürlich habe ich oft an dich gedacht und mich gefragt, wie es dir so gehen würde. Bitte verzeihe mir, dass ich so lange gebraucht habe, mich wieder bei dir zu melden. Wollen wir auf einen Neuanfang unserer ewigen Freundschaft anstoßen?«

Frank Purwitz winkte ab. »Bitte, vergiss die Vergangenheit, über die wollen wir jetzt nicht mehr reden. Es war eine sehr schlimme Zeit und, wie Du sicherlich verstehen kannst, führe ich noch heute ein recht zurückgezogenes Leben. Auch für Kathrin und die Kinder ist die Situation sehr schwierig. Sie müssen auf vieles verzichten. Es wird wohl noch lange dauern, bis das berühmte Gras über die Sache gewachsen ist und wir zu unserer Normalität zurückkehren können. Mehr möchte ich jetzt dazu nicht sagen. Also, worum geht es bei dir? Was kann ich für dich tun, brauchst du Geld?«

Marc Miller blickte Frank in die Augen. Dass sein vertrauter Freund zu diesen verabscheuungswürdigen Männern gehörte, die sich am Kindersex aufgeilten, konnte und wollte er einfach nicht verstehen. Heute ebenso wenig wie damals, als auch er diese beschämenden Berichte in der Presse gelesen hatte. Er verdrängte diese Erinnerungen und leerte das schlanke Glas. Die Marke Bollinger kannte er aus dem Kino; es war der bevorzugte Champagner von James Bond. Seither war er auch seine Präferenz.

»Keine Sorge, Frank, finanziell geht es mir gut. Aber ich bräuchte dich als cleveren Immobilienprofi bei einem höchst lukrativen Projekt auf Ibiza. Ich interessiere mich für ein exklusives Anwesen in Superlage, das ich an der Hand habe. Auf dem großflächigen Grundstück steht ein kleines Haus, das in die Jahre gekommen ist. Statt einer aufwendigen Sanierung möchte ich das Gebäude abreißen und die Anlage komplett neu entwickeln.

Das kann ich aber nur schwer allein; dazu fehlt mir der richtige Partner, der von solchen Projekten mehr versteht als ich. Außerdem möchte ich nicht persönlich als Käufer auftreten. Dafür gibt es bestimmte Gründe, die ich dir natürlich gern erkläre. Zunächst würde ich dich jedoch gern ins Boot holen und mit dir eine geschäftliche Partnerschaft eingehen, die das begehrte Anwesen kauft und völlig neu bebaut.

Sicher hast du über die irren Immobilienpreise gehört, die auf der Insel gezahlt werden. Und sie steigen weiter und weiter. Wir können also mit einer außergewöhnlichen Wertsteigerung in kürzester Zeit rechnen.«

Frank Purwitz spürte jenes aufregende Kribbeln, das er dann meistens hatte, wenn sich eine konkrete Chance zu einem profitablen Geschäft ergab. Wirtschaftlich hatte er es überhaupt nicht nötig, denn Dank seines geschäftlich äußerst erfolgreichen Vaters schwamm er im geerbten Geld. Aber egal wieviel er davon auch hatte, seine unersättliche Gier verlangte nach immer mehr.

»Klingt sehr, sehr interessant. Wie Du weißt, bin ich für vielversprechende Investitionen immer zu haben. Erzähle mir mehr. Hast Du einen guten Projektentwickler und auch einen fähigen Architekten; gibt es bereits Entwürfe und Berechnungen für die Bebauung? Du brauchst unbedingt erstklassige Leute vor Ort, die vor allem über gute Kontakte zu den entscheidenden Behörden und Baufirmen verfügen. Wie weit bis Du denn mit dem Verkäufer; seid ihr euch über Preis und Modalitäten einig?«

Marc Miller berichtete detailliert über den aktuellen Stand der Planungen und schlug ein kurzfristiges Treffen vor Ort mit seinem Projektentwickler Luc Torres und Architekten Miguel Sanchez vor. Sie verabredeten für die folgende Woche einen Termin auf Ibiza.

Zum Abschluss ihres Treffens erkundigte sich Frank Purwitz nach den Eltern seines Freundes, die er von Kleinauf ebenfalls gut kannte. Darüber wollte

Marc Miller wiederum nicht gern sprechen. Seine Antwort war wortkarg.

»Sie sind wohl ganz okay und wohnen immer noch in Frankfurt. Wir sehen und sprechen uns allerdings recht selten. Offen gesagt, lege ich keinen großen Wert auf den Kontakt. Wie Du ja weißt, habe ich mit meiner Mutter keine Gesprächsthemen und das Verhältnis mit meinem Vater ist mittlerweile völlig zerrüttet. Manchmal wünschte ich mir, er wäre nicht mehr da. Zumindest würde er mir nicht fehlen.«

Ein knallhartes Statement, das Frank Purwitz an seine eigene Beziehung zum Vater erinnerte. Ihr Verhältnis war ebenfalls kühl und distanziert. Als das Familienoberhaupt bereits kurz nach seinem 60. Geburtstag starb, empfand er nicht den geringsten Verlustschmerz, sondern hauptsächlich erwartungs-volle Freude auf seinen üppigen Erbanteil. Der alte Purwitz hatte seinem jungen Sohn ein riesiges Vermögen hinterlassen; der junge Frank verfügte nunmehr über einen fast grenzenlosen Reichtum und endlich auch über die Freiheit, sich alles leisten zu können. In ihrer abweisenden Einstellung zu den Eltern waren sich die beiden Freunde ebenfalls sehr ähnlich.

Wie geplant fand bereits wenige Tage später das gemeinsame Treffen mit Luc Torres und Miguel Sanchez auf Ibiza statt. Zu Viert saßen sie im Besprechungszimmer des Architekten, der für seine Gäste wieder frischen Obstsalat zubereitet hatte. Auch das schnarrende Geräusch der Klimaanlage war Marc Miller noch bestens vertraut. In dem Raum war es kühl. Frank Purwitz fragte nach einem Cognac.

Der Gastgeber nahm eine Flasche Carlos I vom Servierwagen. Der spanische Brandy schmeckte dem Kenner fast so gut wie ein echter Cognac. Aufmerksam hörte er dem Projektentwickler zu.

»Unser holländischer Freund hat angeblich einen weiteren Interessenten und ist noch unentschlossen. Es geht es ihm wohl nicht nur um den Preis, sondern er legt auch großen Wert auf persönliche Sympathie für den Erwerber. Hier sind wir leider etwas im Nachteil.«

Marc Miller wusste genau, was damit gemeint war. »Ja, unser erstes Treffen war etwas schwierig. Der alte Mann mag mich wohl nicht, zwischen uns stimmte einfach die Chemie vom ersten Moment an nicht. Am besten, ich halte mich ab sofort im Hintergrund und Frank führt gemeinsam mit Luc die weiteren Verhandlungen. Notfalls müsst ihr halt noch eine Schippe drauflegen.

Ihr wisst doch, Geld ist das beste Argument. Wir brauchen schnell die endgültige Zusage, damit wir endlich konkret planen können. Luc, Du hattest doch für heute Abend ein weiteres Treffen mit dem Verkäufer verabredet. Hoffentlich einigt ihr euch dieses Mal. Herr Sanchez, können wir uns morgen Vormittag noch einmal zusammensetzen. Sagen wir gegen elf Uhr.«

Mehr Sorgen als die endgültige Zusage des Verkäufers bereitete ihm die Finanzierung des begehrten Anwesens. Nach dem unverhofften Ausfall seines schwer verletzten Freundes Campari, der ihm über seine persönlichen Kontakte zu einer ukrainischen Privatbank sehr vorteilhafte Konditionen hätte ermöglichen können, musste er notgedrungen Frank bitten, seine guten Beziehungen spielen zu lassen.

Da der Frankfurter Millionär persönlich an diesem Geschäft beteiligt war und das Darlehen problemlos mit seinem gewaltigen Grundbesitz absichern konnte, erhielten sie per sofort eine Zusage von einer deutschen Hypothekenbank. Allerdings zu deutlich schlechteren Bedingungen. Weil Frank Purwitz mit seinen eigenen Immobilien für den Kredit haften musste, forderte er von Marc Miller einen höheren Anteil der Finanzierungskosten. So vermögend er selbst auch war, beim Geld hörte für ihn jede Freundschaft auf.

Am nächsten Vormittag traf sich die Gruppe erneut im Büro des Architekten, der zur Feier des Tages eine Flasche Champagner auf den Tisch gestellt hatte. Luc Torres und Frank Purwitz hatten am Vorabend ein erfolgreiches Gespräch mit dem Verkäufer. Auf Anhieb verstand sich dieser prächtig mit dem Interessenten aus Deutschland. Die beiden Männer hatten sich viel zu erzählen und waren sich auch in ihrer Trinkfreude recht ähnlich.

Luc Torres konnte sich gemütlich zurücklehnen; das Gespräch lief ohne seine Intervention wunderbar. Nach einer halben Flasche Hennessy waren sich die neuen Geschäftspartner handelseinig und verabredeten einen kurzfristigen Termin zur notariellen Beurkundung. Dass auch Marc Miller als Mitbesitzer den Kaufvertrag unterschreiben würde, war für den Holländer kein Hindernis mehr.

Nun galt es, das erworbene Grundstück umzuplanen und das Maximum an bebaubarer Nutzfläche herauszuholen. Auf diesem Gebiet war Frank Purwitz ein erfahrener Fachmann, dem man nichts vormachen konnte. So gesehen, machten sich für Marc Miller die höheren Finanzierungskosten durch das professionelle Knowhow seines Freundes doch bezahlt.

Frank Purwitz legt sich mit Sergej an

Fast zeitgleich diskutierten Sergej Petrov und Lukas Weihmann in einer Business-Lounge am Frankfurter Flughafen über die akuten Probleme auf ihrer Großbaustelle. Der erfahrene Immobilienprofi hatte vor Kurzem seinem Geschäftsfreund die großflächige Sportanlage bei Gießen vermittelt und war jetzt für die Projektentwicklung des Fußballinternats verantwortlich.

Sein Auftraggeber war aktuell über den Stand der Dinge unzufrieden und vor allem über die erheblichen Verzögerungen im abgestimmten Zeitplan verärgert. Da die erforderlichen Genehmigungen der Behörden für die umfangreichen Baumaßnahmen frühzeitig vorlagen und alle Rechnungen weit vor der vertraglichen Zahlungsfrist bezahlt wurden, fehlte ihm jedes Verständnis für den schleppenden Verlauf der Arbeiten. Zudem lagen die bisherigen Kosten weit über dem Budget.

»Lukas, hat unser Architekt die Sache nicht im Griff oder warum kommen wir nicht voran? Ich verstehe nicht, weshalb unsere Planung nicht eingehalten wird und akzeptiere keine Verschiebung der gemeinsam festgelegten Termine. Das angekündigte Eröffnungsdatum steht und ist unbedingt einzuhalten. Branko Smirdan hat bereits alle Internatsplätze mit vielversprechenden Talenten aus ganz Europa belegt.

Im Gegensatz zu den verantwortlichen Baufirmen, stehe ich zu meinen vertraglichen Zusagen und werde jetzt bestimmt nicht die Eltern enttäuschen, die uns ihre Sprösslinge anvertrauen. Da gibt es kein Wenn und Aber. Also, was schlägst Du vor, wie können wir die verlorene Zeit wieder aufholen?«

Lukas Weihmann wusste genau, was jetzt im Kopf seines unerbittlichen Bekannten vorging. Er kannte Sergej Petrov als einen fairen und verlässlichen Geschäftsmann, der allerdings dann höchst unangenehm werden konnte, wenn sich seine Vertragspartner nicht an getroffene Vereinbarungen hielten. Das war hier eindeutig der Fall. Natürlich kannte der erfolgreiche Makler die Gründe für die Verzögerungen auf ihrer großflächigen Baustelle, aber ohne eine angemessene Intervention des Auftraggebers würde sich das Problem wohl kurzfristig nicht lösen lassen. Bevor er die Situation erklären konnte, fuhr der Russe fort.

»Ich habe deinem Vorschlag zugestimmt, dass wir ohne der üblichen Ausschreibung die besten und somit auch teuersten Firmen nehmen. Für diesen Mehrpreis erwarte ich nicht nur eine erstklassige Arbeitsqualität, sondern vor allem auch die zuverlässige Einhaltung der zugesagten Termine. Was hier passiert, ist geschäftsschädigend und absolut respektlos. Das lasse ich mir gewiss nicht gefallen. Also, wer macht uns diese Schwierigkeiten und wie kann ich möglicherweise helfen?«

Lukas Weihmann erklärte seinem Auftraggeber die Situation. Verantwortlich für die erheblichen Verzögerungen war das für den Rohbau verantwortliche Unternehmen, das bereits kurz nach Arbeitsbeginn wieder einen großen Teil der Mitarbeiter für ein anderes Bauvorhaben abgezogen hatte. Damit brach der gesamte Zeitplan zusammen, da alle anderen Gewerke dadurch blockiert waren und ihre Einsätze notgedrungen zurückstellen mussten.«

Sergej Petrov war verwundert.

»Willst Du mir damit sagen, dass diese Firma den mit uns vereinbarten Vertrag mutwillig für einen anderen Auftrag verletzt?«

Der Projektleiter nickte. »Ja, und zwar auf Anweisung von ganz oben. Die Firma hatte vor einiger Zeit wirtschaftliche Probleme und wurde zu einem großen Teil von einem Frankfurter Immobilien-Großbesitzer übernommen, der somit über einen eigenen Dienstleister für seine Projekte verfügt. Damit erspart er sich Wartezeiten und Kosten.

Inzwischen ist er Mehrheitseigentümer und greift immer wieder ins operative Tagesgeschäft ein. Wie ich hörte, hat er unsere Truppe für irgendwelche Arbeiten an seinen eigenen Häusern abgezogen. Angeblich würden die Leute in spätestens zwei Wochen wieder bei uns sein, aber selbst, wenn, glaube ich nicht, dass wir die verlorene Zeit aufholen können.«

Der Russe war außer sich; auf seinen Wangen bildeten sich rötliche Flecken und seine Augen funkelten. »Lukas, wie heißt dieser Besitzer und kannst Du mir bitte seine Kontaktdaten geben? Wir sollten ihn schnell zur Rede stellen.«

Diese Reaktion hatte Lukas Weihmann erwartet und für seinem Kunden vorsorglich die wichtigsten Informationen über das Unternehmen und seine Inhaber auf ein Blatt ausgedruckt.

»Bei dem besagten Gesellschafter handelt es sich um einen sehr vermögenden Mann. Vor etlichen Jahren gab es um ihn einen öffentlichen Riesenskandal wegen Pädophilie. Er war aufgeflogen, nachdem man zufällig seinen Laptop mit zahlreichen Links zu kinderpornographischen Webseiten fand. Darüber haben alle Medien in dieser Stadt wiederholt berichtet. Seither lebt er sehr zurückgezogen und lässt sich in der Frankfurter Gesellschaft kaum noch sehen.«

Sergej Petrov war zugleich angewidert und zornig. »Wo finde ich diesen elenden Kinderficker? Ich rufe jetzt gleich Patrick in London an. Er wird sich ins nächste Flugzeug setzen und so lange hierbleiben, bis das Problem in unserem Sinn gelöst ist. Patrick, der eigentlich Piotr heißt, arbeitet für mich und ist genau der richtige Mann für delikate Aufgaben. Er kann sehr beharrlich und überzeugend sein. Du wirst sehen, wie schnell diese Leute wieder ihre Arbeit bei uns aufnehmen werden.«

Lukas Weihmann fragte sich, wie und womit dieser Mann wohl den Hauptbesitzer der Rohbaufirma davon überzeugen würde, ihre Leute wieder von den Arbeiten an seinen Objekten abzuziehen. Dabei musste er an den vielzitierten Satz aus dem Film Der Pate denken: *„Ich habe ihm ein Angebot gemacht, das er nicht ablehnen konnte."*

Beide Männer konnten in diesem Moment nicht wissen, dass der Verantwortliche ihrer Schwierigkeiten zur selben Stunde fröhlich auf Ibiza weilte. Gemeinsam mit Marc Miller feierte Frank Purwitz den erfolgreichen Kaufabschluss ihres neuen Anwesens auf der Baleareninsel. Dass er währenddessen im heimischen Frankfurt als Problemverursacher eines fremden Immobilien-projektes identifiziert wurde, konnte er ebenfalls nicht ahnen. Auch wusste er noch nichts um die gefährlichen Risiken, wenn man einem Mann wie Sergej Petrov in die Quere kommen würde.

Als Patrick alias Piotr am nächsten Tag in Frankfurt landete, war er bereits umfassend über Frank Purwitz informiert. Nach eigenen Recherchen im Internet und zwei Telefonaten mit einem britischen Journalisten, der sich bei befreundeten Kollegen in Deutschland über den schwerreichen Immobilienmogul erkundigte, hatte er bereits eine klare Vorstellung darüber, wie er diesen öffentlichkeitsscheuen Herrn Purwitz anpacken würde.

Zunächst versuchte er es telefonisch, um ein kurzfristiges Treffen zu verabreden. Dabei gab er sich bei der Sekretärin des Frankfurter Geschäftsmannes als enger Schulfreund aus, der jetzt in England lebt. Ohne den geringsten Argwohn erzählte die gutgläubige Frau dem höflichen Anrufer, dass ihr Chef zur Zeit geschäftlich auf Ibiza sei. Sie habe ihm allerdings einen Rückflug gebucht und er würde am Abend aus Palma de Mallorca in Frankfurt landen.

Minuten später hatte Patrick alle möglichen Verbindungen online geprüft. Vermutlich würde Frank Purwitz mit der Lufthansa um 20:25 Uhr ankommen. Er entschloss sich, ihn direkt bei Ankunft am Flughafen in Empfang zu nehmen. Das würde seinen Auftrag verkürzen und er könnte dann gleich am nächsten Morgen wieder nach Hause fliegen.

Die rechte und gelegentlich auch eiserne Hand von Sergej Petrov war sich sicher, das Problem in wenigen Minuten lösen zu können. Sein erwarteter Gesprächspartner war aufgrund seiner schändlichen Vorgeschichte bestimmt nicht daran interessiert, erneut Mittelpunkt von negativen Berichten in den Medien zu werden. Dabei würde man sicher auch seine skandalöse Vorgeschichte wieder ausgraben, die sein Leben grundlegend verändert hatte.

Bereits eine knappe Stunde vor der planmäßigen Landung setzte das Taxi den ursprünglich aus Moskau stammenden Wahlbriten vor dem Terminal ab. Die Maschine dockte pünktlich an der Fluggastbrücke vom Gate A 24 an. Patrick schaute noch einmal auf das Foto des Mannes, den er in wenigen Minuten überraschen würde. Irgendwie freute er sich auf den Schrecken, den er mit seinem unerwarteten Auftritt bei ihm auslösen würde. Beim Gedanken an die pädophilen Neigungen des unrühmlichen Geschäftsmannes empfand er tiefe Verachtung.

Gut zwei Stunden später saß Frank Purwitz in seinem Wohnzimmer mit einer halbleeren Flasche Hennessy auf dem Tisch. Noch immer war er von der Konfrontation mit dem Fremden unmittelbar nach seiner Ankunft am Flughafen verstört und hatte zur Beruhigung schon einige Gläser Cognac gekippt.

Mehrfach versuchte er, Marc Miller zu erreichen, der fast zeitgleich mit ihm aus Ibiza in die Schweiz zurückgeflogen war. Sein Freund war nicht erreichbar und schließlich stotterte er ihm eine Nachricht auf die Mailbox, in der er um dringenden Rückruf bat. Als sein Handy dann endlich nach einer Stunde klingelte, war Frank Purwitz bereits leicht angetrunken. Seine Stimme war etwas tiefer als sonst und der Anrufer hatte einige Probleme, seinen aufgeregten Freund zu verstehen.

»Marc, ich bin am Flughafen von einem fremden Mann bedroht worden. Er sprach Englisch mit einem osteuropäischen Akzent und stellte sich als Mitarbeiter von einem Sergej Petrov vor. Ich wusste erst überhaupt nicht, was er von mir wollte, und hielt das Ganze für ein Irrtum.«

Marc Miller stellte sich unwissend. Dass er den Russen mit Wohnsitz in London kannte, verschwieg er. Frank Purwitz nahm einen kräftigen Schluck und berichtete von dem unerfreulichen Gespräch am Gate. Dabei ging es um eine Sportanlage in der Nähe von Gießen, auf der dieser Herr Petrov ein Fußballinternat gründen will.

»Jetzt macht er mich dafür verantwortlich, dass sie den Eröffnungstermin nicht einhalten können. Da ich Probleme auf einer eigenen Baustelle habe, musste ich die Arbeiter meiner Rohbaufirma für ein paar Tage abziehen. Ich habe versucht, dem Mann die Situation zu erklären, aber er hat mir noch nicht einmal zugehört. Als ich aufstehen wollte, hat er mich wieder auf die Sitzbank gedrückt und mir ein paar Nacktfotos von Kindern auf seinem iPad gezeigt, bei denen mir schlecht wurde. Dann hat er mir unmissverständlich gedroht, mich in der Presse für die Verzögerungen auf der Baustelle persönlich verantwortlich zu machen. Marc, das kann ich mir mit meiner Vorgeschichte nicht leisten. In diesem Zusammenhang würden die Medien bestimmt über meine Vergangenheit schreiben.«

Gleich am nächsten Morgen telefonierte Frank Purwitz bereits um sechs Uhr mit dem erstaunten Einsatzleiter seiner Rohbaufirma. Er wies ihn ausdrücklich an, die Arbeiten unverzüglich mit einer verstärkten Mannschaft bei diesem wichtigen Kunden fortzusetzen, damit die verlorene Zeit unbedingt wieder gutgemacht werden konnte. Nach dem beängstigenden Treffen mit Patrick, würde er es nie wieder wagen, diesen Sergej Petrov noch einmal zu verärgern.

Sturz in den Tod

Er lag auf dem Bett und war nur mit einem hell-
blauen T-Shirt bekleidet, das ihm seine neue Freundin
geschenkt hatte. Campari genoss die sanfte Beinmas-
sage der feinfühligen Spanierin, die er kürzlich im
Hospital Can Misses auf Ibiza kennengelernt hatte.

Als er wochenlang schwer verletzt in der Klinik lag,
waren sie sich näher gekommen. Zunächst tat ihr der
hilflose und leidende Mann nur leid. Brutale Schläger
hatten ihn übel zugerichtet; er wurde mit gebroche-
nem Kiefer und zertrümmerter Kniescheibe in die
Notaufnahme gebracht. Viel mehr über ihn wusste
die ursprünglich aus Bilbao stammende Frau nicht.
Sie war weder verheiratet noch hatte sie Kinder.

Seit über zwanzig Jahren lebte sie auf der Insel und
arbeitete als Physiotherapeutin in der Reha-Abteilung
des Krankenhauses. Hier behandelte sie auch das lä-
dierte Knie des Österreichers. Obwohl er keine Versi-
cherung hatte und die erheblichen Behandlungskos-
ten noch ungeklärt war, setzten die Ärzte alle medizinisch erforderlichen Maßnahmen fort. Die österreichische Vertretung auf den Balearen hatte der Klinik-
leitung zugesagt, sich um die Regelung der Ansprüche
zu kümmern und den Patienten so schnell wie möglich nach Wien zu überführen.

So landete Maximilian Redler in den heilenden
Händen von Mirella, die diesen trotz seiner großen
Schmerzen oft lustigen Kerl sehr schnell in ihr Herz
schloss. Anfangs empfand sie für den erheblich jüngeren Mann nur fürsorgliche Zuneigung. Dann nahm
sie aber auch mehr und mehr sein eindeutiges Interes-

se an sie als Frau wahr und genoss seinen Wiener Charme.

Er weckte in ihr Gefühle, die sie seit längerer Zeit nicht mehr empfunden hatte. Mittlerweile war sie über Sechzig, aber sie wirkte erheblich jünger. Mirella ernährte sich gesund, rauchte nicht und trank so gut wie keinen Alkohol. Mit knapp 1,60 Meter war sie recht klein und hatte eine frauliche Figur mit breiten Hüften, kräftigen Beinen und einem üppigen Busen. Ihre Gesichtshaut war nahezu faltenfrei. Das goldfarbene Haar verdeckte teilweise ihre Stirn und war hinten zu einem voluminösen Pferdeschwanz gebunden.

Die feinfühlige Frau hatte regelrechte Zauberhände, die bei ihren Patienten therapeutische Wunder vollbrachten. Bei Campari bewirkten sie zudem sexuelle Höhepunkte, wie er sie in dieser Zärtlichkeit und Intensität noch nicht erlebt hatte. Das eigene Verlangen nach körperlicher Liebe konnte ihr der neue Partner gleichwohl nicht erfüllen. Auch deshalb führte die attraktive Therapeutin das leidenschaftliche Verhältnis mit einem verheirateten Oberarzt fort, mit dem sie sich regelmäßig in seinem Dienstzimmer traf.

Fast einen Monat nach seiner Einlieferung wurde Campari aus der Klinik entlassen. Allerdings konnte er nur mühsam mit Hilfe eines Stocks gehen und musste alle paar Stunden starke Schmerzmittel schlucken, um die heftigen Kniebeschwerden ertragen zu können. Mit großer Erleichterung nahm er die Einladung von Mirella an, bei ihr wohnen zu können.

Die Physiotherapeutin arbeitete fünf Tage die Woche. Während ihrer Abwesenheit blieb er meistens zuhause und verbrachte viele Stunden mit Videospielen am Fernsehbildschirm. Er scheute die Öffentlichkeit und litt unter seiner erheblich eingeschränkten Bewegungsfähigkeit. Nichts zog ihn mehr in die einschlägigen Cafés und Bars, in denen er zuvor täglich verkehrte und sich bei entsprechendem Alkoholpegel groß aufspielte.

Er hatte inzwischen panische Angst vor den gefährlichen Tschetschenen, denen er mit seiner Dealerei geschäftlich in die Quere gekommen war. Ein Bandenmitglied wollte ihn sogar umbringen, nachdem er im Suff seine Freundin angemacht und beleidigt hatte. Die Frau wollte von ihm nichts wissen und hatte ihren Begleiter herbeigerufen.

Mirella konnte sich nicht erklären, weshalb die unbekannten Männer so brutal über ihn hergefallen waren. Dafür musste es doch einen Grund geben. Aber Campari wich ihren wiederholten Fragen immer wieder aus und wollte partout nicht über sein traumatisches Erlebnis sprechen.

Dass der oft betrunkene Österreicher Drogen in der Partyszene auf Ibiza verkaufte und sich dabei die alteingesessene Konkurrenz zum Feind gemacht hatte, erfuhr sie Wochen später durch eine zufällige Begegnung mit einem fremden Mann auf dem Parkplatz des Krankenhauses. Der Unbekannte, Inhaber einer kleinen Detektei im Palma de Mallorca, bat sie um ein persönliches Gespräch in einer wichtigen Angelegenheit. Es würde um ihren neuen Lebenspartner gehen. Mirella war neugierig und schlug vor, sich in der Klinikkantine weiter zu unterhalten. Der Fremde stimmte zu. Minuten später hatten sie einen diskreten Tisch gefunden und sie konnte es kaum erwarten, mehr über ihren geheimnisvollen Freund zu erfahren.

Höflich entschuldigte sich der Detektiv dafür, ihr draußen aufgelauert zu haben. Er sprach mit leiser Stimme. »Ich habe Sie wohl etwas erschrocken, als ich plötzlich vor Ihnen stand. Ein Auftraggeber in Wien hat mich gebeten, persönlich Kontakt zu Ihnen aufzunehmen. Er ist ein alter Freund von Maximilian Redler und hat kürzlich erfahren, was ihm hier zugestoßen ist. Die Beiden hatten in der letzten Zeit wenig Kontakt, da Maximilian wohl aus geschäftlichen Gründen jetzt auf Ibiza lebt. Soweit wir wissen, ist er hier allerdings in den Drogenhandel eingestiegen und dabei wohl an die falschen Leute geraten. Ich erspare Ihnen die näheren Einzelheiten.« Auch erzählte er nichts über seinen wirklichen Auftraggeber und verschwieg ebenso das Ziel seiner Mission.

Bei dem besagten Freund in Wien handelte es sich um den Drogenbaron, der über Nathan Kontakt zu ihm aufnahm. Sie besprachen das Anliegen telefonisch. Der Detektiv sollte sich mit äußerster Diskretion nach einem Maximilian Redler erkundigen, der auf Ibiza zusammengeschlagen worden war und schwer verletzt im Hospital Can Misses lag. Sie vereinbarten ein großzügiges Honorar, das im Voraus per Echtzeitüberweisung bezahlt wurde. Eine Woche später schickte der Ermittler seinen ausführlichen Bericht, der auch einige Informationen über die Organisation enthielt, mit der sich der Österreicher angelegt hatte.

Die geplante Überführung nach Wien war im letzten Moment abgesagt worden, weil der Mann nach seiner bevorstehenden Entlassung lieber bei seiner Physiotherapeutin auf Ibiza wohnen wollte. Nach Rücksprache mit dem Drogenbaron hatte Nathan ihn dann beauftragt, die Frau ausfindig zu machen und zu kontaktieren. Bei dem Treffen sollte er ihr als Dank für ihre fürsorgliche Hilfe 5.000 Euro übergeben.

Der Drogenbaron hoffte, somit diesen lästigen Campari endgültig los zu werden. Nach dem folgenschweren Streit mit den ortsansässigen Dealern, würde er seine große Klappe gewiss nicht mehr so aufreißen und sich vielleicht in der einschlägigen Szene gar nicht mehr blicken lassen. Die tschetschenische Bande war im Streit mit Konkurrenten und Störenfrieden bekanntlich nicht sehr zimperlich.

Zum Glück hatten die polizeilichen Ermittlungen nach dem Überfall auf Campari nicht zu ihm nach Wien geführt; offenbar hatten sie bislang keine Ahnung von ihrer Verbindung. Um das weitere Risiko für die befürchtete Aufdeckung ihrer geschäftlich indirekten Beziehung zu umgehen, entschloss sich der Drogenbaron zur finanziellen Subvention des Paares. Solange der unbeherrschte Quatschkopf bei seiner neuen Freundin leben und versorgt sein würde, müssten sich der Drogenbaron und Nathan darüber wohl relativ wenig Sorgen machen.

Als Mirella den recht dicken Briefumschlag öffnete, war sie ebenso überrascht wie irritiert. Er enthielt ein beachtliches Bündel an 100-Euro-Noten. Sie zählte die fünfzig Scheine später im Auto und war über die große Summe sehr erstaunt.

Einerseits wusste sie nicht, ob es sich möglicherweise um schmutziges Geld handelte, andererseits konnte sie es aber gut gebrauchen. Der neue Mann an ihrer Seite war auch eine erhebliche Kostenbelastung, da er so gut wie mittellos war. Sie verdiente zwar ordentlich, aber auf Dauer keineswegs genug für einen zweiköpfigen Haushalt. Und so wie es aussah, würde ihr Partner in absehbarer Zeit kein eigenes Einkommen haben.

Langfristig könnte sie unmöglich alle Ausgaben allein tragen. Auch darüber hatte sie sich schon öfter Gedanken gemacht, die sie dann aber immer wieder verdrängte. Mit der unerwarteten Zuwendung des Freundes in Wien wurde ihr das Problem erneut bewusst. Dabei wunderte sie sich, weshalb dieser Gönner denn nicht selbst nach Ibiza gekommen war, wenn er so gut mit Maximilian befreundet war. Irgendetwas stimmte hier nicht. Sie behielt ihre Bedenken für sich und steckte den Umschlag in ihre Handtasche.

»Im Namen von Maximilian nehme ich diese großzügige Unterstützung an. Er wird sich sicher darüber sehr freuen und sich noch persönlich bei seinem Freund bedanken. Mögen Sie mir den Namen des Mannes nennen?«

Lächelnd schüttelte der Detektiv seinen Kopf. »Ich bin gebeten worden, diese Frage nicht zu beantworten. Es handelt sich wie gesagt um einen alten Freund von Herrn Redler, der aus mir nicht bekannten Gründen gern im Hintergrund bleiben würde. Deshalb würde ich Ihnen auch raten, Ihren Partner am besten nichts von unserem Treffen zu erzählen. Meinem Auftraggeber geht es darum, Sie persönlich für Ihre Ausgaben zu entschädigen. In der Klinik müssen Sie ja gewiss viel mehr leisten als Sie bestimmt verdienen. Notieren Sie sich bitte meine Handynummer und rufen Sie mich jederzeit gern an, wenn Sie irgendetwas benötigen. Mein Kunde möchte Ihnen helfen und auch weiterhin wenigstens anteilig für die Lebenskosten seines Freundes aufkommen.«

Unmittelbar nach dem Gespräch rief der Detektiv bei Nathan in Wien an und berichtete im Detail über das Treffen. Auch versprach er, das Paar in den Augen zu behalten und sich bei neuen Informationen wieder umgehend zu melden. Für ihn war es ein lohnender Auftrag, für den er vergleichsweise sehr gut honoriert wurde. Zu diesem Zeitpunkt konnte er noch nicht ahnen, dass sich das Problem Campari sehr bald von allein auf unerwartete Art und Weise lösen würde.

Die Urnenbestattung von Maximilian Redler fand nur wenige Wochen später auf hoher See vor Ibiza statt. Einziger Trauergast an Bord des kleinen Schiffes war Mirella, die schweigend auf das ruhige Meer blickte und die pulverisierten Überreste von Campari über das glitzernde Wasser verstreute.

Dabei ließ die Physiotherapeutin noch einmal ihre kurze Beziehung mit dem Österreicher Revue passieren. Nachdem er sich wochenlang nur mühsam von den folgenschweren Verletzungen nach dem nächtlichen Überfall in Ibiza-Stadt erholte und nach seiner Entlassung aus der Klinik zu ihr gezogen war, begann Maximilian Redler schon bald wieder mit der Trinkerei.

Während ihrer täglichen Arbeit blieb er fast immer in der kleinen Wohnung in der dritten Etage eines alten Gebäudes. Er hatte nicht nur Angst vor einer neuen Begegnung mit seinen Peinigern, sondern scheute auch die schmalen Treppen. Sie bereiteten ihm sowohl beim Runter- wie auch Raufgehen erhebliche Schmerzen.

Da er so gut wie nie ein Buch in die Hand nahm und auch aufgrund seiner fehlenden Sprachkenntnisse kaum spanisches Fernsehen schaute, wurde ihm schnell langweilig. Einsam und frustriert griff er heimlich immer mehr zur Flasche. Mittlerweile war er auf hochkarätigere Getränke umgestiegen, die ihm von einem kleinen Geschäft am Straßenende nach Hause gebracht wurden. Mirella war dort Stammkundin und bezahlte ihre Einkäufe jeweils am Monatsende.

Wie schon in seinem tragischen Vorleben wurde ihm der Alkohol einmal mehr zum Verhängnis. Als er sich an einem Vormittag betrunken auf das Fenstergeländer im Wohnzimmer setzen wollte, verlor er das Gleichgewicht und stürzte aus fast fünfzehn Meter Höhe auf die Straße. Sein Kopf schlug hart auf den Asphalt und schnell bildete sich eine große Blutlache auf dem Pflaster.

Obwohl die schockierten Passanten sofort per Notruf den Rettungsdienst alarmierten und er sehr schnell in die Notaufnahme des Hospital Can Misses transportiert werden konnte, erlag der bewusstlose Campari seinen schweren Verletzungen unmittelbar nach seiner Einlieferung. Die Ärzte konnten nichts mehr für ihn tun.

Mirella erfuhr vom tragischen Tod ihres Partners während einer Therapiestunde in der Klinik. Nach ihrem Dienst erkundigte sie sich bei den Notärzten nach den Einzelheiten des tödlichen Unfalls. Campari hatte einen komplizierten Schädelbasisbruch und zahlreiche innere Verletzungen erlitten. Nach neurologischen Prognosen hätte er bestenfalls mit bleibenden Schäden überlebt und wäre für den Rest seines Lebens ein Pflegefall geworden. So leid er ihr tat, war sie jetzt doch dankbar, dass ihr diese Aufgabe erspart blieb.

Als sie nach Hause kam, war das besagte Fenster
noch immer geöffnet. Am Abend telefonierte sie mit
dem Detektiv auf Mallorca, der die traurige Nachricht
sofort an den Freund in Wien weiterleiten und dann
wieder bei ihr melden wollte. Zwei Tage später trafen
sie sich erneut in der Klinikkantine.

Der Mann drückte ihr erneut einen Umschlag mit
5.000 Euro in die Hand und bat Mirella im Namen
des Freundes, sich um das Begräbnis ihres verunglück-
ten Partners zu kümmern.

»Herr Redler war wohl allein und hatte keinerlei
Kontakt zu seiner geschiedenen Frau und Tochter, die
jetzt in Graz leben. Weitere Angehörige sind uns nicht
bekannt. Mein Auftraggeber richtet Ihnen sein auf-
richtiges Beileid aus und wäre Ihnen höchst verbunden, wenn Sie die nötigen Formalitäten übernehmen
und sein Begräbnis hier auf Ibiza arrangieren könnten.
Natürlich kommt er für alle Kosten auf.«

Mirella versprach, noch am selben Tag einen Be-
statter zu beauftragen.

Wenngleich der Drogenbaron durchaus menschli-
ches Mitleid für den unglückseligen Campari empfand, so musste er sich anderseits eingestehen, die
überraschende Nachricht von seinem plötzlichen Tod
mit einer gewissen Erleichterung aufgenommen zu
haben. Ihre geschäftliche Verbindung hatte ihm viele
Probleme, unnötige Kosten und erhebliche Sorgen
eingebracht. Bis zuletzt musste er befürchten, dass die
Ermittlungen der Polizei auf Ibiza zu ihm führen
könnten.

Marc Miller erfuhr vom tragischen Ende seines
einst vertrauten Freundes erst Wochen später auf einem Event. Er hatte keinen Kontakt mehr zu ihm, seit

dieser hilflos im Krankenhaus lag und ihm nicht mehr nützlich sein konnte. Dass seine sterblichen Überreste in der Meeresbucht bestattet worden waren, die er von seinem zwischenzeitlich erworbenen Anwesen im Ausblick hatte, ahnte er nicht.

Eine glanzvolle Premiere

Sergej Petrov war sehr überrascht, als er den Namen Marc Miller auf seiner Gästeliste zur Eröffnungsfeier des Alexander Petrov Fußball-College entdeckte. Er selbst hatte ihn nicht eingeladen und fragte sich, über wen und in welcher Funktion der Geschäftsmann aus Zürich angemeldet worden war. Bestimmt wollte der umtriebige Investor mal wieder einen interessanten Event dafür nutzen, neue Beziehungen zu knüpfen.

Prominenz und Geld hatten auf den gierigen Wahlschweizer eine geradezu magnetische Wirkung. Ihr persönlicher Kontakt war seit dem letzten Treffen beim Planungsgespräch für das Fußballinternat im Frankfurter Hof eingeschlafen. Marc Miller hatte ihn zwar mit dem Journalisten Gregor Stanlawski zusammengebracht, selbst aber nicht das geringste Interesse für sein Projekt zur Förderung talentierter Jugendlicher gezeigt. Daher hatte er hier auch nichts zu suchen.

Dass ihr Projekt so schnell realisiert werden konnte, war besonders auch den erstklassigen Verbindungen von Branko Smirdan zu verdanken. Der international angesehene Spielervermittler hatte im Handumdrehen begehrte Nachwuchsspieler aus ganz Europa für das jetzt fertiggestellte Internat verpflichten können.

Die aufwendigen Neu- und Umbauten sowie Ausstattungen und Einrichtungen hatten inzwischen einen zweistelligen Millionenbetrag verschlungen, den der Oligarch von seinem milliardenschweren Vermögen finanzierte. Damit hatte er seinem Vater Alexander als Namensgeber des neuartigen Sportzentrums ein persönliches Denkmal gesetzt. Das allein war ihm diese große Investition wert; der knallharte Geschäftsmann war zugleich ein liebevoller Sohn. Und für seinen Papa gab es aber auch gar nichts, was für ihn zu teuer oder mühsam wäre.

Dabei musste er mal wieder an die ihm befremdliche Kälte und Respektlosigkeit von Marc Miller gegenüber den eigenen Eltern denken. In dieser Beziehung war er das krasse Gegenteil von ihm. Sergej Petrov wollte auch deswegen mit diesem Narzissten nichts mehr zu tun haben; nicht geschäftlich und noch weniger privat. Sofern sie sich auf der Veranstaltung sehen sollten, würde er ihn höflich begrüßen und ihm dabei unmissverständlich die kalte Schulter zeigen. Er hätte ohnehin kaum Zeit für tiefergehende Gespräche, denn sie erwarteten morgen Abend fast fünfhundert Gäste in dem großen Festzelt auf dem Trainingsplatz ihrer modernen Fußballschule.

In der Bundesliga hatten die umfangreichen Presseberichte über das Engagement des Russen mit Wohnsitz in London für einige Unruhe gesorgt. Auch in den Verbänden des Profifußballs gab es viele Spekulationen über die möglichen Auswirkungen der neuen Institution. Anders als bei der Nachwuchsförderung in den großen Proficlubs, entstand erstmals ein externes und unabhängiges Fußballinternat für ungebundene Talente.

Die Branche rätselte über die Motive von Sergej Petrov, der sein Geld doch mit ganz anderen Geschäften machte. Würde er nun auch groß in den Profi-Fußball einsteigen und demnächst möglicherweise sogar einen ganzen Club kaufen? So wie der Oligarch

Roman Abramowitsch, der sich 2003 mit dem Erwerb des Londoner Traditionsverein FC Chelsea in die English Premier League einkaufte.

In Deutschland waren russische und arabische Geldgeber bislang lediglich vereinzelt als Sponsoren aufgetreten. Trotzdem bewerteten Manager, Funktionäre und Agenturen die Gründung eines solchen Fußballinternats als eine neue und beunruhigende Dimension. Der schwerreiche Exilrusse war zwar ein Neuling in diesem Geschäft, aber er verfügte über nahezu unerschöpfliche Mittel, die ihm quasi alles ermöglichten.

Er konnte sich die kostenaufwendige Ausbildung der verpflichteten Jugendlichen problemlos leisten und war nicht auf eine unmittelbare Rentabilität angewiesen. Dabei stand ihm mit Branko Smirdan ein exzellenter Fachmann zur Seite. Der erfahrene Kroate galt als höchst professionell und seriös. Er verfügte über ausgezeichnete Kontakte in die Chefetagen der meisten Bundesligaclubs. Als etablierter Spielervermittler hatte er schon sehr oft seinen ausgezeichneten Riecher für Talente bewiesen und eine Reihe von Nachwuchsspielern zu erfolgreichen Profikarrieren verholfen. Er unterhielt ein weites Netzwerk von Spähern, die vielversprechende Jugendliche im europäischen Amateurfußball beobachteten und von Branko Smirdan für gute Tipps großzügig honoriert wurden.

Nach Übernahme der Geschäftsführung für das Alexander Petrov Fußball-College hatte der eifrige Spielervermittler kurzfristig einen kompletten Trainerstab unter Leitung eines bekannten Fußballlehrers aus Frankreich verpflichtet. Ebenso beeindruckte er seinen Auftraggeber mit der unerwartet schnellen

Vermarktung der zwanzig verfügbaren Ausbildungsplätze. Damit war das Internat bereits Wochen vor seiner Eröffnung ausgebucht.

Marc Miller fuhr gemeinsam mit Frank Purwitz zur großen Eröffnungsfeier des Fußballinternats in die Nähe von Gießen. Der Immobilienbesitzer und Inhaber der Rohbaufirma hatte nach beharrlichem Drängen seines Freundes schließlich widerwillig zugesagt, da er sich inmitten vieler Menschen unwohl fühlte. Er musste damit rechnen, dass die Zeitungen ihn als Teilnehmer des Events nennen könnten und vielleicht sogar seinen alten Skandal erwähnen würden. Ihm schauderte bei diesem Gedanken.

Noch mehr fürchtete er ein persönliches Zusammentreffen mit Sergej Petrov. Er war immer noch von der unangenehmen Begegnung mit dem Fremden am Frankfurter Flughafen eingeschüchtert. Der Mann hatte ihn im Auftrag des Russen mit entsprechenden Pressemitteilungen bedroht, sofern seine Rohbaufirma nicht unverzüglich die ausgesetzten Arbeiten am Internat wieder aufnehmen würde. Jetzt hatte er beklemmende Angst davor, diesem skrupellosen Bauherrn persönlich zu begegnen, obgleich er den Auftrag dann doch pünktlich und ohne weitere Beanstandungen erfüllt hatte. Während Marc Miller fast die ganze Zeit im Festzelt herumlief, hielt sich Frank Purwitz bewusst am Rande des Geschehens auf. Immer wieder schaute er auf seine Uhr und konnte es kaum erwarten, möglichst unentdeckt das Feld wieder räumen zu können. Er war innerlich so unruhig, dass er keinen Tropfen Alkohol anrührte und gelegentlich nur einen Schluck Wasser zu sich nahm.

Auch blieb er dem bedrängten Buffet eines bekannten österreichischen Caterers fern. Nervös blickte er sich um und suchte seinen Freund. Wo war dieser Marc bloß und was hatte er eigentlich hier zu suchen? Fußball war doch nicht sein Thema. Sergej Petrov entdeckte Marc Miller an der Seite von Gregor Stanlawski, der offiziell für das Sportmagazin teilnahm. Dass der Journalist als sein Medienberater involviert war, wusste nur ein kleiner Personenkreis. Zwischenzeitlich hatte der Russe vom Chef seiner Agentur erfahren, dass Marc Miller als Begleiter von Frank Purwitz angemeldet war.

Offensichtlich war der gefühlskalte Koksbruder mit dem pädophilen Alkoholiker persönlich befreundet. Dann wusste er gewiss auch von den Problemen, die es mit seiner Firma während der Bauarbeiten auf der Anlage gab. Sergej Petrov war über sich selbst verärgert und hätte vorher die Gästeliste besser kontrollieren sollen. Da er allen anderen Gewerken und Dienstleistern für ihre gute und pünktliche Arbeit dankbar war, hatte er sie auch zur Eröffnung einladen lassen und dabei nicht mehr an den Ärger mit Frank Purwitz gedacht.

Er selbst kannte ihn persönlich nicht und konnte auf ein Zusammentreffen mit dem Frankfurter gut verzichten. Durch die Vielzahl der Gäste blieb ihm auch die persönliche Begegnung mit Marc Miller erfreulicherweise erspart, den er nur einmal kurz aus der Entfernung an der Seite von Gregor Stanlawski sah. Die meiste Zeit verbrachte Sergej Petrov mit seinem Vater und Branko Smirdan. Das Trio stand besonders auch im Fokus der Pressefotografen. Ihr Hauptmotiv war ein gemeinsames Gruppenfoto mit dem kompletten Trainerstab und allen Mitarbeitern des Internats. Dass er jemals so im Blickpunkt der Öffentlichkeit stehen sollte, hätte sich der auf Diskretion bedachte Geschäftsmann niemals erträumt. Im Gegenteil.

In seinem Business agierte man unauffällig aus der zweiten Linie und scheute jede Art von Aufmerksamkeit. Im bezahlten Fußball war das ganz anders. Hier suchten nicht nur die Spieler, sondern fast mehr noch Manager und Funktionäre das große Rampenlicht. Es kam ihm wie riesiger Jahrmarkt der Eitelkeiten von Wichtigtuern vor, die um mediale Wahrnehmung buhlten. Das war nicht seine Welt.

Während er aufmerksam die Besucher seines Events beobachtete, wuchs sein Respekt für Branko Smirdan. Der Kroate gehörte zwar auch zu dieser Szene, war aber doch in seinem vergleichsweisen leisen Auftritt ganz anders. Wie von ihm vorhergesagt, hatten sich die meisten Vereine der ersten und zweiten Bundesliga größtenteils mit mehreren Personen zu diesem Event angemeldet. Sergej Petrov erinnerte sich an die Worte des cleveren Spielervermittlers, der jetzt Generalmanager seines Fußballinternats war.

»Die astronomischen Preise für Ablösen und Gehälter der Spieler explodieren. Nur die reichen Spitzenclubs in Europa können sich noch die teuren Stars leisten. Diese kleine Gruppe spielt Jahr für Jahr um die Titel in ihrer Liga und in den europäischen Wettbewerben. Wenige Vereine können da finanziell und somit auch sportlich mithalten. Das ist eine europaweite Entwicklung. Ähnlich wie in der Gesellschaft spaltet sich auch der Fußball mehr und mehr zwischen arm und reich.«

Zeit zum Aufhören

Karl-Heinz Mischke hatte mit den Jahren kräftig zugelegt. Er liebte die traditionelle österreichische Küche. Gutes Essen in großen Mengen gehörte für den 61-jährigen Hauptkommissar zu den wenigen Freuden, die er in seinem eintönigen Beamtenleben noch hatte. Obwohl ihn sein besorgter Hausarzt immer wieder zu gesunder Ernährung und regelmäßiger Bewegung aufforderte, ignorierte der schwergewichtige Wiener die Risiken seiner ungesunden Gewohnheiten.

Er konnte den großartigen Kochkünsten seiner Ehefrau Helga nicht widerstehen, die ihn fast täglich kulinarisch verwöhnte. Sie stammte aus einer gastronomischen Familie in Kärnten. Das kinderlose Ehepaar war über dreißig Jahre verheiratet. Fast jeden Mittwoch gingen sie in ein gutbürgerliches Wirtshaus in der Nähe ihrer Wohnung. Karl-Heinz Mischke bestellte sich entweder Kalbsschnitzel mit Kartoffelsalat, Gulasch mit Knödel oder Zwiebelrostbraten mit Bratkartoffeln. Zum Dessert gab es dann je nach Lust und Laune Kaiserschwarm mit Apfelmus oder Topfenstrudel mit Vanillesauce.

Gelegentlich traf er sich auch mit Kevin Albrecht zum Essen, um ihn über das aktuelle Geschehen in der Drogenfahndung zu informieren. Als stellvertretender Leiter dieser Spezialabteilung war er über alle Aktivitäten bestens informiert. Daher konnte er den Drogenbaron immer wieder rechtzeitig warnen und ihn somit vor einem Zugriff der Fahnder schützen.

Nach der letzten Teambesprechung machte er sich ernste Sorgen um seinen Freund. Daher wollte er sich kurzfristig mit den Drogenbaron treffen. Er schickte ihm von seinem privaten Handy eine Kurznachricht mit einem Terminvorschlag. Für Kevin Albrecht war das ein verabredetes Zeichen dafür, dass es ein wichtiges Thema zu bereden gab. Umgehend bestätigte er das Treffen.

Am nächsten Abend trafen sich die beiden Männer im Plützer Bräu am Spittelberg.

»Kevin, ich weiß nicht, wie lange das noch gut geht. Wie ich dir schon sagte, haben wir neue Mitarbeiter, die große Unruhe in die Abteilung bringen. Es sind junge Nachwuchskräfte mit völlig naiven Vorstellungen darüber, wie man erfolgreich gegen kriminelle Drogenbeschaffung vorgehen sollte. Eine besonders ehrgeizige Kollegin hat es auf dich abgesehen. Keine Ahnung, warum sie ausgerechnet dich ins Visier genommen hat. Ich halte mich bei diesen Diskussionen natürlich bedeckt, um ja keinen Verdacht zu erregen.

Allerdings kann ich nicht sagen, wie sich die Dinge in unserer Abteilung weiterhin entwickeln werden. Noch bin ich zwar vor Ort an der Quelle und kann dich über alle Maßnahmen informieren, aber meine Pension rückt immer näher. Ich habe nach fast vierzig Jahren Polizeidienst keine Lust mehr und kann es kaum erwarten, in den Ruhestand zu gehen. Vielleicht solltest auch du darüber nachdenken, dich allmählich aus dem Geschäft zurückzuziehen. Das Risiko wird für dich täglich größer.«

Der Drogenbaron war sich schon seit einiger Zeit darüber im Klaren, dass er allmählich seinen Ausstieg aus der Szene vorbereiten sollte. Er hatte ohnehin geplant, nach Thailand auszuwandern und konnte sich gut vorstellen, sein künftiges Leben in Ko-Samui zu genießen. Ihm gefiel diese beliebte Ferieninsel und hatte schon vor längerer Zeit einen lokalen Makler gebeten, sich für ihn nach einem geeigneten Haus umzusehen.

Nun rückte der Zeitpunkt für eine solche Veränderung immer näher. Unabhängig von der neuen Situation in der Wiener Drogenfahndung musste er das altersbedingte Problem von Raffaela Fernandes lösen, die mit ihren mittlerweile zweiundsiebzig Jahren schon bald nicht mehr die anstrengenden und manchmal riskanten Kurierdienste für ihn übernehmen könnte. Die Portugiesin hatte ihm schon mehrfach erzählt, ihren wohlverdienten Lebensabend in ihrer Heimatstadt Aveiro an der Westküste zwischen Lissabon und Porto verbringen zu wollen.

Nach der langen und vertrauten Zusammenarbeit würde er ihr eine großzügige Abfindung zahlen und auch weiterhin für ihr Wohlbefinden Sorge tragen. Loyalität war ein wichtiger Grundsatz für Kevin Albrecht und er empfand für die Frau ebenso große Dankbarkeit wie persönliche Verantwortung. Raffaela Fernandes hatte fraglos einen maßgebenden Anteil an der Zufriedenheit seiner anspruchsvollen Abnehmer und somit an seinem geschäftlichen Erfolg.

»Ja, Karl-Heinz, Du hast völlig recht. Auch mir ist die Situation völlig klar, es kann so auf Dauer nicht mehr weitergehen. Im Übrigen macht mir persönlich dieses Business schon lange keine Freude mehr. Ich verkehre in einer Welt, die nicht meine ist. Es mag sich für dich komisch anhören, aber ich kann diese Spaßgesellschaft immer weniger ertragen.«

Der Polizist wusste genau, was damit gemeint war. Er mochte Kevin Albrecht, weil er trotz seiner gesetz-

widrigen Aktivitäten von Grund auf ein anständiger
Kerl mit klaren Prinzipien war. Nur deshalb hatte er
sich auch auf das Agreement mit ihm eingelassen. Mit
der Zeit war zwischen ihnen eine echte Freundschaft
entstanden und auch deshalb wollte er ihn vor Unheil
bewahren.

»Du bist ein intelligenter Mann und ich muss dir
die Risiken nicht weiter erklären. Packe deine sieben
Sachen und verschwinde bald. Du hast doch in den
Jahren genug beiseitegelegt, um in Ruhe gut leben zu
können. Kennst Du nicht einen geeigneten Nachfolger, dem Du deinen Laden verkaufen könntest. Dein
Kundenstamm ist doch Gold wert.«

Beim Begriff Laden musste der Drogenbaron innerlich schmunzeln. Sein laufender Warenbestand
benötigte nicht mehr Raum als ein kleiner Koffer,
aber brachte ihm vergleichsweise den mehrfachen
Umsatz eines großflächigen Supermarktes ein. Der
Drogenhandel war ebenso einträglich wie krisensicher
und die große Nachfrage nach seinem Stoff stets höher als die verfügbaren Bestände. Da er in den letzten
Jahren immer größere Mengen in kürzeren Intervallen
bestellt hatte, zählte er zu den besten und zuverlässigsten Abnehmern seines Lieferanten. Er nahm sich vor,
in Kürze mit dem Kontaktmann des russischen Drogenkartells über seine Zukunftspläne und Möglichkeiten eines geeigneten Nachfolgers zu sprechen. Das
nächste Treffen war bereits verabredet, er würde in der
kommenden Woche zu diesem Termin nach Istanbul
fliegen.

Als sich der Drogenbaron auf dem Parkplatz von
Karl-Heinz Mischke verabschiedete, drückte er ihm
einen Umschlag in die Hand. Neben den üblichen

Banknoten enthielt er auch einen Reisegutschein für einen Wochenendtrip nach Venedig.

»Macht euch ein paar schöne Tage in der Lagunenstadt. Das Reisebüro ist im Detail und erwartet deinen Anruf für die Buchungen von Flügen und Hotel.«

Der Beamte hatte eine solche Einladung nicht erwartet und freute sich auf die Reaktion seiner Frau, die sich schon immer eine Reise nach Venedig gewünscht hatte.

Nathan war ebenso berührt wie überrascht. Dass ihn Kevin Albrecht in seine persönlichen Zukunftspläne einweihte, bestätigte ihm die Bedeutung ihrer Freundschaft. Gleichzeitig hatte er nicht damit gerechnet, dass der Drogenbaron bereits aus seinem höchst einträglichen Geschäft aussteigen wollte. Natürlich waren auch ihm die Risiken bewusst, aber Kevin Albrecht hatte es die ganze Zeit bestens verstanden, nicht ins Netz der Drogenfahndung zu geraten. Andererseits konnte er aber sehr gut seinen Wunsch nach einem ruhigen und sorgenfreien Leben nachvollziehen. Da er in seinem Business sehr viel Geld verdiente und viel zurückgelegt hatte, war er für einen wohlhabenden Ruhestand gut versorgt.

»Das eigentliche Problem dabei«, so der Drogenbaron, »ist eine einvernehmliche Nachfolgeregelung, da meine Lieferanten gewiss keine Umsatzverluste in diesem Markt hinnehmen wollen. Die Organisation ist in der Auswahl ihrer Partner sehr anspruchsvoll und konsequent in ihrer Geschäftspolitik. Damit scheiden die meisten Kandidaten in der Branche aus.

Ich war immer Einzelkämpfer und kenne nur wenige Kollegen, die hierfür geeignet wären.«

Nathan hörte aufmerksam zu und hatte eine leise Vorahnung auf das, was gleich kommen würde. »Allerdings könnte ich mir sehr gut vorstellen, dir mein Geschäft zu übergeben. Du bringst alle charakterlichen und persönlichen Voraussetzungen mit. Selbstverständlich würde ich dich entsprechend einarbeiten und den wichtigsten Abnehmern als meinen Nachfolger vorstellen.«

Nathan, der bereits instinktiv mit so einem Vorschlag gerechnet hatte, wusste im ersten Moment nicht, wie er darauf reagieren sollte. Der Handel mit Drogen war überhaupt nicht seine Sache. Allerdings gefiel ihm die Vorstellung, vielleicht schon bald ein vermögender Mann sein zu können, der sich quasi alles leisten könnte.

»Kevin, wie kommst Du denn auf so eine verrückte Idee. Ich verstehe doch gar nichts von deinem Business.«

Der Drogenbaron lächelte. »Musst Du ja zunächst auch nicht. Du bist intelligent und wirst ganz schnell lernen, worauf es wirklich ankommt. Da habe ich nicht die geringsten Zweifel. Allerdings müssen wir uns auf möglicherweise härtere Maßnahmen der Drogenfahndung einstellen. Aber darüber mache ich mir bei dir keine wirklichen Sorgen, da Du auch in dieser Hinsicht einen sehr guten Instinkt hast.«

Die beiden Männer schauten sich an. Kevin Albrecht war auf die Reaktion seines Freundes gespannt. »Selbst wenn dem so wäre, könnte ich mir die Nachfolge nicht leisten. Ich habe kein Kapital. Wovon soll ich denn die Übernahme deines wertvollen Kundenstamms bezahlen?«

Dass Nathan selbst auf diesen Punkt zu sprechen kam, zeigte seinen Sinn für Realität. Dem Drogenbaron waren die finanziell begrenzten Verhältnisse von Nathan bekannt. Auch für dieses Problem hatte er bereits eine Lösung.

»Das regeln wir ganz einfach. Die sogenannte Ablöse finanzierst Du über deine Umsätze. Du zahlst mir für eine bestimmte Laufzeit eine kleine Provision für diese Ablöse. Also einen angemessenen Prozentsatz, der anfangs sehr gering ist und sich progressiv mit deinen Absatzzahlen steigert. Das können wir noch im Detail abstimmen. Wir beide werden uns da bestimmt einig. Denke bitte über meinen Vorschlag nach. Ich sehe meinen Lieferanten bereits nächste Woche und würde dich sehr gern als Nachfolger vorschlagen. Wenn er grundsätzlich einverstanden ist, können wir uns schon bald zu dritt treffen.«

Daniela trifft Marc in Monte Carlo

Daniela Marchese stand hinter dem Tresen ihrer beliebten Trattoria Chez Dani am Boulevard du Larvotto in Monte Carlo. Sie hatte das beliebte Restaurant ihrer Eltern vor fünf Jahren übernommen und es bis vor kurzem gemeinsam mit ihrem Ehemann geführt. Vor drei Monaten lernte ihr Carlo eine vermögende Britin kennen und packte seine sieben Sachen.

Das Paar war seit über zehn Jahren verheiratet. Ihr Wunsch nach Nachwuchs blieb leider unerfüllt. Wie sich bei den medizinischen Untersuchungen herausstellte, war Carlo zeugungsunfähig. Eine künstliche Befruchtung kam für die mittlerweile 42-jährige Italienerin ebenso wenig in Frage wie eine Adoption. Mit der Zeit fand sich das Paar mit ihrem Schicksal ab.

Sie führten inzwischen eine offene Beziehung und hatten abwechselnd außereheliche Liebschaften, die in der Regel jedoch von relativ kurzer Dauer waren. Dieses Mal schien es bei Carlo allerdings ernst zu sein, da er bereits zu seiner neuen Geliebten nach England gezogen war. Die vermögende Frau war Mitte Fünfzig und lebte auf einem großen Landsitz in der Nähe von Birmingham.

Nachdem Daniela das Mutterglück versagt blieb, änderte sie ihre bisherige Lebenseinstellung. So machte ihr die Trennung nicht viel aus. Im Gegenteil, nun fühlte sie sich richtig frei und könnte ein neues Leben beginnen. Sie war überzeugt, schon bald den richtigen Mann zu finden. In ihrem Umfeld gab es ausreichend Gelegenheiten, wobei sie klare Vorstellungen von ihrem künftigen Partner hatte.

Aussehen und Alter waren ihr nicht so wichtig wie Reichtum und Luxus. Sie war seit jeher vom verschwenderischen Leben der Schönen und Reichen fasziniert, die sie häufig in ihrem gut besuchten Restaurant beobachtete. Geld hatte eine fast erotische Wirkung auf sie. Wenn ihr schon der Wunsch nach einem erfüllten Familienleben versagt blieb, wollte sie wenigstens einen finanziellen Wohlstand genießen. Die Riviera und Monaco waren genau das richtige Pflaster für ihr Beuteschema. Die aktive Frau erfüllte in mehrfacher Hinsicht die optischen Ansprüche ihrer Zielgruppe und genoss die interessierten Blicke der Männer.

Sie war recht groß gewachsen, dabei schlank und dennoch fraulich. Ihre leicht sonnengebräunte Haut hatte einen goldenen Schimmer; die blonden Haare waren schulterlang und umrandeten ein hübsches Gesicht mit dezenten Augenfalten und leichten Sommersprossen. Sie verfügte über die sinnliche Ausstrahlung einer reifen Frau, die sich ihrer weiblichen Reize völlig bewusst war. Ob in Jeans mit Sneakern oder in eleganter Abendgarderobe, die äußerst gepflegte Frau verstand es bestens, die Aufmerksamkeit von gut betuchten Herren zu gewinnen, die sich ihre kostspieligen Erwartungen auch leisten konnten.

Marc Miller lernte sie zufällig an einem Abend in ihrem Lokal kennen. Er war in Begleitung eines Stammgastes zum ersten Mal ins Chez Dani gekommen und etwas verstimmt, weil es keine Pizza auf der kleinen Speisekarte fand.

»Bei mir in Zürich, gibt's Pizza in jeder Trattoria.«

Daniela zuckte mit den Achseln. »Bei uns eben nicht. Wir sind eine typisch italienische Trattoria und mein Papa, der dieses kleine Familienunternehmen gegründet hat, wollte kein Pizzabäcker sein. Nach seinem Tod führe ich es in seinem Stil weiter. Darf ich Ihnen alternativ unsere traditionelle Pasta aus dem Parmesanlaib empfehlen?«

Nach kurzer Beratung bestellten die beiden Männer eine geteilte Portion als Vorspeise und zum Hauptgericht Dorade vom Grill. Als Marc Miller die Rechnung mit seiner schwarzen Centurion-Kreditkarte zahlte, legte er seine Visitenkarte dazu. Zwei Stunden später klingelte sein Handy. Es war bereits nach Mitternacht. Am anderen Ende meldete sich Daniela.

»Das Restaurant hat zwar schon geschlossen, aber wenn Sie noch Appetit haben, bringe ich Ihnen gern ein Dessert vorbei. Vielleicht haben Sie Lust auf etwas Süßes?«

Marc Miller ärgerte sich darüber, in der Zwischenzeit bereits mehrere Wodkas getrunken und einige Koksbahnen genommen zu haben. Er war allein auf seinem Hotelzimmer und für unverhoffte Damenbesuche längst nicht mehr in der richtigen Verfassung. Dabei hätte er sich sehr gern mit dieser attraktiven Daniela getroffen; aber leider nicht mehr in der heutigen Nacht.

»Oh, was für eine angenehme Überraschung. Ich hatte sehr gehofft, dass Sie sich melden nach diesem wirklich schönen Abend in Ihrem Lokal. Obwohl es keine Pizza gab. Offen gesagt, gefallen Sie mir sehr und ich möchte Sie unbedingt wiedersehen. Was halten Sie davon, wenn ich morgen noch einmal zu Ihnen komme, und Sie zeigen mir nach Feierabend das Nachtleben in Monaco. Ich war zwar schon einige

Male hier, kenne mich aber in der Szene nicht so richtig aus.«

Daniela gefiel der Vorschlag. »Das ist eine sehr schöne Idee. Ich kann wahrscheinlich gegen elf Uhr mein Geschäft schließen. Kommen Sie doch eine Stunde früher. Ich würde mich sehr freuen.«

Da Daniela nur ein kleines Apartment in der Altstadt von Monte Carlo bewohnte, übernachtete sie immer bei Marc Miller im Hotel, wenn er sie in Monaco besuchte. Sie hatten nunmehr seit mehreren Monaten eine Beziehung und sahen sich in der Regel am Wochenende.

Zweimal hatte sie ihn bereits in Zürich besucht und einmal war sie mit ihm nach Ibiza geflogen, da er ihr unbedingt sein neu erworbenes Anwesen zeigen wollte. Dabei lernte sie seinen Freund Frank Purwitz kennen, den sie schon auf dem ersten Blick unsympathisch fand. Gefallen hingegen hatte ihr Marcs Architekt Miguel Sanchez, dessen coole Art ganz nach ihrem Geschmack war. Bei einem Dinner hatten sie sich blendend unterhalten und diskret ihre Telefonnummern ausgetauscht.

Daniela wusste um die Eifersucht ihres ebenso launischen wie cholerischen Partners, der ihr schon wiederholt eine peinliche Szene gemacht hatte, weil sie angeblich in seinem Beisein mit anderen Kerlen flirtete. Dafür schmeichelten die neidvollen Blicke viele Männer seine ausgeprägte Eitelkeit, wenn er mit seiner begehrenswerten Begleitung auf Partys oder in Restaurants erschien.

Daniela hatte ein ambivalentes Verhältnis zu ihrem neuen Freund. Einerseits gefiel ihr das ausgiebige Jet-Set-Leben an seiner Seite, andererseits empfand sie ihn als menschlich kalt. Die anfängliche Aufmerksamkeit und Zuneigung waren schnell verflogen. In dieser Hinsicht war Marc Miller ganz anders als ihre bisherigen Liebhaber und Verehrer. Er hatte nichts vom typisch südeuropäischen Charme, war weder zuvorkommend und noch weniger romantisch.

Abgesehen von seinen häufigen Wutausbrüchen blieb Marc Miller emotional meistens völlig verschlossen. Sie konnte zwar oft seine Gedanken lesen, aber sehr selten seine wirklichen Gefühle deuten. So vertraut er ihr in einigen Momenten war, so erschien er ihr meistens doch unnahbar und fremd. Da er in ihrer Gegenwart hemmungslos trank und kokste, konnte er so gut wie nie die Ansprüche einer auch sexuell verwöhnten Frau im besten Alter erfüllen.

Ihr Verhältnis änderte sich schlagartig, nachdem Marc Miller wiederholt über starke Schmerzen im Oberbauch klagte. Daniela überredete ihn, endlich einen Spezialisten aufzusuchen und vereinbarte für ihn einen Termin beim Chefarzt für Innere Medizin im Centre Hospitalier Princesse Grace.

Der renommierte Arzt war ein regelmäßiger Stammgast in ihrer Trattoria. Trotz der mehrwöchigen Wartezeit versprach er ihr, sich umgehend den Besucher aus Zürich anzuschauen. Bereits am nächsten Tag empfing der Professor seinen neuen Patienten und erkundigte sich im Detail nach dessen Beschwerden und Vorerkrankungen. Da er ursprünglich aus Basel stammte, sprach er perfekt Deutsch. Um den Grund seiner krampfartigen Schmerzen herauszufinden, nahm er Marc Miller Blut ab und untersuchte alle Bauchorgane per Ultraschall. Nach wenigen Minuten hatte er die Ursache gefunden.

Die umfangreiche Sonographie deutete auf Pankreaskrebs hin. Der besorgte Arzt behielt seine erste Vermutung zunächst für sich. Zur weiteren Diagnose des Tumors war eine Endoskopie von Magen und Zwölffingerdarm erforderlich. Bei dieser Spiegelung werden der Bauchspeicheldrüsengang und die Gallenwege dargestellt. Marc Miller hielt diesen Aufwand zunächst für die heutzutage übliche Geldmacherei.

Noch verschwendete er keinen Gedanken daran, dass der gewissenhafte Internist bereits die Ursache kannte. Die lebensbedrohende Krankheit würde sein Leben von Grund auf verändern. Für die weiteren Untersuchungen verabredeten sie einen Termin in der kommenden Woche, da er zwischenzeitlich dringende Verpflichtungen auf Ibiza hatte. Vorsorglich gab ihm der Professor ein starkes Schmerzmittel gegen heftige Koliken und empfahl ihm, bis auf weiteres unbedingt auf Alkohol zu verzichten.

»Herr Miller, leider hat die Endoskopie meine Befürchtungen bestätigt. Sie sind an Bauchspeicheldrüsenkrebs erkrankt.« Das knappe Statement des Chefarztes für Innere Medizin traf ihn wie ein unerwarteter Keulenschlag aus heiterem Himmel.

Hatte er richtig gehört? Das Ganze war gewiss ein Irrtum, bestimmt hatte ihn der Doktor mit einem anderen Patienten verwechselt. Oder wollte er ihm etwa eine schlimme Krankheit anhängen, um sich an ihm zu bereichern? Hoffentlich war das Ganze nur ein böser Alptraum?

Marc Miller wusste nicht, was er sagen sollte, und war wie gelähmt. Nur langsam kehrte er in die Realität zurück und fragte sich beängstigt, ob er soeben sein Todesurteil erfahren hatte. Der erfahrene Professor schaute seinen blassen Patienten mitleidsvoll an. Eine Situation, die er aus seiner medizinischen Praxis allzu gut kannte. So eine Diagnose warf fast alle Betroffenen aus ihrer Bahn. Sie waren im ersten Moment völlig fassungslos und mussten die schockierende Nachricht erst einmal geistig und emotional verdauen.

Gab es mit dieser grauenvollen Krankheit überhaupt eine reale Überlebenschance? Der Mediziner ahnte die Gedanken des Mannes, dessen schöne Welt von jetzt auf gleich zusammengebrochen war. Nun galt es, möglichst Mut zu machen.

»Lieber Herr Miller, nun lassen Sie bitte nicht gleich ihren Kopf hängen. Nach meiner Einschätzung geben die vorliegenden Ergebnissen ihrer Untersuchungen dennoch Anlass zu einer ermutigenden Prognose. Wir sollten daher jetzt nicht nur auf ernüchternde Statistiken schauen, sondern viel mehr über die heutigen Möglichkeiten der modernen Medizin sprechen.«

Dass nicht einmal zehn Prozent der Betroffenen diesen Krebs in den ersten fünf Jahren nach der Diagnose überlebten, erwähnte der ebenfalls auf Onkologie spezialisierte Facharzt nicht. Bei den meisten Menschen wurde dieser Tumor zu spät erkannt und hatte daher bereits gestreut. Bei gut 70 Prozent dieser Patienten wurden bereits mit der Krebsdiagnose oftmals Metastasen in der Leber und im Bauchfell nachgewiesen. Manchmal kam der Tumor sogar nach mehreren Jahren trotz einer erfolgsversprechenden Therapie wieder zurück.

In weit fortgeschrittenen Fällen konnten nur noch Chemotherapien helfen. Operationen wie das umfangreiche Whipple-Verfahren waren dann sinnvoll, wenn der Tumor vollständig beseitigt werden konnte. Hierbei werden neben dem Kopf der Bauchspeicheldrüse auch der Dünndarm sowie die Gallenblase und Teile der Gallenwege entfernt. Je nach Größe des Geschwürs entnehmen die Chirurgen zusätzlich die Milz und einen Teil des Magens. Um eine weitere Ausbreitung des Tumors zu bremsen, ist in den meisten Fällen eine Chemotherapie erforderlich. Manchmal wird zusätzlich eine Bestrahlung verordnet. Mit dieser Behandlung können beim größten Teil der Patienten sowohl ihre Lebenszeit als auch die Lebensqualität verbessert werden.

Mit zittriger Stimme fragte Marc Miller. »Und was passiert jetzt mit mir? Was können wir tun und wieviel Zeit bleibt mir?« Er hörte dem Professor zwar aufmerksam zu, nahm aber die ermutigende Botschaft der ausführlichen Antwort kaum zu Kenntnis.

»Pankreaskrebs gehört sicher zu den besonders heimtückischen und aggressiven Tumorarten mit tatsächlich sehr schlechten Prognosen. Dennoch es gibt etliche Patienten, die nach einer Operation und Chemotherapie trotzdem ein weitgehend normales Leben führen können. Sie sollten zunächst entscheiden, wo sie sich behandeln lassen möchten. Vielleicht möchten Sie sich eine zweite Meinung einholen. In der Schweiz gibt es auch exzellente Ärzte und Kliniken.«

An diese Möglichkeit hatte Marc Miller noch gar nicht gedacht, aber das war ein guter Vorschlag. Möglicherweise würde sich das alles doch als großer Irrtum herausstellen und seine Schmerzen in Wirklichkeit eine harmlose Ursache haben. Bevor er sich an einen kleinen Hoffnungsschimmer klammern konnte, lenkte der Arzt diese Gedanken wieder in die andere Richtung.

»Wissen Sie, auch ich frage mich gelegentlich, wie ich selbst bei so einer folgenschweren Diagnose agieren würde. Prinzipiell gibt es nur die beiden Möglichkeiten. Entweder vertrauen wir der medizinisch empfohlenen Therapie möglichst mit einer OP sowie der anschließenden Chemo- und möglicherweise Strahlentherapie, oder aber wir ignorieren quasi den Tumor und lassen den weiteren Dingen ihren Lauf.

Dann warten wir auf das Ende und hinterfragen uns täglich, ob das wirklich die richtige Entscheidung war. Ich empfehle Ihnen natürlich die erste Variante. Geben Sie bitte nicht gleich auf. Aber egal, welchen Weg Sie auch wählen, ich stehe an Ihrer Seite und kann Ihnen versichern, dass die moderne Palliativmedizin mit ihren Schmerztherapien sehr wirkungsvoll ist und Ihnen sehr helfen kann. Leider müssen Sie in der nächsten Zeit mit erheblichen Beschwerden rechnen, ganz gleich ob mit oder ohne Eingriff und Behandlung. Bitte überlegen Sie es sich gut und beraten Sie sich am besten mit ihren Angehörigen.«

Marc Miller musste das alles erst einmal sacken lassen. Er wollte jetzt schnell zurück nach Zürich fliegen und sich von den Spezialisten der Universitätsklinik untersuchen lassen. Sofern sich die Krebsdiagnose bestätigen würde, müsste er wichtige Vorbereitungen treffen. Würde es sich an seinem Wohnort in der Schweiz oder hier in Monte Carlo ganz in der Nähe seiner neuen Freundin operieren und behandeln lassen?

Bei all seinen Überlegungen musste er zwangsläufig an sein zerrüttetes Verhältnis zu den Eltern denken, die er in dieser schwierigen Situation vermisste. Würden ihm seine Mutter und vor allem sein Vater trotz aller Kränkungen jetzt zur Seite stehen? Erst mit diesem schockierenden Untersuchungsergebnis war ihm richtig bewusst geworden, wie allein er letztendlich doch war.

Anica und Branko

Anica Vucevic war so glücklich wie noch nie. Ihr bislang monotones Leben hatte sich seit ihrer ersten Begegnung mit diesem aufregenden Mann total verändert. Als der Spielervermittler sie vor einigen Monaten zuhause in Obrenovac besuchte, um ihrem begabten Sohn einen Platz im Alexander Petrov Fußball-College anzubieten, hätte sie sich nie erträumen lassen, eines Tages die Frau an seiner Seite zu werden.

Zwar war ihr dieses Umfeld als Witwe eines Fußballtrainers schon recht vertraut, aber mit Branko Smirdan bekam sie einen Einblick, der so gut wie nichts mit dem Amateursport in ihrem Heimatort nahe der serbischen Metropole Belgrad zu tun hatte.

Was sie alles in kürzester Zeit von ihm erfuhr, war eine Dimension, die alle möglichen Vorstellungen sprengte. Dabei hatte er ihr bislang nur Bruchteile über diese von etlichen Skandalen erschütterte Szene erzählt, in der sich vieles um ein eigennütziges Zusammenspiel von Korruption und Macht drehte. Selbst in den führenden Gremien des Weltverbandes soll es hinter den Kulissen teilweise kriminelle Machenschaften geben.

Hochrangige Funktionäre standen wiederholt im Mittelpunkt von peinlichen Schlagzeilen über vermutete Manipulationen bei TV- und Werbeverträgen. Sogar bei der Vergabe von internationalen Turnieren soll es nicht mit rechten Dingen zugegangen sein. Abseits des grünen Rasens war der professionelle Fußball schon längst zu einem schmutzigen Wettkampf um Milliardenbeträge verkommen.

Die fast 40-jährige Frau war über diese Vorwürfe schockiert und konnte ebenso wenig begreifen, wie man für einzelne Spieler bei einem Vereinswechsel dreistellige Millionenbeträge als Ablöse fordern konnte. Nicht mitgerechnet die teilweise gewaltigen Nebenkosten für Provisionen und sonstigen Honoraren für die an diesen Transfers beteiligten Personen. Für sie war das übelster Menschenhandel mit astronomischen Geldsummen. Ihr kümmerlicher Monatslohn als Kassiererin eines nachbarschaftlichen Supermarktes entsprach umgerechnet dem, was ein hoch bezahlter Fußballer pro Stunde bekam. Würde auch ihr Ivo eines Tages so viel Geld verdienen? Ihr neuer Lebensgefährte bestätigte ihr immer wieder, dass er ein ganz besonderes Talent sei und prophezeite ihm eine großartige Kariere.

So stolz sie als Mutter deshalb auch war, so machte sie sich dennoch große Sorgen um die Zukunft ihres Sohnes. Hoffentlich würde er nicht eines Tages im Räderwerk dieser habgierigen und rücksichtslosen Drahtzieher untergehen. Wie gut, dass sich ihr Branko so fürsorglich um ihren Jungen kümmerte. Die beiden verstanden sich prächtig und hoffentlich würde er weiterhin seine schützende Hand über ihn halten. Natürlich war ihr bewusst, dass auch er viel Geld mit der Vermittlung von Spielern verdiente. Aber Branko Smirdan war anders und im In- wie Ausland als fairer Geschäftspartner bekannt. Für sie war er eine seltene Ausnahme in diesem knallharten Business.

Zärtlich streichelte die Serbin seinen Kopf und empfand tiefe Zuneigung für den Kroaten. Er war ein wahrer Gentleman und auch ein fantastischer Liebhaber, der sie respektvoll behandelte und intensiv begehrte. Anica wunderte sich darüber, dass so ein toller und wohlhabender Mann mit über Fünfzig noch immer Junggeselle war.

Mehrfach hatte er ihr versichert, bislang noch nicht die richtige Frau getroffen zu haben. Eine Erklärung, die sie zwar verstand, aber irgendwie auch etwas verunsicherte. Sie überlegte, welche Bedeutung sie wohl für ihn hatte, behielt aber diese Frage für sich. Entscheidend war die weitere Entwicklung ihrer Beziehung, die bislang sehr harmonisch verlief. Mehr denn je wünschte sie sich eine gemeinsame Zukunft. Dass sie schon so bald über dieses Thema sprechen würden, kam ihr nicht in den Sinn.

Es war an einem Sonntag vor ihrem Rückflug nach Belgrad. Wie immer brachte er sie zum Flughafen und begleitete sie bis zur Sicherheitskontrolle. Sie hatten noch ausreichend Zeit für einen Café. Branko Smirdan ergriff lächelnd ihre Hand.

»Liebling, ich bin dir so dankbar, dass Du jedes Mal zu mir nach Frankfurt kommst. Es ist doch ein ziemlicher Aufwand für die kurze Zeit, die wir dann zusammen verbringen können.«

Sie spürte ihr zunehmendes Herzklopfen und hörte weiterhin aufmerksam zu.

»Wie Du weißt, bin ich durch meine Arbeit sehr gebunden und muss meine häufigen Geschäftsreisen mit den Aufgaben hier vor Ort terminlich koordinieren.«

Was wollte er ihr damit sagen?

»Anica, warum ziehst Du nicht einfach zu mir. Ich möchte mit dir leben; nicht nur am Wochenende. Und Du könntest hier arbeiten und würdest im Übrigen erheblich mehr verdienen als in deinem Supermarkt an der Kasse.«

Bevor sie etwas sagen konnte, berichtete er von seinem kürzlichen Treffen mit Sergev Petrov in London. Als die beiden Männer bei einem Lunch wie gewohnt auch ein paar private Worte wechselten, hatte er ihm von seiner Beziehung zu Ivos Mutter berichtet. Es war ohnehin nur eine Zeitfrage, bis er wahrscheinlich über Dritte davon erfahren hätte. Dem wollte Branko Smirdan zuvorkommen. Die positive Reaktion des Russen hatte ihn etwas überrascht.

»Das sind ja wunderbare Neuigkeiten. Schon oft habe ich mich gefragt, weshalb dieser gutaussehende und intelligente Kerl keine Frau an seiner Seite hat. Ich freue mich für euch und möchte natürlich deine Anica bald kennenlernen.«

Nachdem Branko Smirdan mehr über seine Lebensgefährtin erzählt hatte, machte der Internatsbesitzer spontan ein Angebot.

»Warum holst Du sie nicht ganz zu dir? Sie könnte doch bei uns arbeiten. Du bist viel unterwegs und hättest mit ihr eine vertrauensvolle Vertretung vor Ort.«

Obwohl Branko Smirdan schon selbst an so eine Möglichkeit gedacht hatte, widersprach sie jedoch seinem persönlichen Grundsatz, Privates und Geschäftliches voneinander zu trennen. Das war jetzt jedoch anders, da dieser Vorschlag direkt von Sergej Petrov kam. Er war erleichtert und beschloss, darüber bei nächster Gelegenheit mit Anica zu sprechen. Als er ihr von seiner Idee erzählte, fiel sie ihm glücklich um den Hals.

Kaum zurück in Obrenovac bat sie ihren Chef um die kurzfristige Kündigung mit der Begründung, in der Nähe ihres Sohnes leben zu wollen. Der freundliche Arbeitgeber stimmte zu und wünschte ihr alles Gute. Danach packte sie die nötigsten Sachen in zwei Koffer und übergab den Hausschlüssel ihrer befreundeten Nachbarin mit der Bitte, gelegentlich nach dem Rechten zu schauen. Sofern Sie in Deutschland bleiben sollte, könnte sie das kleine Haus immer noch verkaufen. Aufgeregt bestieg sie das Flugzeug nach Frankfurt und freute sich auf ihr neues Leben mit Branko in unmittelbarer Nähe ihres Sohnes. Anica Vucevic war eine sehr glückliche Frau.

Bereits eine Woche nach ihrem Umzug flog das Paar auf Einladung von Sergej Petrov nach London. Anica Vucevic war von den vielen Sehenswürdigkeiten der britischen Metropole überwältigt und genoss in jeder Hinsicht die erste gemeinsame Reise mit ihrem weltgewandten Lebensgefährten.

Zunächst empfand sie für ihren großzügigen Gastgeber viel Ehrfurcht. Die Scheu löste sich jedoch durch die warmherzige Art des mächtigen Russen schnell auf. Er war reizend mit ihr, aufmerksam und sympathisch. Außerdem war sie besonders vom auffallend liebevollen Verhältnis zwischen ihm und seinem Vater angetan.

Bei einer gemütlichen Teestunde besprachen sie dann über ihre künftigen Aufgaben und Modalitäten als Mitarbeiterin. Sergej Petrov bot ihr eine Halbtagsstelle zu den Bedingungen einer Vollzeitbeschäftigung an.

»Sie sollten zunächst schnell die deutsche Sprache lernen und möglichst täglich Unterricht nehmen. Natürlich kümmern wir uns sofort um einen geeigneten Privatlehrer, der am besten zu Ihnen ins Internat kommt. Das bringt erheblich mehr, als wenn Sie eine Sprachschule besuchen und dafür dann jedes Mal ganz nach Frankfurt fahren müssen. Sobald Sie sich dann einigermaßen auf Deutsch verständigen können, stellen wir Sie offiziell als stellvertretende Leiterin im Alexander Petrov Fußball-College vor.« Unkompliziert und entschlossen, wie ihr neuer Arbeitgeber war, hatte das Einstellungsgespräch nur wenige Minuten gedauert.

Als sie Stunden später wieder zurück nach Hause flogen, konnte Anica Vucevic ihr großes Glück noch immer nicht so richtig fassen und umklammerte die Hand des Mannes auf dem Nebensitz. Branko Smirdan war noch vor dem Start eingenickt. Erschöpft und ebenfalls voller Freude. Mit Anica hatte er endlich seine absolute Wunschfrau gefunden und mit ihrem Sohn Ivo zugleich einen künftigen Fußballstar entdeckt.

Beim Geld hört die Freundschaft auf

Diese verbreitete Lebensweisheit traf besonders auch auf Frank Purwitz zu. Die finanziell unersättliche Gier des Frankfurter Großbesitzers von zahlreichen Wohn- und Gewerbeimmobilien in besten Lagen war unersättlich. Obwohl er sich selbst einen äußerst kostspieligen Lebensstil einschließlich mehrerer Oldtimer sowie Luxuskarossen und Sportwagen gönnte, war er in allen anderen Dingen ein regelrechter Geizkragen, der nie seinen Hals voll kriegen konnte.

Zugleich hatte er stadtweit den Ruf eines unbarmherzigen Geschäftsmannes, der besonders gern abhängige Untergebene und Dienstleister rücksichtslos ausnutzte. Anders als sein früh verstorbener Vater, der vergleichsweise verbreiteten Respekt für sein soziales Engagement und Großzügigkeit genoss, galt er als ein eiskaltes Wesen, das immer nur auf seinen eigenen Vorteil aus war, aber Auseinandersetzungen mit vermeintlich überlegenen Menschen grundsätzlich scheute.

Frank Purwitz Junior war nur dann stark und mutig, wenn ihm keine Gegenwehr drohte. Wobei ihm ernsthafte Konfrontationen wie kürzlich bei der unerwarteten Begegnung mit dem bedrohlichen Vertreter von Sergej Petrov am Flughafen bisher sehr selten widerfahren waren. Die schlimmen Erlebnisse in der Kindheit durch den häufigen Missbrauch seiner übergriffigen Mutter und die späteren Hänseleien seiner Mitschüler auf dem Internat hatte er mit der Zeit mehr und mehr verdrängt. Dennoch hatten ihn diese

Dinge maßgeblich geprägt und waren möglicherweise der Auslöser für seine pädophilen Neigungen.

Obwohl sie sich seit ihrer frühen Jugend gegenseitig als beste Freunde betrachteten und sehr wenige Geheimnisse voreinander hatten, erfuhr Marc Miller erst aus den Medien von der sexuellen Sucht seines Freundes nach Kindern. Er war wie vorm Kopf gestoßen und hätte so etwas seinem so vertrauten „Frankie-Boy" niemals zugetraut.

Der gesellschaftliche Skandal war auch für ihn Anlass, ihre enge Verbindung zu beenden. Erst viel später nahm Marc Miller aus höchst eigennützigen Motiven wieder Kontakt zu ihm auf. Mit dem tragischen Tod von Campari hatte er den von ihm vermittelten Kontakt zur ukrainischen Kreditbank für die dringend benötigte Finanzierung des begehrten Immobilienprojekts auf Ibiza verloren. Da kam ihm Frank Purwitz wieder in den Sinn, der sofort seine Chance auf hohen Gewinn erkannte und als zweiter Käufer eine Hälfte des Anwesens erwarb. Da er den erforderlichen Gesamtkredit allein mit eigenen Immobilien über seine Geschäftsbank absicherte, musste sein bester Freund einen entsprechend höheren Anteil der Finanzierungs-kosten tragen.

Als Marc Miller ihn jetzt um ein dringendes Treffen bat, vermutete er Probleme mit den Behörden auf Ibiza. Sie hatten über den Architekten Miguel Sanchez zum Teil gefälschte Flächenangaben und Entwürfe eingereicht. Gleichzeitig beauftragten sie ihren Projektentwickler Luc Torres, mit den Rohbauarbeiten vor Erhalt der Baugenehmigung zu beginnen. Wahrscheinlich gab es jetzt Ärger mit dem zuständigen Beamten, dem möglicherweise die illegale Vorgehensweise bekannt geworden war.

»Was ist passiert, Marc? Der Architekt hatte uns doch zugesagt, dass er die Dinge im Griff hat und wir keine Schwierigkeiten zu erwarten haben. Hat er seine große Klappe zu weit aufgerissen?«

Marc Miller winkte ab. »Nein, ich habe mit dem Projekt auf Ibiza ein ganz anderes Problem.« Er zögerte mit dem, was er seinem befreundeten Partner nun sagen musste, der ungeduldig auf seinem Stuhl herumrutschte. »Nun komm' schon, Du bist doch sonst auch nicht so zögerlich. Hast Du etwa diese Daniela geschwängert und willst sie jetzt heiraten? Als Trauzeuge stehe ich übrigens nicht zur Verfügung. Du kennst ja meine Gründe, weshalb ich mich grundsätzlich öffentlich bedeckt halte.«

Unter normalen Umständen hätte Marc Miller über diesen dummen Scherz gelacht, aber ihm war alles andere als fröhlich zumute. Sie saßen auf der Terrasse des berühmten Hotel Negresco auf der Promenade des Anglais in Nizza. Dass er entgegen seinen Gewohnheiten nur stilles Wasser trank, fiel seinem Gegenüber nicht auf. Er nahm einen kleinen Schluck und blickte seinen Freund kurz in die Augen. Seine Stimme war fast zitterig.

»Frank, ich bin todkrank und habe berechtigte Zweifel, ob ich die Fertigstellung unserer Anlage noch erleben werde.« Danach berichtete er von den anfänglichen Bauchkrämpfen und den umfangreichen Untersuchungen. Leider hatten auch die Fachärzte in der Uniklinik Zürich die vorliegende Krebsdiagnose bestätigt.

Nach zweitätigen Überlegungen hatte er dann entschieden, sich in Monte Carlo operieren zu lassen. So wäre er in Danielas unmittelbarer Nähe. Seit seiner Krankheit waren sie sich viel nähergekommen und er betrachtete sie inzwischen als seine vertraute Lebensgefährtin. Die warmherzige Italienerin war in dieser schwierigen Phase ausgesprochen fürsorglich. Sie hatte ihn immer wieder aufgeheitert und viel Mut zugesprochen. Außerdem versprach sie, uneingeschränkt für ihn da zu sein, wann immer er sie brauchte.

Da Marc Miller weder Kontakt zu seinen Eltern noch zur seiner Ex-Frau hatte, arrangierte sie einen kurzfristigen Termin bei einem befreundeten Notar. Daniela erhielt eine Generalvollmacht einschließlich Patientenverfügung und Onlinezugang für sein Privatkonto. Die Operation sollte bereits in vier Tagen stattfinden. Nach seinem Klinikaufenthalt wollte er mit der Italienerin eine neu gemietete Wohnung beziehen, die sie mit großem Einsatz und viel Geschmack bereits fast komplett eingerichtet hatte. Die Ärzte hatten ihm eine ambulante Chemotherapie in Aussicht gestellt und er könnte sich jeweils zwischen den Sitzungen zuhause erholen.

Frank Purwitz hatte schweigend zugehört und sofort überlegt, ob nicht auch seine Bauchspeicheldrüse aufgrund des massiven Alkoholkonsums krebsgefährdet sei. Bei seinem Vater war es allerdings eine Leberzirrhose, die sein Leben vorzeitig beendete. Schnell verdrängte er diese quälenden Gedanken. Nun galt es, sich auf diese unerwartete Situation einzustellen.

Die geschäftlichen Eigeninteressen waren für ihn in diesem Moment viel wichtiger als die Sorge um die

Gesundheit seines Freundes. Er war schließlich kein Doktor und konnte ihn also medizinisch nicht beraten oder gar helfen. Vielmehr mussten sie nunmehr das hohe Sterberisiko bedenken und ihre Partnerschaft jetzt neu regeln.

»Oh Gott, Marc, das ist ja schrecklich. Ich hoffe, dass die Operation gut verläuft und Du bald wieder auf die Beine kommst. Dass sich Daniela so gut um dich kümmert, freut mich.«

Marc Miller unterbrach ihn. »Meine Eltern wissen nichts von meiner Krankheit und ich bitte dich, ihnen ja nichts zu sagen. Wir haben schon lange keinen Kontakt mehr und uns inzwischen völlig entfremdet. Bitte informiere sie nur, wenn ich den Eingriff nicht überleben sollte. Kann ich mich darauf verlassen?«

Frank Purwitz nickte kurz. »Selbstverständlich, mein Freund. Aber daran wollen wir im Moment nicht denken. Allerdings müssen wir uns etwas wegen unserer gemeinsamen Immobilie auf Ibiza einfallen lassen und uns schon rein vorsorglich für den unverhofften Fall der Fälle absichern. Hast du deine Hinterlassenschaft entsprechend geregelt? Offen gesagt, möchte ich unser Projekt nur mit dir realisieren, aber bitte nicht mit deinem Erben.«

Marc Miller war sich der Problematik voll bewusst. Seit der ersten Untersuchung war er fast täglich mit Arztterminen beschäftigt und hatte bislang kaum Zeit, sein Testament zu aktualisieren. Er wusste nicht, wie er das noch vor dem Eingriff erledigen könnte und verdrängte die Sorge mit der optimistischen Prognose seines Arztes. Er war sich sicher, die Operation zu überleben und hatte sich vorgenommen, danach in aller Ruhe einen Notar aufzusuchen. Allerdings verunsicherte ihn jetzt der Hinweis seines Freundes. »Können wir das nicht nach meinem Eingriff regeln? Ich bin doch schon in rund zwei Wochen wieder zuhause und habe dann alle Zeit der Welt.«

Auf dieses Risiko wollte sich Frank Purwitz jedoch nicht einlassen. »Sorry lieber Marc, unter anderen Umständen wäre das kein Problem und ich wünsche dir vom ganzen Herzen einen erfolgreichen Verlauf. Ich glaube auch fest daran, aber leider gibt es dafür keine Garantien. Wir müssen das Problem also unbedingt jetzt lösen.«

Marc Miller ahnte, was nun kommen würde. Umgekehrt hätte er wahrscheinlich ähnlich argumentiert. »Also Frank, was genau schlägst du vor?«

Keine 24 Stunden später trafen sie sich bei einem Notar am Place Massena in Nizza und beurkundeten eine Vereinbarung, über die sie am Vorabend noch lange gerungen hatten. Danach übernahm Frank Purwitz auch die andere Hälfte der Immobilie auf Ibiza. Für den gleich hohen Anteil seines Partners zahlte er per sofortiger Überweisung lediglich 30 Prozent des gesamten Kaufpreises. Allerdings vereinbarten sie ein halbjährliches Recht auf Rückkauf zu gleichen Konditionen abzüglich aller Kosten für die Übertragungen.

Ihm war, als hörte er Stimmen. Weit weg, irgendwo im Hintergrund. Marc Miller war kurz davor, sein Bewusstsein wiederzuerlangen. Ganz langsam kehrten seine Gedanken zurück. Er sollte doch operiert werden. Oder hatte er den Eingriff etwa schon hinter sich? Das war ihm in dieser Sekunde noch nicht ganz klar. Er brauchte noch etwas Zeit, um aus der tiefen

Narkose aufzuwachen und wieder klar denken zu können. Nun war es wohl vorbei und allmählich wurde ihm bewusst, dass er den mehrstündigen Eingriff überlebt hatte.

War damit bereits die erste wichtige Hürde im Kampf gegen den bösartigen Tumor in seiner Bauchspeicheldrüse genommen? Er hoffte es und wünschte sich so sehr, weiterleben zu dürfen. Dabei musste er an das einstündige Aufklärungsgespräch mit dem Chirurgen am Vorabend auf seinem Zimmer denken. Er hatte ihm die Whipple'sche Methode in allen Details erklärt. Es klang beängstigend und kompliziert.

Der wiederholte Hinweis, wie oft der Arzt diese mehrstündige Operation erfolgreich ausgeführt hatte, war für ihn nicht mehr als eine unverbindliche Referenz. Sie konnte weder seine Bedenken und noch weniger seine großen Ängste ausräumen. Daniela hatte das Gespräch mit dem Chefarzt schweigend verfolgt. Sie behielt ihre Fragen und Bemerkungen für sich, da sie ihren neuen Lebensgefährten nicht zusätzlich beunruhigen wollte. Außerdem verstand sie zu wenig von Medizin, um sich eine relevante Meinung bilden zu können. Auch wenn die moderne Medizin täglich neue Wunder vollbrachte, hatte sie große Zweifel, ob ein menschlicher Körper nach der Entfernung und Veränderung von wichtigen Organen überhaupt noch einwandfrei funktionieren könnte.

Marc Miller war mittlerweile bei vollem Bewusstsein und nahm wahr, dass er auf der Intensivstation lag. Um ihn herum wirbelten mehrere Schwestern, die seinen Patientenmonitor beobachteten und die Infusionen kontrollierten. Sie trugen minigrüne Kasacks und gleichfarbige Masken, die Mund und Nase verdeckten.

»Wie schön, dass Sie wieder wach sind«, flüsterte ihm eine etwas pummelige Frau zu und wischte ihm mit einem kleinen Baumwolltuch über die Stirn. Er schlief schnell wieder ein und wachte erst wieder auf, als sein Operateur am Bett stand und ihn anlächelte.

»Der Eingriff ist gut verlaufen, Monsieur Miller. Wenn es keine postoperativen Komplikationen gibt, sind Sie spätestens in zwei Tagen in Ihrem schönen Einzelzimmer auf der Privatstation. Je nachdem, wie schnell Sie sich erholen, können Sie uns in acht bis zehn Tagen wieder verlassen und sich in Ihrem Zuhause erholen. Danach beginnen wir mit Ihrer ambulanten Chemotherapie. Aber das alles besprechen wir noch im Detail. Nun ruhen Sie sich erst einmal richtig aus. Wir geben Ihnen etwas, damit Sie gut und schmerzfrei schlafen. Morgen sehe ich dann wieder nach Ihnen.«

Der Drogenbaron zieht sich zurück

Flug 1884 von Turkish Airlines landete pünktlich um 13:55 Uhr auf dem neu gebauten internationalen Flughafen von Istanbul. In der spärlich besetzten Business-Class saßen Kevin Albrecht und Nathan sowie zwei weitere Passagiere. Die beiden Freunde waren um drei Uhr im Istanbul Airport Durusu Club Hotel mit dem Lieferanten vom Drogenbaron verabredet.

Kevin Albrecht hatte ihn zwei Tage zuvor per WhatsApp um ein kurzfristiges Treffen gebeten. Sie kommunizierten fast ausschließlich über diesen Dienst und sprachen über ihre Dinge grundsätzlich persönlich von Angesicht zu Angesicht. Da sie nur in wirklich dringenden Angelegenheiten kurz und unverfänglich telefonierten, bestand so gut wie kein Risiko, von der Drogenfahndung oder anderen Ermittlern abgehört werden zu können.

Für gewöhnlich trafen sie sich jährlich zweimal in der türkischen Metropole. In einem kleinen Restaurant am Bosporus besprachen sie die Bestellungen für die folgenden sechs Monate. Dieses Mal wollte der Drogenbaron mit dem Kontaktmann über seinen Ausstieg sprechen und ihm seinen designierten Nachfolger vorstellen. Er hatte sich unmittelbar nach dem letzten Treffen mit seinem Informanten von der Wiener Polizei entschieden, so bald wie möglich aus dem Drogenhandel auszusteigen und künftig seinen Ruhestand auf Koh Samui in Thailand zu genießen.

Für die geplante Übertragung ihrer langjährigen Geschäftsbeziehung auf einen anderen Abnehmer war das Einverständnis des Lieferanten zwingend erforderlich. Er fragte sich, ob er seinen Freund Nathan als künftigen Partner akzeptieren würde. Der Mann gehörte zu einem russischen Drogenkartell, über das Kevin Albrecht kaum Informationen hatte. Er war sein einziger Kontakt und er kannte keine anderen Mitglieder dieser geheimnisvollen Organisation, mit der er schon so lange vertrauensvoll und problemlos kooperierte. Je weniger man voneinander wusste, umso besser war es für alle Beteiligten in dieser riskanten und gefährlichen Branche.

Als Kevin Albrecht und Nathan wenige Stunden später nach Wien zurückflogen, waren sie erleichtert und bester Dinge. Ihr Meeting war sehr gut verlaufen, die andere Seite hatte absolutes Verständnis für die persönlichen Zukunftspläne ihres Geschäftspartners. Sie hatten die vielen Jahre erfolgreich zusammengearbeitet und für die Lieferanten war es eine Frage der Zeit, bis sich der Drogenbaron zur Ruhe setzen würde.

Kevin Albrecht hatte mit der Zeit ausreichend Geld verdient, um seine Altersversorgung finanziell abzusichern. Allerdings stimmten die Bosse der Organisation seinem begründeten Wunsch nach einem ruhigen Lebensabend nur unter der Bedingung zu, dass dadurch keine Umsatzeinbußen in diesem erfolgreichen Absatzmarkt zu erleiden wären.

Die wirtschaftlichen Interessen des Kartells standen an oberster Stelle und erlaubten keinerlei Nachteile durch einen gewünschten Partnerwechsel. Ansonsten bestanden keine Einwände gegen eine vernünftige Regelung der Nachfolge. Obwohl sie in der Vergangenheit sehr wenig über private Dinge gesprochen hatten, schätzte der Kontaktmann die Arbeits-

und Lebensweise des zuverlässigen Österreichers, der von Wien aus die obere Gesellschaftsschicht in fast allen westeuropäischen Ländern versorgte. Er war diskret und besonnen sowie in jeder Hinsicht professionell.

Daher vertraute er ihm grundsätzlich auch bei der Wahl eines geeigneten Nachfolgers. Dieser Nathan, der wie er selbst ursprünglich aus Novosibirsk stammte, machte einen intelligenten Eindruck und brachte offensichtlich die wesentlichen Voraussetzungen mit, um die Geschäfte erfolgreich weiterführen zu können. Als ehemaliger Nahkampfausbilder für Krav Maga in der israelischen Armee verfügte er auch körperlich über die besten Grundlagen, um seine Interessen notfalls physisch vertreten zu können. Ein harter Bursche mit schneller Auffassungsgabe und einem insgesamt sehr ansprechenden Auftritt.

Ja, er konnte sich durchaus vorstellen, künftig mit dem sympathischen Freund von Kevin Albrecht zu arbeiten. Allerdings bestand er gemäß ausdrücklicher Anweisung seiner Vorgesetzten in St. Petersburg auf eine mehrmonatige Übergangszeit. Ein Wechsel von heute auf morgen kam nicht in Frage. Er wandte sich an den Drogenbaron.

»Ich habe einen durchweg positiven Eindruck und könnte mir Ihren Freund als geeigneten Nachfolger für Sie vorstellen. Aber auf keinen Fall dürfen Sie ihn gleich ins kalte Wasser werfen, sondern sollten ihn schrittweise in unser anspruchsvolles Geschäft einführen und ihn über eine angemessene Zeit persönlich begleiten.«

Der Drogenbaron hatte mit so einer Vorgabe gerechnet. »Das haben wir ohnehin geplant. Ihr Einverständnis vorausgesetzt, würde ich Nathan schon bald meinen wichtigsten Kunden gern persönlich vorstellen. Er bringt einige Erfahrung für unser Business bereits mit. Wir haben in jüngster Vergangenheit ein kompliziertes Projekt gemeinsam umgesetzt und ich würde ihn bestimmt nicht vorgeschlagen, wenn ich nicht von seinen Fähigkeiten absolut überzeugt wäre.

Sie kennen meine hohen Ansprüche, die selbstverständlich auch für meinen Nachfolger gelten. Ich bin mit Nathan seit Jahren eng befreundet. Er identifiziert sich uneingeschränkt mit unseren geschäftlichen Grundsätzen und besitzt mein völliges Vertrauen. Selbstverständlich sind auch für ihn Jugendliche ebenso tabu wie der Eigenkonsum. Dafür lege ich beide Hände ins Feuer. Wir sind beide überzeugte Einzelgänger und denken sehr ähnlich.«

Unmittelbar nach der Landung in Wien-Schwechat schickte der Drogenbaron eine Nachricht an Karl-Heinz Mischke. Auch er sollte Nathan jetzt persönlich kennenlernen. Sie verabredeten sich für den folgenden Tag in einem kroatischen Restaurant am Rande der Stadt. Sein zuverlässiger Informant von der Polizei verfügte über eine ausgezeichnete Menschenkenntnis und könnte ihnen sicherlich den einen oder anderen guten Tipp geben. Erst kürzlich hatte er Kevin Albrecht überzeugt, sich nach einem geeigneten Nachfolger umzusehen und er war diesem wohlgemeinten Rat aus zwei Gründen gefolgt.

Dank ihrer bewährten Vereinbarung hatte er bislang keinerlei Probleme mit der Drogenfahndung gehabt. Er konnte die ganze Zeit seinen Geschäften quasi unbehelligt nachgehen, weil er immer früh über geplante Aktionen der Polizei gewarnt wurde. Nun wehte aber ein anderer Wind in der zuständigen Abteilung.

Inzwischen hatte eine neue Generation jüngerer Mitarbeiter das Sagen, sein Vertrauensmann verlor zunehmend an Einfluss und nahm sich mehr und mehr zurück. Daher würde er ihn künftig nicht mehr in gewohnter Form schützen können. Ein ernstes Problem, das er vor allem im Interesse von Nathan dringend lösen wollte. Sie hatten darüber auf dem Rückflug von Istanbul ausführlich diskutiert.

»Wir müssen überlegen, wie wir einen neuen vertrauenswürdigen Informanten am besten direkt bei der Drogenfahndung gewinnen können. Vielleicht kann uns mein Hauptkommissar dabei helfen. Mit ihm können wir jedenfalls über alles offen sprechen. Außerdem ist er sehr gespannt auf dich und möchte unbedingt erfahren, wer mein Nachfolger werden soll.«

Karl-Heinz Mischke war zunächst überrascht, dass der Drogenbaron tatsächlich so schnell seinem Vorschlag folgen wollte, sich schon bald aus der Szene zurückzuziehen. Es war gut, dass er seine eindringliche Warnung bei ihrem letzten Gespräch so ernst nahm. Das bestätigte erneut den guten Instinkt und die Intelligenz von Kevin Albrecht, der ihm nunmehr seinen Nachfolger vorstellen wollte. Obwohl er die regelmäßigen Zuwendungen für seine Dienste gern weiterhin beziehen würde, war er auch erleichtert.

Seine neuen Kollegen hatten schon mehrfach spekuliert, ob es möglicherweise in der eigenen Abteilung eine undichte Stelle geben könnte. Er musste also höllisch aufpassen, nicht zum Ende seiner Polizeikarriere aufzufliegen und auf der Zielgeraden sowohl ein

Strafverfahren als auch seine Pension zu riskieren. Nein, es wurde allerhöchste Zeit, seine Verbindung zum Drogenbaron zu kappen. Es ging nicht mehr.

Sein Nachfolger müsste sich einen neuen Vertrauensmann bei der Polizei suchen. Er dachte dabei an einen geeigneten Kollegen, der möglicherweise interessiert sein könnte. Sie hatten einen freundschaftlichen Kontakt und teilten eine ähnliche Einstellung über ihre schwierige Fahndungsarbeit im Drogenmilieu. Der Beamte war erst Anfang Vierzig und frisch geschieden. Er war Vater von zwei Kindern und musste einen erheblichen Teil seines Gehaltes für den familiären Unterhalt aufwenden. Allein schon deshalb dürfte er an einer zusätzlichen Einnahme höchst interessiert sein.

Als Kenner der Drogenszene waren beide Polizisten davon überzeugt, dass man den Handel mit Rauschgift nie ganz unterbinden könnte. Entgegen der mehrheitlichen Auffassung in ihrer Abteilung kam es viel mehr darauf an, diesen schwarzen Markt wenigstens teilweise unter Kontrolle zu bekommen. Sie hielten stille Kooperationen mit vernünftigen Drogenhändlern sinnvoll, die nur mit sauberen Stoffen handelten und vor allem keine Jugendliche oder gar Kinder belieferten.

Die verbreitete Sucht nach Kokain, Crystal Meth und anderen Rauschmitteln war ein gesellschaftliches Problem, das nicht die Polizei zu lösen vermochte. Als staatliches Exekutivorgan war sie in erster Linie für die öffentliche Sicherheit und Ordnung verantwortlich. Hierzu zählte auch der gesetzwidrige Handel mit Drogen, der überwiegend von kriminellen Banden organisiert wurde. Ihn insgesamt zu unterbinden, würde aber das Verlangen der Konsumenten gewiss nicht reduzieren, sondern eher die Begehrlichkeit und die Preise weiter nach oben treiben. Leider machte sich darüber vor allem die ehrgeizigen Nachwuchskräfte im Polizeidienst zu wenig Gedanken und verstanden somit auch nicht die kontraproduktiven Folgen einer kollektiven Jagd auf alle Drogendealer.

Als fest etablierter Einzelkämpfer war Kevin Albrecht eine absolute Ausnahme in diesem Geschäft, in dem die handelnden Akteure oft genauso schnell verschwanden, wie sie gekommen waren. Der Drogenbaron hingegen war zu einer festen Institution geworden und im deutsch-sprachigen Raum der mit Abstand erfolgreichster Lieferant in den wohlhabenden Gesellschafts-schichten. Er war in diesen Kreisen bestens bekannt für vornehmlich erstklassiges Kokain zu vergleichsweisen bodenständigen Preisen. Von Wien aus versorgte er seine treue Stammkundschaft in mehreren europäischen Ländern. Obwohl er sich damit ein beachtliches Vermögen geschaffen hatte, lebte er vergleichsweise bescheiden und diskret.

Karl-Heinz Mischke war in der Zwickmühle. Einerseits sah er in seinem intelligenten und finanziell klammen Kollegen einen absolut geeigneten Kontaktmann für Nathan, andererseits wollte er selbst aber nicht die Verbindung herstellen. Damit würde er seine eigene Kooperation mit dem Drogenbaron preisgeben und sich bei dem anderen Beamten in eine Abhängigkeit begeben, die er so kurz vor dem Pensionsalter auf keinen Fall riskieren wollte. Niemand wusste um seine Vereinbarung mit Kevin Albrecht und das sollte auch so bleiben. Es musste einen anderen Weg geben, die beiden Männer zusammenzubringen. Möglicherweise hatten der Drogenbaron oder Nathan eine Idee.

Auch der kritische Hauptkommissar fand schnell Gefallen an Nathan, der allerdings als Neuling in dieser Szene ein recht schweres Erbe antreten würde. Daher war es für alle Beteiligten wichtig, dass ihm Kevin Albrecht in einer mehrmonatigen Übergangs-phase persönlich zur Seite stehen würde. Nachdem seine Geschäftspartner dem Partnerwechsel zugestimmt hatten, mussten jetzt die Stammkunden des Drogenbarons ihren künftigen Lieferanten persönlich kennenlernen. Dabei dürfte es nach Einschätzung des Beamten keine Schwierigkeiten geben, da mit Ausnahme des Ansprechpartners alles beim Alten bleiben würde. Allerdings galt es, einen neuen Informanten bei der Wiener Drogenfahndung spätestens bis zum endgültigen Ausstieg von Kevin Albrecht zu finden. Ein Problem, für das der Drogenfahnder bisher keine Lösung hatte.

Dieses schwierige Thema nahm an diesem Abend den größten Teil ihrer Diskussion ein. Nachdem der Beamte auch Nathan die Gründe erläutert hatte, weshalb er selbst nicht mehr als Kontaktmann zur Verfügung stehen konnte, brachte er seinen Kollegen ins Gespräch und erwähnte dabei auch seine finanziell schwierige Situation in Folge der kürzlichen Scheidung.

»Er wäre der richtige Kandidat, weil wir eine ähnliche Auffassung haben. Außerdem bräuchte er dringend eine zusätzliche Einnahmequelle, da ihn der Unterhalt für seine Ex-Frau und zwei Kinder regelrecht auffrisst. Er muss jeden Euro mehrfach umdrehen

und lebt sehr bescheiden und allein in einer kleinen
Ein-Zimmer-Wohnung.«

Nathan hatte schweigend zugehört und überlegt,
wie er am besten einen persönlichen Zugang zu diesem Mann finden könnte. Um keinerlei Misstrauen zu
erregen, dürfte es weder eine Verbindung zu seinem
Freund oder Herrn Mischke geben.

Er wandte sich an den Polizisten. »Vielleicht haben
Sie eine Idee, die uns zumindest einen zunächst indirekten Kontakt zu Ihrem Kollegen ermöglicht. Wenn
Sie ihn nach Feierabend auf ein Bier in einem möglichst stark frequentierten Lokal einladen, sorge ich
dafür, dass er eine gute Freundin von mir kennenlernt. Ich sorge dafür, dass sie sich zu uns an den Tisch
setzt. Die Frau an meiner Seite ist Ende Dreißig, attraktiv und sehr kommunikativ. Und wenn der
Abend so verläuft, wie ich es mir vorstellen könnte,
wird sich Ihr Freund in meine Begleiterin verlieben.
Sie ist mir übrigens einen großen Gefallen schuldig.«

Keiner der drei Männer konnte in diesem Moment
ahnen, wie schnell und ergiebig ihre Rechnung um
diese inszenierte Begegnung aufging. In kurzer Zeit
war der dringend benötigte Nachfolger für Karl-
Heinz Mischke als neuer Kontaktmann im Drogendezernat gefunden. Er wurde zu seinem höchst nützlichen Informanten und persönlich engen Freund.
Immerhin verdankte er indirekt Nathan sein großes
Liebesglück und zugleich einen attraktiven Nebenverdienst.

Gemeinsame Zukunft in Thailand

Fast zur gleichen Zeit wie der Drogenbaron dachte auch Monica Novotny über ihr künftiges Leben nach. Sie hatte sich als erfolgreiches Escortmodell über die Jahre ein beachtliches Vermögen geschaffen, das ihr nun ein finanziell sorgenfreies Leben bis zum Ende ihrer Tage ermöglichen würde.

Nach ihrem letzten Urlaub auf Koh Samui spielte sie ebenfalls mit dem Gedanken, nach Thailand auszuwandern. Wie Kevin Albrecht konnte auch sie sich ihr künftiges Zuhause auf der beliebten Insel vorstellen, die vom Massentourismus nicht so überlaufen war wie Phuket. Hier würde sie einen endgültigen Strich unter einer bewegten Vergangenheit ziehen, die ihr in ihrer Jugend viel Leid beschert hatte.

Die anstrengende Zeit als Edelhure hatten ihre Spuren hinterlassen. Dabei musste sie für ihren Wohlstand hart arbeiten und mitunter die körperliche Nähe von fremden Männern ertragen, die ihr wahrhaftig nicht nah waren. Oft kam sie sich wie eine vielseitige Schauspielerin in einer ungeliebten Rolle vor. Obwohl sie niemand gezwungen hatte, ihren begehrten Körper zur sexuellen Befriedigung zahlender Kunden anzubieten, betrachtete sie diese einträgliche Dienstleistung als einzige Option in ihrer damaligen Situation.

Die gebürtige Tschechin war als junge Frau nach dem Tod des Vaters gemeinsam mit ihrer pflegebedürftigen Mutter aus einer kleinen Stadt in der Nähe von Prag nach Deutschland übersiedelt. Ohne Ersparnisse und Berufsausbildung fehlten der Tochter die erforderlichen Mittel sowohl für die Versorgung ihrer kränkelnden Mutter als auch für den eigenen Lebensunterhalt. In dieser Not blieben Monica Novotny wenig Alternativen.

Nach dem wiederholten Missbrauch durch einen hemmungslosen Freund ihres Vaters hatte sie bereits als junges Mädchen das Gefühl der widerwilligen Sexualität kennengelernt. Diese traumatische Erfahrung prägte auch ihr späteres Verhältnis zu Männern. Seither spürte sie selbst wenig Verlangen nach erotischer Intimität. Stattdessen empfand sie große Genugtuung durch die üppigen Honorare ihrer vielseitigen Liebesdienste. Damit konnte sie sich problemlos die hohen Kosten für die Unterbringung ihrer Mutter in einem erstklassigen Seniorenheim in der Nähe von Frankfurt leisten.

Vor wenigen Tagen war die 84-jährige Frau nach einem Krebsleiden friedlich in ihren Armen eingeschlafen. Beim kleinen Begräbnis lediglich im Beisein von zwei Pflegekräften wurde der fürsorglichen Tochter bewusst, dass sie jetzt nur noch für sich selbst verantwortlich war. Da es keine weiteren Angehörigen gab, musste sie auf niemand Rücksicht nehmen und war somit auch nicht mehr ortsgebunden.

So gesehen war der schmerzvolle Verlust ihrer jahrelang umsorgten Mutter zugleich der erleichternde Gewinn einer neuen Freiheit. Diese Erkenntnis machte sie ebenso traurig wie glücklich. Sie beschloss, in den kommenden Tagen einen zweiwöchigen Urlaub auf Koh Samui zu buchen. Es sollte der erste Schritt in ein neues Leben werden, das ihr endlich auch den Lebenspartner bescheren würde, für den es in ihrem Beruf als Escortmodell keinen Platz gegeben hat. Aber das ahnte sie noch nicht, als sie auf dem Friedhof Frankfurt-Bockenheim von ihrer Mama Abschied nahm.

Eine schicksalhafte Begegnung auf dem Flughafen Suvarnabhumi in Bangkok veränderte das Leben von Monica Novotny. Sie war gerade mit Emirates EK 372 pünktlich aus Dubai gelandet und stand am Gepäckband in der Ankunftshalle. Monica schaute auf ihre Apple Watch, die sich automatisch auf die Ortszeit aktualisiert hatte. Bis zum Weiterflug nach Koh Samui war noch genügend Zeit. Da sie die letzte Etappe mit einer anderen Airline flog, hatte sie ihren großen Alukoffer vorsichtshalber nur bis zur Zwischenlandung in der thailändischen Metropole aufgegeben. Erleichtert entdeckte sie ihr auffallendes Gepäckstück auf dem Beförderungsband. Bevor sie jedoch nach ihrem schweren Rimowa greifen konnte, kam ihr die helfende Hand eines anderen Passagiers zuvor, der neben ihr ebenfalls auf sein Reisegepäck wartete. Sie erkannte ihn wieder, denn er hatte auf dem langen Flug hinter ihr gesessen. Der Mann sah sympathisch aus und lächelte sie freundlich an.

»Sorry, may I help you?«

Sie nickte dankend und fragte etwas schüchtern: »Sprechen Sie vielleicht auch Deutsch? Mein Englisch ist leider miserabel.«

Seine Stimme war angenehm und er hatte einen leicht österreichischen Dialekt. »Ich bin Kevin und komme aus Wien. Wir sind mit derselben Maschine geflogen; Sie waren zwei Reihen vor mir. Ich freue mich, Sie kennenzulernen.«

Minuten später gingen sie gemeinsam zum Terminal für Inlandsflüge. Sie waren auf demselben Weiterflug gebucht. Der Zufall wollte es, dass sie nicht nur auf dem einstündigen Flug nebeneinander saßen, sondern zudem amüsiert feststellten, ihren Aufenthalt im selben Hotel gebucht zu haben. Also nahmen sie sich nach der Landung auf Koh Samui ein gemeinsames Taxi und fuhren zusammen ins Ritz Carlton. Das luxuriöse Hotel lag im nördlichen Inselteil Bophut. Nach dem Check-In verabschiedete sich Kevin Albrecht höflich.

»Ich wünsche Ihnen einen schönen Aufenthalt. Wer weiß, vielleicht laufen wir uns wieder über den Weg.«

Monica Novotny lächelte zurück. »Ja, das wäre doch nett. Auch Ihnen schöne Tage und gute Erholung.«

Bis zu ihrer nächsten Begegnung dauerte es keine 24 Stunden. Wie es der Zufall erneut wollte, trafen sie sich am nächsten Vormittag bei einem Projektentwickler wieder, der übers Web mehrere Bungalows in verschiedenen Größen anbot. Er stellte sich als Thierry vor und kam ursprünglich aus Frankreich. Vor über zehn Jahren war er mit seinem Bruder Richard ausgewandert.

»Wir hatten die Nase voll vom teuren und stressigen Leben in Paris. Thailand und ganz besonders Koh Samui sind bei Aussteigern sehr beliebt. Die Thais sind grundsätzlich zu allen Menschen freundlich, gleich welcher Religion, Hautfarbe oder Nationalität. Hier ist fast immer schönes Wetter und das Leben ist bezahlbar. Ein weiteres Plus ist das gute Gesundheitssystem, was ja gerade für uns ältere Menschen sehr wichtig ist. Wir haben sehr viel Nachfrage von Senioren und mehr und mehr auch von Singles. Die meisten unserer Kunden leben jetzt ganz hier. Deshalb bieten wir einen viel höheren Standard als herkömmliche Ferienhäuser. Kommen Sie, ich zeige Ihnen die Anlage. Einige Grundstücke sind noch zu haben.«

Nach der Besichtigung lud Thierry seine beiden Interessenten zu einem Lunch ein. Sie fuhren zu einem kleinen Bistro am Strand von Bophut. Der Wirt war ebenfalls Franzose und lebte inzwischen ganz in Thailand. Er hieß Jean-Pierre und war ein guter Freund von Thierry. Sie bestellten eine große Platte mit frischen Meeresfrüchten und Salaten.

Nach dem Essen nahmen sie sich drei Liegestühle und sprachen über die besichtigten Objekte. Am besten hatte ihnen ein ruhig gelegenes Grundstück mit einem großflächigen Bungalow gefallen. Nachdem Thierry erfuhr, dass sich seine Interessenten gerade erst kennengelernt hatten und entgegen seinem ersten Eindruck nicht liiert waren, sprach er von der Möglichkeit, das Wohnhaus und die Außenfläche ohne großen Aufwand in zwei separate Einheiten trennen lassen zu können.

»Das ist überhaupt kein Problem. Sie wären zwei eigenständige Nachbarn, die sich allerdings einen gemeinsamen Pool teilen würden. Den können wir leider nicht halbieren.«

Monica und Kevin schauten sich schweigend an. Mit seinen Siebzig Jahren verfügte der clevere Verkäufer über große Menschenkenntnis und konnte sich gut vorstellen, was in ihren Köpfen vorging. »Nehmen Sie sich unbedingt die erforderliche Zeit zum Nachdenken; ich reserviere Ihnen die Fläche für einige Tage. Völlig unabhängig von Ihrer Entscheidung, würde ich Sie gern morgen zu mir nach Hause einladen. Meine Lebensgefährtin ist eine Meisterin der thailändischen Küche. Alles weitere besprechen wir dann bei einem gemütlichen Essen. Wenn Sie einverstanden sind, hole ich Sie gegen sieben im Hotel ab.«

Anschließend brachte der Franzose seine beiden Gäste zurück ins Hotel. Monica und Kevin waren von dieser unerwarteten Situation und den neuen Eindrücken etwas überwältigt und auf der Rückfahrt in Gedanken versunken. Nachdem sie sich dankend von Thierry verabschiedeten, zog sich jeder für sich in seinen Bungalow zurück. Die Vorstellung, in Zukunft quasi Tür an Tür zu wohnen, war sehr überraschend und passte bislang nicht zu zwei typischen Einzelgängern, die ihren Lebensunterhalt auf so ungewöhnliche Art und Weise bestritten. Es sollte auch noch einige Zeit dauern, bis sie sich hierzu gegenseitig anvertrauten.

Thierry war nicht nur ein cleverer Geschäftsmann, sondern auch ein charmanter Gastgeber. Am Abendessen nahm ebenfalls sein Bruder Richard mit seiner thailändischen Freundin teil. Die beiden Franzosen berichteten abwechselnd von ihrem Leben in Thailand, das in mehrfacher Hinsicht viel entspannter als in den europäischen Metropolen war. Beide waren von ihren Ehepartnern geschieden und inzwischen mit deutlich jüngeren Frauen auf Koh Samui neu liiert.

Insgesamt machten sie einen glücklichen Eindruck und hatten es seither nie bereut, in dieses südostasiatische Land mit seinen freundlichen Menschen und tropischen Stränden ausgewandert zu sein. Monica und Kevin hörten gespannt zu und waren von den Erzählungen sehr inspiriert. Obwohl sie seit der Besichtigung am Vortag noch nicht über Thierrys Idee einer Flächenteilung des Grundstücks gesprochen hatten, konnten sich beide unabhängig voneinander durchaus vorstellen, künftig Tür an Tür zu leben.

Als sich Kevin Albrecht drei Tage später von seiner künftigen Nachbarin verabschiedete und nach Wien zurückflog, hatte er schon den notariell beurkundeten Kaufvertrag für das Grundstück in der Tasche. Alles war blitzschnell gegangen; Monica und er waren sich über den gemeinsamen Erwerb einig, ohne lange darüber gesprochen zu haben. Weder er noch sie hatten gezögert und spontan zugesagt.

Obwohl sie sich eigentlich noch gar nicht kannten, bestand zwischen ihnen bereits eine Vertrautheit, als wäre diese Entscheidung geradezu selbstverständlich. Ganz unbewusst gaben sie sich der intensiven Magnetwirkung hin, die sie füreinander hatten. Es war schon unheimlich, wie schnell sich ihr Leben durch ihre zufällige Begegnung am Gepäckband eines Flughafens verändert hatte.

Sie fühlten sich zueinander hingezogen; achteten dabei aber eine höfliche Distanz ohne jegliche Annäherungsversuche. Selbst als sie nach dem köstlichen Abendessen bei Thierry eine Flasche Champagner an der Hotelbar bestellten und auf ihren Entschluss anstießen, wussten sie voneinander noch immer so gut wie nichts. Beide vermieden es, über sich zu sprechen, obwohl sie schon bald in ihrem neuen Zuhause sehr nah beieinander wohnen würden.

Erst zwei Monate später gewährten sie sich einen ersten Einblick in ihr bisheriges Leben, das ebenso außergewöhnlich war wie der Beginn und spätere Verlauf ihrer Beziehung. Zwischen ihren beiden Reisen hatten sie mehrmals wöchentlich telefoniert und dabei vor allem über die Gestaltung ihres neuen Anwesens diskutiert. Sie einigten sich auf eine Planung, die alle Optionen offen ließ.

Der großzügige Bungalow sollte zwei komplett ausgestattete Wohneinheiten mit eigenem Eingang, aber zugleich mit der Möglichkeit einer direkten Verbindung beider Einheiten erhalten. Dabei dachten sie an eine raumteilende Schiebetür aus blickdichtem Glas, die ihre Wohnräume ebenso schnell verbinden wie wieder trennen könnte. Nun galt es, alle Details mit Thierry vor Ort zu besprechen.

Sie verabredeten einen zeitnahen Reisetermin und flogen ab München gemeinsam nach Bangkok. Thierry holte sie am Flughafen Koh Samui ab und brachte sie ins Ritz Carlton. In der ihnen bereits bekannten Nobelherberge hatten sie für fünf Tage jeweils eine Suite mit Terrasse reserviert.

Gleich danach trafen sie sich im Büro des Projektentwicklers, der auch seinen Architekten zu diesem Planungsgespräch eingeladen hatte. Da beide Erwerber klare Vorstellungen von ihrem neuen Anwesen hatten, war man sich über die notwendigen Arbeiten sowie über den Kosten- und Zeitaufwand sehr schnell einig.

Für den Abend hatte Thierry einen Tisch im Restaurant Kawin's Kitchen in Maret bestellt, das rund zwölf Kilometer von ihrem Hotel entfernt im östlichen Inselteil lag. Wieder war sein Bruder Richard mit Begleitung dabei. Serviert wurde ein typisches thailändisches Dinner mit einer pikanten TomYam-Suppe. Als Hauptgericht hatte der Gastgeber süßes Curry mit Hühnchen und Kartoffeln ausgesucht. Bevor sie wieder ins Ritz Carlton zurückfuhren, machten sie noch einen kurzen Abstecher im Coco Tam's, einem bekannten Nachtclub direkt am Strand im nahegelegenen Fisherman's Village.

Die nächsten drei Tage verbrachten Monica Novotny und Kevin Albrecht mit zahlreichen Ausflügen zu verschiedenen Sehenswürdigkeiten der Insel. Thierry hatte ihnen einen privaten Guide organisiert und ebenfalls einen Termin bei einem Rechtsanwalt verabredet, der ihnen bei der Beantragung einer Aufenthaltsgenehmigung behilflich sein könnte. Außerdem sahen sie sich bei mehreren Geschäften nach Möbeln und weiteren Einrichtungen für ihr neues Zuhause um. Sie würden ihren bisherigen Hausstand größtenteils auflösen und nur mit ihren persönlichen Sachen nach Thailand auswandern.

Die Zeit bis zu ihrer gemeinsamen Rückreise verging sehr schnell. Sie waren von früh morgens bis spät abends durchgehend zusammen und verbrachten lediglich die Nächte getrennt in ihren Hotelzimmern. Da ihr Rückflug von Bangkok nach München gegen Mitternacht ging, mussten sie erst am frühen Abend in Koh Samui aufbrechen. Nach einem kurzen Aufenthalt am Internationalen Flughafen Suvarnabhumi ging es pünktlich weiter. Die bequeme Business-Class der neuen Maschine von Thai Airways war komplett ausgebucht.

Gedankenversunken schaute Monica Novotny aus dem ovalen Fenster, als der Airbus 350 von der 4000 Meter langen Start- und Landebahn 01R/19L in Richtung Europa abhob.

Ihre Beziehung zu Kevin Albrecht hatte inzwischen einen sensiblen Punkt erreicht. Sie waren sich mittlerweile viel zu nah, um so wenig voneinander zu wissen. Monica Novotny fühlte sich mehr und mehr zu ihm hingezogen und hatte das Gefühl, dass es ihm ebenso ging. Zwischen ihnen bestand eine gegenseitige Magnetwirkung, die sie in dieser Intensität noch nie erlebt hatte. Sie genoss seine unaufdringliche Nähe. Zugleich befürchtete sie seinen wahrscheinlichen Rückzug, sobald sie ihm ihr Vorleben als professionelles Escortmodell gestehen würde. Wie würde er wohl reagieren und könnten sie trotz ihrer belastenden Vergangenheit eine gemeinsame Zukunft haben?

Monica wäre bei dieser quälenden Frage sehr erleichtert gewesen, wenn sie in diesem Moment um die gleichlautenden Sorgen des Mannes neben ihr gewusst hätte. Dass auch er guten Grund zur Geheimnistuerei hatte, kam ihr überhaupt nicht in den Sinn. Sie, eine Edelhure und er, ein international tätiger Drogenbaron, der die Schickeria in den europäischen Hotspots mit bestem Kokain versorgte.

Sie waren schon ein ganz besonderes Paar, das sich zeitlich an der Schwelle zu einem neuen Lebensabschnitt kennengelernt hatte. Eine schicksalhafte Begegnung, ganz zufällig am Gepäckband eines Flughafens. Monica Novotny nippte an ihrem Glas mit dem eisgekühlten und perfekt gewürzten Tomatensaft.

Sie nahm ihren ganzen Mut zusammen und entschloss sich, die Initiative zu ergreifen. Da sie bis zur Landung noch über elf Sitzungen neben-einandersitzen würden, war das eine gute Gelegenheit, dieses unausweichliche Thema anzusprechen.

Sie drehte ihren Kopf zu ihm. Kevin Albrecht hatte die Augen halb geschlossen und dachte ebenfalls über diese neue Situation nach. Die Frau auf dem Nachbarsitz war ganz anders, als die typischen Frauen in den Gesellschaftsschichten, mit denen er allgemein zu tun hatte. Abgesehen von gelegentlich meist kurzweiligen Affären, war er bis heute ein überzeugter Single. Die plötzliche Begegnung mit dieser Frau hatte in ihm etwas ausgelöst, was er für nicht mehr möglich gehalten hätte. Es kam ihm vor, als hätte er mit seinem zuvorkommenden Griff nach ihrem schweren Koffer am Gepäckband in Bangkok zugleich die Tür in ein neues Leben geöffnet.

Schweigend hörte er aufmerksam zu, als sich die Frau neben ihm offenbarte. Sie schaute ihm dabei in die Augen und erzählte in fast allen Details, was sie dazu gebracht hatte, eine begehrte Edelhure in Deutschland zu werden.

»Am Anfang war es eine Entscheidung aus rein finanzieller Not. Ich war mit meiner kranken Mutter nach Frankfurt übersiedelt und wir hatten kein Geld. Wovon sollten wir leben? Leider hatte ich auch keine Ausbildung, die mir einen normalen Beruf ermöglicht hätte. Aber ich will nicht verschweigen, dass ich im Laufe der Zeit das Gefühl der Macht über diese oft reichen und teilweise bekannten Männer schon genossen habe. Manche waren wie flüssiges Wachs in meinen Händen.

Ja, ich habe meinen Körper an sie verkauft, oft für vierstellige Honorare. Für mich war es ein reines Business, ohne Gefühle und ohne sexuellen Spaß. Nein, ebenso wenig habe ich mich jemals privat mit einem Gast eingelassen und ich hatte in diesen vielen

Jahren nie eine Beziehung zu einem Mann. Bis heute nicht. Es gab zwar so einige Gelegenheiten, jedoch konnte und wollte ich mich bis heute auf keinen Partner einlassen. Welcher Mann möchte schon mit einem Escortmodell zusammen sein? So eine Beziehung kann doch auf Dauer nicht gut gehen,«

Jetzt war es raus, nun gab es kein Zurück. Fragend schaute sie in das Gesicht von Kevin, dessen Ausdruck sie nicht deuten konnte. Was ging jetzt in seinem Kopf vor? Wahrscheinlich war er entsetzt und würde möglicherweise gleich die Stewardess bitten, ob sie ihm einen anderen Platz zuweisen könnte. Da die Business-Class ausgebucht war, müsste er den Sitz mit einem anderen Passagier tauschen.

Eine peinliche Situation, die sie sich nicht weiter ausmalen wollte. Monica Novotny hatte keine andere Wahl und musste ihm die Wahrheit sagen. Auch wenn es zwischen ihnen bislang noch kein Thema war, entwickelte sich zwischen ihnen unaufhaltsam eine Nähe, die weit über eine Nachbarschaft hinaus zu einer intensiven Beziehung werden könnte. Seit ihrer Jugendliebe zu Miroslav im heimischen Kladno war Kevin Albrecht der erste Mann, der ihr Herz berührte und bereits große Bedeutung für sie hatte.

Der Drogenbaron war angesichts seiner eigenen Situation mehr erleichtert als schockiert. Nach Monicas schonungslosen Beichte könnte auch er nun in aller Offenheit mit ihr über sich sprechen. Die Art und Weise, wie er seinen Lebensunterhalt bestritt war keineswegs besser. Er atmete tief durch und griff nach der gepflegten Hand seiner ihn musternden Sitznachbarin. Sanft streichelte er über ihre wohlgeformten Finger und führte sie langsam zu seinen Lippen.

»Monica, würdest Du dich denn mit einem Partner einlassen, der seit jeher die sogenannte Spaßgesellschaft in den europäischen Hotspots mit Drogen versorgt hat? Und spielt es überhaupt ein Rolle, was Du und ich gestern gemacht haben? Morgen können wir ein neues Leben in Thailand beginnen. Wir haben beide gute Gründe, einen dicken Strich unter unserer Vergangenheit zu ziehen und uns auf das zu freuen, was vor uns liegt.«

Monica Novotny schaute ihn mit großen Augen an und war völlig konsterniert. Das hatte sie nun wirklich nicht erwartet. In den letzten Tagen hatte sie sich schon wiederholt gefragt, wie wohl das private und berufliche Leben dieses Mannes aussehen würde. Dass er ein Rauschgifthändler war, hätte sie sich trotz ihrer ausgeprägten Menschenkenntnisse niemals vorstellen können.

Sie selbst hatte nichts für Kokain oder andere Drogen übrig und entsprechende Angebote von ihren Kunden immer entschieden abgelehnt. Und nun war sie drauf und dran, sich in einen Mann zu verlieben, der mit diesem Zeug handelte. Letztendlich war sie ihm dafür sogar dankbar, weil er so wie sie sein Geld auf eine ebenso unbürgerliche Art und Weise verdiente.

Die Zeit bis zur Landung verging wie im Flug. Stundenlang hatten sie miteinander gesprochen. Über sich und über Gott und die Welt. Als die Maschine am Flughafen Franz Josef Strauß aufsetzte, hatte das Paar nicht eine Minute geschlafen. Auch verzichteten beide auf das Frühstück und bestellten lediglich Cappuccino.

Planmäßig würden sich in München ihre Wege vorerst trennen. Während Monica Novotny den nächsten Anschluss nach Frankfurt nehmen wollte, war Kevin Albrecht nach Wien gebucht.

Spontan fragte er sie. »Wie würdest Du es finden, wenn ich mitkomme und wir noch ein oder zwei Tage miteinander verbringen?«

So sehr sich das Monica Novotny ebenfalls wünschte, hatte sie einen anderen Vorschlag. »Ich würde viel lieber am Wochenende zu dir nach Wien kommen und mich zu dem Apfelstrudel einladen lassen, von dem Du so schwärmst.«

Das bittere Ende von Marc Miller

Zeitgleich mit dem zarten Beginn dieser neuen Liebe nahm eine inzwischen ältere Beziehung in Monte Carlo ihr derbes Ende.

Marc Miller war gut zwei Wochen nach der aufwendigen Krebsoperation an seiner Bauchspeicheldrüse aus der Klinik entlassen worden und mit einem Taxi in die Wohnung gefahren, die ihm Daniela Marchese besorgt hatte. Er fühlte sich elend. In dem mehrstündigen Eingriff nach der Whipple'schen Methode konnten die Chirurgen das krebsbefallene Gewebe im Kopfbereich des Pankreas entfernen und hofften, dass der aggressive Tumor keine Metastasen gestreut hatte.

Nach einer kurzen Erholungsphase würde seine Chemotherapie im Centre Hospitalier Princesse Grace beginnen. Er war sehr schwach auf den Beinen und psychisch niedergeschlagen. Mühsam öffnete er die Wohnungstür. Daniela war offenbar nicht zuhause. Wieso hatte sie ihn eigentlich nicht abgeholt und wo trieb sie sich nur wieder rum? Er ging ins Schlafzimmer. Erschöpft und verärgert legte er sich aufs Bett und schlief fast sofort ein.

Währenddessen lag seine aktuelle Lebensgefährtin ein paar Straßen weiter in den muskulösen Armen eines Profi-Fußballers des AS Monaco. Die feurige Italienerin hatte den 26-jährigen Schweden kürzlich in ihrer Trattoria kennengelernt und ihm schöne Augen gemacht. So sehr ihr auch Marc wegen seiner schlimmen Krankheit leid tat, wollte sie jedoch nicht auf ihr Vergnügen verzichten. Zudem hatte sie erhebliche

Zweifel, ob er mit dieser schweren Krankheit jemals wieder Sex haben könnte.

Sie war im besten Alter, voller Lust und Leidenschaft. Viel mehr Sorgen bereitete ihr seine befürchtete Reaktion, sobald er herausfinden würde, wie großzügig und hemmungslos sie sich in den letzten Wochen von seinem Privatkonto bedient hatte. Da nur sie von seiner bevorstehenden Operation wusste, hatte Marc Miller ihr für den unverhofften Notfall die Zugangsdaten zu seiner Bank gegeben.

Obgleich der Wahlschweizer Gott und die Welt kannte, war er in der schwierigen Situation nach seiner lebensbedrohlichen Diagnose völlig allein. An seine Eltern konnte und wollte er sich nicht wenden. Die Mutter war zwischenzeitlich an Demenz erkrankt und das Verhältnis zum verhassten Vater völlig zerrüttet. Selbst in dieser verzweifelten Situation konnte er nicht den Mut aufbringen, ihn um Hilfe zu bitten.

Natürlich hätte er sich vertrauensvoll an seinen Jugendfreund Frank Purwitz wenden können. Da er aber mit dem reichen Immobilienerben in Frankfurt über ihr gemeinsames Projekt auf Ibiza geschäftlich verbandelt war, fürchtete er um einen möglichen Interessenkonflikt des gierigen Partners. Immerhin wäre es angesichts ihrer Vereinbarung finanziell von erheblichem Vorteil für Frank Purwitz, wenn er die komplizierte Operation nicht überleben würde.

Also blieb ihm schließlich nichts anderes übrig, als sein Schicksal in die Hände der Italienerin zu legen, die mit seinem Arzt gut bekannt war und somit einen schnellen Untersuchungstermin in der Klinik ermöglicht hatte. Dafür war er ihr sehr dankbar. Aber er wusste auch, dass sie kein Kind von Traurigkeit war und er hinsichtlich ihrer Treue und Loyalität ein beträchtliches Risiko einging.

Als er vier Stunden danach aufwachte, war er immer noch allein. Er schaute auf die Uhr, es war fast fünf Uhr. Daniela war wohl schon in ihrem Lokal und bereitete das Abendgeschäft vor. Sie würde erst spät nach Hause kommen. Marc Miller überlegte kurz, sie anzurufen, verwarf diesen Gedanken aber sofort wieder.

Er stand langsam auf und ging behutsam in die Küche. Durch die schmerzstillenden Morphium Tabletten war sein Kopf etwas benebelt. Er hatte Durst und trank ein großes Glas Badoit. Das erfrischende Mineralwasser enthielt nur wenig Kohlensäure und tat ihm gut. An Alkohol war in seinem Zustand nicht zu denken.

Die Ärzte hatten ihn auch aufgrund seiner hochdosierten Medikamente dringend davon abgeraten. Er füllte erneut das Glas mit dem leicht prickelnden Wasser und setzte sich an den Schreibtisch, von wo aus er aufs Mittelmeer blicken konnte. Die frühe Abendsonne senkte sich allmählich am Horizont, und die glatte Wasseroberfläche schimmerte dabei in einem rötlichen Ton. Kurze Zeit genoss er diesen schönen Anblick. Dann klappte er seinen Laptop auf.

Wie erwartet, waren in der Zwischenzeit viele Nachrichten eingegangen. Die meisten Mails waren geschäftlich und betrafen das jüngst erworbene Anwesen auf Ibiza. Bis auf die wesentliche Post, auf die er in den nächsten Tagen reagieren würde, löschte er den Rest.

Marc Miller nahm sich vor, es mit der Arbeit langsam wieder angehen zu lassen. Wenn alles gut verlaufen würde, würde er das Pensum allmählich steigern. Allerdings rechnete er mit weiteren Ausfällen durch die befürchteten Nebenwirkungen der bevorstehenden Chemotherapie. Im Moment fühlte er sich noch fit genug, um auch nach seinen Finanzen zu schauen.

Er war seit Jahren bei einer kleinen Privatbank in Zürich, die vermögende Kunden exklusiv betreute. Als er online seine Kontostände abfragte, blieb ihm das Herz fast stehen. Daniela hatte während seiner Klinikaufenthaltes dreimal 80.000 Euro auf ein Konto bei der Credit Forcier Monaco übertragen. Marc Miller war leichenblass, sein Magen hatte sich schmerzhaft zusammengezogen. Er war zugleich fassungslos und schwer enttäuscht.

Wie konnte sich die Frau nur stillheimlich an seinem Vermögen bereichern, ohne ihm auch nur ein Wort zu sagen? Ihr musste doch klar gewesen sein, dass ihm das nicht verborgen bleiben würde. Marc Miller war gespannt, wie sie diesen Vertrauensbruch rechtfertigen würde. Er spürte, wie die Wut unaufhaltsam in ihm hochstieg. Allerdings war große Vorsicht geboten, da er allzu gut um die ausgezeichneten Beziehungen von Daniela wusste. Zu ihrem großen Netzwerk zählten teilweise obskure Gestalten, mit denen man sich besser nicht anlegen sollte.

Also müsste er sich unbedingt beherrschen, wenn er sie bei nächster Gelegenheit zur Rede stellen würde. Er starrte auf das Meer und überlegte. Dann kam ihm die Idee, Sergej Petrov anzurufen. Der mächtige Russe hatte weltweite Verbindungen und könnte ihm wahrscheinlich einen geeigneten Spezialisten vermitteln, der sein Geld zurückholen würde. Zumindest könnte es absolut nicht schaden, auf seinen weisen Rat zu hören. Sie hatten zwar seit längerer Zeit keinen Kontakt mehr, aber er würde sicherlich Verständnis haben und ihm einen guten Tipp geben. Entschlossen nahm er das Handy und rief an.

»Hallo Sergej, hier spricht dein alter Freund Marc. Entschuldige bitte die Störung, aber ich bin in einer sehr misslichen Lage. Ich brauche dringend deinen Rat und am besten auch deine Hilfe.«

Es dauerte einige Sekunden, bis Sergej Petrov mit kühl klingender Stimme reagierte. »Was ist denn passiert, und wann kann ich für dich tun?«

Marc Miller schüttete sein Herz aus. Er berichtete mit leicht zittriger Stimme von seiner schweren Krebserkrankung und seinem Malheur mit Daniela.

Der Oligarch hörte schweigend zu und erkundigte sich zunächst nach seinem aktuellen Gesundheitszustand. Einerseits bedauerte er seinen entfernten Bekannten, andererseits war ihm aber relativ gleichgültig. Seitdem er um Marc Millers kaltherziges Verhältnis zu den eigenen Eltern wusste, war er ihm fremd geworden. Er hatte nicht das Geringste für solche Narzissten übrig, die nur sich selbst wichtig waren.

»Das ist sehr bedauerlich, aber ich werde dir da wenig helfen können. Ich bin kein Schulden-eintreiber und habe keinen Draht zu Inkassofirmen, die dein unglückseliges Problem lösen könnten. Du wirst wohl deine Freundin mit guten Argumenten zur Rückzahlung überzeugen oder das Geld halt einfach abschreiben müssen. Das macht dich doch nicht arm, oder?«

Mit dieser abweisenden Reaktion hatte Marc Miller nicht gerechnet. Der Russe hatte ihn wohl nicht richtig verstanden. Schließlich ging es immerhin um nahezu eine Viertel Million sowie um den Missbrauch seiner Abhängigkeit. Er unternahm einen letzten Versuch. »Aber was würdest Du denn tun, wenn man dich so beklauen würde?«

Die prompte Antwort war eindeutig. »Diese Frage stellt sich mir nicht, weil ich so etwas noch nicht erlebt habe. Aber abgesehen davon, habe ich im Gegensatz zu dir einen Vater, der immer für mich da wäre. So wie ich für ihn. Wir müssen uns nicht von Außenstehenden abhängig machen. Du indes hast deine Familie verstoßen und erleidest jetzt die Konsequenzen. Daran bis Du selbst schuld, mein Lieber. Sei froh, dass die Operation erfolgreich war, und vielleicht hast Du noch ein paar gute Jahre vor dir.

Vergeude diese wertvolle Zeit also nicht mit sinnlosen Auseinandersetzungen, die dir dein weiteres Leben nur noch schwerer machen. Ich wünsche dir alles Gute, Marc.«

Das war's, Sergej Petrov konnte und wollte ihm wohl auch nicht helfen. Ihr einst guter Kontakt hatte sich seit dem letzten gemeinsamen Lunch im Bindella sehr abgekühlt. Marc Miller nahm sich jetzt vor, nie wieder mit ihm ein Wort zu wechseln.

Da er durch seine schwere Krankheit geschwächt und nun völlig allein auf sich gestellt war, müsste er sich entgegen seiner cholerischen Wesensart ab sofort besser beherrschen. Widerwillig gestand er sich eine ihm bislang unbekannte Wehrlosigkeit ein.

Trotzdem würde er Daniela zur Rede stellen und auch mit Nachdruck die Rückgabe der ihm entwendeten Gesamtsumme einfordern. So leicht würde sie nicht davonkommen. Er war so aufgebracht, dass er lange wach im Bett lag und nicht schlafen konnte. Immer wieder kreisten seine Gedanken um diese Frau, die ihn so hinterhältig bestohlen hatte. Warum nur? Er war stets großzügig und hatte sie mit Geschenken überhäuft. Wenn sie Geldsorgen haben würde, hätte sie ihn doch einfach fragen können. Er hätte ihr sicher geholfen.

Das Treffen mit Daniela fand am nächsten Morgen statt, da sie erst spät in der Nacht nach Hause gekommen war. Sie war davon überzeugt, dass Marc zwischenzeitlich seine Bankkonten eingesehen und ihre Entnahmen entdeckt hatte. Ihr stand ein unangenehmes Gespräch mit ihm bevor, dass sie aber nicht mehr in dieser Nacht führen wollte.

Der Abend in ihrer beliebten und fast immer ausgebuchten Trattoria war anstrengend genug und nach dem anschließenden Besuch bei ihrem neuen Liebhaber war sie völlig erschöpft. Barfuß öffnete sie die Wohnungstür und hoffte, dass Marc schlafen und sie nicht hören würde. Sie schlüpfte schnell ins Bett und fiel erschöpft in einen tiefen Schlaf. Als sie gegen acht Uhr wach wurde, stand er in seinem Morgenmantel vor ihr.

»Da bist Du ja endlich. Ich habe den ganzen Tag auf dich gewartet. Du wusstest doch, dass ich gestern aus der Klinik entlassen wurde.«

Eine Stunde später hatte Daniela Marchese ihre Reisetasche mit den wenigen Sachen gepackt, die sie in der gemeinsamen Wohnung deponiert hatte. Vorausgegangen war eine erstaunlich friedliche Diskussion mit ihrem Lebensgefährten, der allerdings seine Verärgerung über ihre Entnahmen von seinem Privatkonto nur mühsam unterdrücken konnte. Sie war überrascht, wie gefasst und ruhig er dennoch war. Das machte ihm offenbar mehr zu schaffen als seine lebensbedrohliche Krankheit.

»Daniela, ich werde mich nicht großartig mit dir streiten, weil Du mir in meiner schwierigen Lage immerhin sehr geholfen hast. Das vergesse ich dir nie. Ich gehe davon aus, dass Du dich auf meinem Konto aufgrund eines finanziellen Engpasses bedient hast. Hast Du so große Schulden oder andere Probleme? Du hättest mich selbstverständlich fragen müssen. Nun ja, das ist jetzt nicht mehr zu ändern. Wir sollten jetzt nach vorne schauen und sehen, wie wir die Kuh vom Eis kriegen. Du musst mir selbstverständlich die gesamte Summe zurückgeben. Notfalls kannst Du sie in Raten bei mir abstottern.«

Mit einer solchen Reaktion hatte die Gastronomin überhaupt nicht gerechnet. Natürlich war ihr klar, dass er nach diesem schweren Eingriff und den vielen Medikamenten nicht mehr der sein würde, den sie seinerzeit kennengelernt hatte. Daher war jetzt genau der richtige Moment, ihm schonend beizubringen, dass es keine gemeinsame Zukunft mehr geben würde. Sie konnte und wollte nicht ihre Beziehung mit einem schwerkranken Mann fortführen, der für den Rest seines Lebens wohl immer ein Pflegefall bleiben würde. Und da er gewiss sein stattliches Vermögen in der ihm bleibenden Zeit kaum ausgeben konnte, sah sie keinen Grund für eine Rückzahlung.

Daniela Marchese gab sich einen Ruck und nutzte die Gunst der Stunde. »Ich bin froh, dass Du die OP so gut überstanden hast, und wünsche dir nichts mehr, als dass Du bald wieder ein normales Leben führen kannst. Du brauchst jetzt einen Menschen, der quasi rund um die Uhr für dich da ist. Das kann ich nicht, lieber Marc. Ich schufte tagtäglich in meinem kleinen Unternehmen und könnte deinen Bedürfnissen nicht gerecht werden. Selbst wenn ich es wollte.«

Obwohl er diesen Moment vorhergesehen hatte, als er oft grübelnd in seinem Klinikbett lag, und sie ihn daher mit dieser Erklärung keineswegs überraschte, taten ihm ihre Worte doch sehr weh. Es war also vorbei, sie würde sich gleich umdrehen und ihn einfach allein seinem Schicksal überlassen. Erstmals seit seiner Kindheit liefen ihm unaufhaltsam Tränen über die Wangen.

Dass er nun vor dieser Frau weinen musste, war das letzte, was er wollte. Aber in diesem Moment war er nicht mehr Herr seiner Emotionen. »Das verstehe ich allzu gut, Daniela. Natürlich hatte auch ich viel Zeit über uns nachzudenken und ich erwarte keineswegs von dir, dass Du bei mir bleibst. Ich bin zwar sehr krank, aber noch klar im Kopf. Bevor Du aber endgültig gehst, müssen wir noch über das Geld sprechen, dass Du mir schuldest.«

Daniela Marchese winkte ab. »Nein, darüber gibt es nichts zu sprechen. Frage dich einfach, was ich für dich in dieser schwierigen Zeit getan habe. Ohne mich würdest du möglicherweise jetzt nicht vor mir sitzen. Ich muss das wohl nicht weiter erklären, oder? Wir hatten eine schöne und intensive Beziehung, die leider durch das Schicksal deiner bösen Erkrankung beendet wurde. Dagegen sind wir machtlos. Was du jetzt brauchst, lieber Marc, ist eine fürsorgliche Betreuung rund um die Uhr. Ich kenne hierfür eine sehr geeignete Pflegekraft, die große Erfahrung mit Krebspatienten hat. Ich habe bereits mit ihr gesprochen und wenn Du Interesse hast, kannst Du sie gern anrufen. Ich habe dir ihre Nummer aufgeschrieben. Lebewohl, lieber Marc.«

Danach drückte sie ihm einen Kuss auf die Stirn, nahm ihre Tasche und ging.

Marc Miller war wie gelähmt sitzengeblieben. Er griff nach dem kleinen Zettel, auf dem Daniela den Namen und die Telefonnummer der Pflegekraft notiert hatte. Zunächst musste er aber das Gespräch mit seiner bisherigen Lebensgefährtin verdauen, die ihn nun verlassen hatte. Offensichtlich bedeutete sie ihm doch mehr, als er sich bisher eingestehen wollte. Obwohl sie erst wenige Minuten weg war, vermisste er sie bereits. Mittlerweile war auch sein Ärger über den finanziellen Verlust in der Traurigkeit seiner neuen Einsamkeit untergegangen.

Er war sehr unglücklich.

Nachdem er sich wieder hingelegt und etwas geschlafen hatte, rief Marc Miller bei der von Daniela empfohlenen Pflegekraft an. Die Frau hatte eine sehr weiche Stimme und sprach sehr gut Englisch. Sie verabredeten sich für den späten Nachmittag und wurden sich sehr schnell über die Modalitäten einig. Die Pflegerin würde täglich nach ihm sehen und ihn auch mit den Medikamenten versorgen, die ihm der behandelnde Arzt verordnet hatte.

Nur wenige Wochen später klagte Marc Miller über unerträgliche Schmerzen im Oberbauch und begab sich erneut zu weiteren Untersuchungen in die Klinik. Sein Zustand hatte sich erheblich verschlechtert. Die CT-Bilder bestätigten eine befürchtete Metastasierung von mehreren Organen und Knochen. Die Onkologen verordneten ihm eine stationäre Chemo- und Schmerztherapie. Marc Miller wusste zu gut, wie

es um ihn stand und er kannte auch die hoffnungslo-
sen Statistiken der Überlebenschancen bei Pankreaskrebs. Über 90 Prozent dieser Patienten verstarben in
den ersten fünf Jahren nach dieser niederschmettern-
den Diagnose. Bei Marc Miller dauerte es nicht einmal
fünf Monate.

Finale in Paris

Der berühmte Parc au Princes war mit über 48.000 Zuschauern fast bis auf den letzten Platz gefüllt. Das bekannte Stadion im 16. Arrondissement der französischen Hauptstadt ist die Heimspielstätte des Fußballclubs Paris Saint-Germain. An diesem Nachmittag erwartete der Tabellenführer mit dem AS Monaco einen ernsthaften Konkurrenten in der Ligue 1.

Für Anica Vucevic war es ein besonders aufregendes Ereignis, da ihr Sohn Ivo erstmals das blaue Trikot des mehrfachen Meisters trug und für das wichtige Spiel sogar schon im Kader stand. Erst kürzlich hatte sie den hoch dotierten Vertrag für ihn unterzeichnet. Der mittlerweile 17-jährige Serbe war in den letzten zwei Jahren im Alexander-Petrov-Fußballcollege zu einem begehrten Profispieler herangewachsen und stand inzwischen auf der Wunschliste namhafter Clubs.

Er war der erste Jungstar aus dem unabhängigen Fußballinternat, das Sergej Petrov gemeinsam mit Branko Smirdan gegründet hatte. Der kroatische Spielervermittler hatte damals ihren Sohn entdeckt und einen Platz in der neuen Fußballschuhe bei Gießen angeboten. Während eines späteren Besuchs der Mutter hatte er sich in die alleinstehende Frau aus einer Kleinstadt in der Nähe von Belgrad verliebt und sie ebenfalls zu sich nach Deutschland geholt.

Seither lebte das Paar glücklich zusammen. Liebevoll wie ein leiblicher Vater kümmerte sich ihr Lebensgefährte um den Jungen und förderte mit allen Mitteln sein großes Talent. Bald wurden die Scouts aus den deutschen Bundesligen auf Ivo aufmerksam.

Branko Smirdan reagierte auf die ersten Angebote abwartend. Er traute seinem Zögling durchaus zu, sich schon in seinem Frühstadium bei einem europäischen Spitzenverein sportlich durchsetzen zu können.

Seine Strategie ging auf und auf Vermittlung eines französischen Kollegen nahm er Kontakt zum Sportchef von Saint-Germain auf. Alles weitere ging recht schnell. Nachdem mehrere Späher des Vereins ebenfalls Ivos außergewöhnliche Fähigkeiten bestätigten, wurde Branko Smirdan zu konkreten Vertragsgesprächen mit der Clubführung nach Paris eingeladen.

Das Ergebnis seiner geschickten Verhandlungen war überragend. Die siebenstellige Ablösesumme überstieg die gut zweijährigen Internatskosten für Ivos Lebensunterhalt und Ausbildung. Das attraktive Vier-Jahres-Engagement machte ihn schon als Jugendlicher zum Millionär. Branko Smirdans erfolgreicher Abschluss überraschte sogar Sergej Petrov, der mit Ivos Transfer den ersten großen Umsatz in seinem Internat erzielte. Anica Vucevic brauchte mehrere Tage, um sich selbst davon zu überzeugen, dass sie nicht träumte. Ihr kleiner Ivo war auf bestem Weg, ein großer Star zu werden.

Sie hatten einen großen Tisch in der eleganten VIP-Lounge des Vereins reserviert und warteten auf den Spielbeginn. Anica Vucevic und Branko Smirdan sowie Sergej Petrov und sein Vater Alexander. Auch der französische Cheftrainer des Internats war zur Premiere angereist und hoffte auf eine Einwechslung seines Schützlings im Verlauf der Partie.

Gregor Stanisławski hatte sich als Journalist für dieses Spiel akkreditieren lassen. In der kommenden Woche sollte im Sportmagazin ein zweiseitiger Artikel über den ersten Nachwuchsprofi aus dem Alexander-Petrov-Fußball-College erscheinen, das ebenfalls ein Exklusivinterview mit dem Besitzer und seinem Betreiber enthalten würde. Sergej Petrov hatte sich dazu auf Drängen des Chefreporters und Branko Smirdan überreden lassen.

Unweit von dieser Gruppe nippte eine attraktive Frau an ihrem Glas Champagner. Sie war am Vormittag mit dem Flugzeug aus Nizza angereist und hatte ebenfalls einen persönlichen Bezug zu diesem Match. Inzwischen lebte Daniela Marchese mit jenem schwedischen Fußballer vom AS Monaco zusammen, den sie während des Klinikaufenthaltes von Marc Miller kennengelernt hatte. Auf dem Papier war er zwar fünfzehn Jahre jünger als sie, wobei der große Altersunterschied optisch überhaupt nicht auffiel. Wie immer sah die hübsche Italienerin aus wie das blühende Leben.

Vor einigen Monaten hatte sie als erste vom Tod ihres früheren Partners durch den ihr bekannten Chefarzt im Centre Hospitalier Princesse Grace erfahren. Er hatte sie nach Hinterbliebenen des Verstorbenen befragt, an die sich die Klinik wenden könnte. Auch Daniela Marchese wusste nicht, wie man seine Angehörigen erreichen konnte. Sie hatte in ihrer gemeinsamen Zeit nur seinen Freund Frank Purwitz flüchtig kennengelernt.

Marc hatte ihr allerdings vorsorglich seine Telefonnummer aufgeschrieben. Seine Eltern konnte sie nicht benachrichtigen, da er nie über sie gesprochen hatte. Als sie sich einmal nach ihnen erkundigte, reagierte er zu ihrer großen Verwunderung sehr aggressiv. Demzufolge blieb ihr jetzt nichts anderes übrig, als

diesem Frank Purwitz die traurige Nachricht zu über-
bringen. Möglicherweise hatte er Kontakt zur Familie.

»Guten Abend, Frank. Mein Name ist Daniela
Marchese. Vielleicht erinnerst Du dich. Ich war eine
Zeit lang mit Marc Miller liiert und wir hatten uns
einmal zusammengetroffen.«

Frank Purwitz wusste im ersten Moment nicht,
wer die Anruferin war. Er hatte bereits mehrere Gläser
Cognac getrunken und lag dösend auf der Couch.
Nach kurzer Überlegung kam sie ihm jedoch in den
Sinn.

»Ach ja, Sie sind diese Pizzabäckerin in Monaco,
in die sich mein Freund so verliebt hatte.«

Angesichts des betrüblichen Anlasses ihres Anrufs,
ignorierte sie die unverschämte Bemerkung. »Ich
muss Ihnen leider mitteilen, dass Marc vor wenigen
Tagen seinem Krebsleiden erlegen ist. Er hat es trotz
Operation und Chemotherapie nicht geschafft. Die
Klinik hat mich angesprochen, weil sie keine Kontaktdaten von seinen Angehörigen hat. Ich übrigens
auch nicht. Deshalb wende ich mich an Sie. Benachrichtigen Sie doch bitte seine Familie. Sie möge sich
möglichst umgehend an die Klinik wenden. Ich sende
dir gleich per SMS Namen und Telefonnummer der
zuständigen Ansprechpartner. Bitte kümmere dich,
ihr wart ja sehr eng befreundet.«

Bevor Frank Purwitz antworten konnte, hatte sie
aufgelegt. Gleich danach sendete sie ihm die angekündigte SMS.

Frank Purwitz hatte zwar die Nachricht verstanden, aber ihre folgenschwere Bedeutung war ihm
noch nicht bewusst geworden. Aufgrund seines hohen Alkoholpegels schwebte er in einem Dämmerzu-

stand und war in dieser Verfassung nicht der Lage, weitere Telefonate zu führen. Auch nahm er nicht die SMS wahr, die ihm diese Frau soeben angekündigt hatte.

Am nächsten Tag wäre noch genug Zeit, das Nötige zu veranlassen. Jetzt müsste er erst einmal noch einen großen Schluck nehmen und sich ausruhen. So betrunken Frank Purwitz auch war, verbrachte er eine sehr schlaflose Nacht. Die Todesnachricht von Marc Miller ging ihm nicht mehr aus dem Kopf. Dabei kam ihm dann auch ihre Vereinbarung über das gemeinsame Anwesen auf Ibiza in den Sinn. Dass sein Freund dem Krebsleiden erlegen war, hatte für ihn finanzielle Vorteile. Wie gut, dass er rechtzeitig entsprechende Vorkehrungen getroffen hatte.

Großes Unwohlsein bereitete ihm indes der Gedanke, nunmehr bei den Eltern seines Freundes anrufen zu müssen. Wahrscheinlich wussten sie noch nicht einmal von Marcs schweren Krankheit, da sie seit einer Ewigkeit überhaupt keinen Kontakt hatten. Nun müsste er diese unangenehme Aufgabe erledigen.

Er hasste solche Verpflichtungen.

»Guten Tag, Herr Miller, hier spricht Frank Purwitz. Sie wissen sicher noch, wer ich bin. Leider muss ich Ihnen eine traurige Mitteilung machen.«

Marcs Vater hatte eine böse Vorahnung. »Was ist passiert, Herr Purwitz? Vermutlich handelt es sich um meinen Sohn, den wir lange weder gesprochen noch gesehen habe.«

Frank Purwitz berichtete von seinem Telefonat mit Daniela Marchese und übermittelte die Daten von der zuständigen Person in der Klinik. »Mir tut es auch für Sie und Ihrer Frau sehr leid. Lassen Sie mich bitte wissen, wann und wo sie ihn beerdigen.«

Noch am selben Tag organisierte Marcs Vater die Überführung seines Sohnes nach Frankfurt. Das Begräbnis fand eine Woche später auf dem Südfriedhof in Sachsenhausen statt. Anwesend waren lediglich seine Eltern, die den endgültigen Verlust eines verlorenen Sohnes betrauerten, der sich schon im jungen Alter von ihnen abgewandt hatte. Die Gründe für sein zerrüttetes Verhältnis zu Mutter und Vater kannten sie bis heute nicht. Sie würden sie auch nicht mehr erfahren. Marc Miller hatte sie mit in sein Grab genommen.

Daniela Marchese wartete ebenso wie alle anderen Ehrengäste auf den Anstoß im Prestigeduell zwischen PSG und dem AS Monaco. Dass sie vor einiger Zeit der Anlass eines Telefonates zwischen Marc Miller und jenem Sergej Petrov war, der sich jetzt in Sichtweite von ihr entfernt anregend unterhielt, konnte sie nicht wissen. Umgekehrt ahnte auch der Russe nicht, dass sich in seiner unmittelbaren Nähe jene Frau aufhielt, die ihren damaligen Partner um fast eine Viertel Million Euro erleichtert hatte. Seitdem bestand zwischen ihnen eine indirekte Verbindung, von der beide keine Kenntnis hatten.

Gut 10.000 Kilometer südöstlich von Paris war es kurz vor neun Uhr. Thierry hatte mehrere Gäste zu einem Fußball-Barbecue in sein Haus auf Koh Samui eingeladen und einen großen Fernsehmonitor im Garten aufgestellt. Obwohl er schon seit langem nicht mehr in Paris lebte, verfolgte er zusammen mit Bruder

Richard noch immer fast alle Spiele von Saint-Germain. Heute ging es gegen den Konkurrenten aus Monaco um wichtige Punkte in der Meisterschaft. Neben zwei weiteren Franzosen aus seiner Nachbarschaft erwartete der Hausherr auch Monica und Kevin.

Das frisch verliebte Pärchen war kürzlich wie geplant in seinen neuen Bungalow eingezogen und hatte sich gleich mit Thierry angefreundet. Sie trafen sich öfter und unternahmen viel zusammen. Obwohl sich beide Neueinwanderer kaum für Fußball interessierten, hatten sie für den Nachmittag zugesagt und gefragt, ob sie einen Gast mitbringen dürften. Seit einigen Tagen hatten sie Besuch von Nathan aus Wien, der sich zwischenzeitlich als Kevins Nachfolger erfolgreich etablierte und seinen Freund ausführlich über alle Neuigkeiten aus seinem ehemaligen Milieu unterrichtet hatte.

»Du kanntest doch Marc Miller, den Freund von diesem bekloppten Campari. Ich habe zufällig gehört, dass er kürzlich an Krebs verstorben ist. Er soll zuletzt in Monte Carlo mit einer Restaurant-besitzerin zusammengelebt haben.«

Kevin Albrecht erinnerte sich sehr gut an die Probleme, die er mit diesem versoffenen Campari gehabt hatte. Ebenso auch an die beiden unangenehmen Begegnungen mit Marc Miller, der Kokain in großen Mengen konsumierte. Dass dieser Monica kannte, kam ihm nicht in den Sinn. Ebenso hatte sie nie darüber nachgedacht, dass dieser drogenabhängige Kunde seinen Koks zeitweise von Kevin bekam.